LA TOMBE
DE SA
MÈRE

OUVRAGES ÉCRITS PAR LISA REGAN

En français

Jeunes disparues

La Fille sans nom

La Tombe de sa mère

Ses Ultimes Aveux

Les Ossements qu'elle a enterrés

En anglais

Detective Josie Quinn

Vanishing Girls

The Girl With No Name

Her Mother's Grave

Her Final Confession

The Bones She Buried

Her Silent Cry

Cold Heart Creek

Find Her Alive

Save Her Soul

Breathe Your Last

Hush Little Girl

Her Deadly Touch

The Drowning Girls

Watch Her Disappear

Local Girl Missing

The Innocent Wife

Close Her Eyes

My Child is Missing

Face Her Fear

Her Dying Secret

LISA REGAN

LA TOMBE DE SA MÈRE

Traduit par Anne-Emmanuelle Boterf

Bookouture

À mon frère, Andrew Brock, qui m'a prouvé que l'on peut toujours réécrire sa propre histoire !

PROLOGUE

Elle commença par mettre le feu à la nurserie. Un sourire se dessina sur ses lèvres tandis que les flammes ambrées léchaient les murs et gagnaient l'ensemble de la pièce, réduisant en cendres les meubles sélectionnés avec soin ainsi que le tapis sur lequel elle avait passé des heures à frotter des taches qui n'existaient pas. Le ciel de lit en gaze au-dessus du berceau, qu'elle arrangeait soigneusement chaque jour, se consuma soudain dans un crépitement satisfaisant. « Ne réveillez pas les bébés. N'entrez pas dans cette pièce tant qu'elles dorment. Ne faites pas ci, ne faites pas ça. » Voilà qui lui apprendrait.

Quand l'air lourd commença à lui brûler la gorge et le nez, elle quitta la pièce. Des volutes de fumée noire et épaisse se glissèrent dans l'entrebâillement de la porte, inondèrent le plafond et se mirent à la poursuivre dans le couloir. Son bras devant la bouche, elle courut. Les flammes auraient tôt fait d'envahir toute la maison et de détruire toutes les jolies choses qui appartenaient à cette pauvre conne prétentieuse.

Elle dévala l'escalier, s'arrêta pour tendre une allumette vers les épais rideaux qui ornaient chaque fenêtre dans le séjour et la salle à manger, mais le goût du feu dans sa gorge devint rapidement insupportable. Elle fila vers la cuisine, bien décidée à se sauver par la porte de derrière avant qu'on l'attrape. Elle n'était pas censée remettre les pieds ici, depuis qu'ils l'avaient accusée de vol.

Et puis elle s'arrêta net. Ce qu'elle venait d'apercevoir dans le séjour lui fit ressentir un puissant frisson d'excitation. Ça, c'était bien pire qu'un incendie. Jamais elle ne s'en remettrait... Le sourire sur ses lèvres s'élargit encore, et elle s'élança pour s'en emparer.

1

AUJOURD'HUI

Perché dans sa chaise haute, Harris Quinn se mit à rire en voyant son bol de purée de petits pois s'écraser sur le sol de la cuisine. Les baskets de Josie étaient maintenant couvertes d'une bouillie verdâtre. Elle leva les yeux vers le petit visage, lui aussi repeint à la purée, et éclata de rire à son tour. Impossible de se fâcher contre ce petit garçon de six mois. Elle attrapa un rouleau de papier absorbant au-dessus de l'évier et se pencha pour essuyer les dégâts.

— Erreur de débutante, murmura-t-elle à Harris, qui répondit en tambourinant joyeusement sur le plateau de sa chaise.

Lancer des objets par terre et regarder Josie les ramasser était son jeu préféré. Celle-ci jeta le papier à la poubelle et, quand elle se retourna vers le petit garçon, elle le surprit en train de se frotter les yeux avec ses poings poisseux. Elle jeta un coup d'œil à l'horloge sur le micro-ondes de Misty.

— C'est l'heure de la sieste, jeune homme.

Elle s'assura qu'il ne restait plus une trace de nourriture sur le sol et les murs de la maison immaculée de Misty Derossi. Cette dernière ne demandait pas souvent à Josie de garder son fils mais, parfois, quand la grand-mère de Harris n'était pas disponible, elle lui passait un coup de téléphone. Josie se réjouissait toujours de pouvoir leur rendre visite et ne voulait surtout pas perdre son statut de baby-sitter de confiance pour des questions de ménage.

Elle attrapa un torchon et nettoya tant bien que mal le visage et les mains de Harris, malgré ses protestations.

— Voilà qui est mieux, déclara-t-elle en détachant le harnais de la chaise haute.

Elle le souleva et s'émerveilla de voir combien il avait grandi en si peu de temps. Elle se souvenait encore de la première fois qu'elle l'avait tenu dans ses bras et serré contre sa poitrine, juste après l'avoir sauvé des eaux glacées du fleuve Susquehanna. Il n'avait alors que quelques jours. Il était si minuscule, si frêle, c'était incroyable qu'il s'en soit sorti. Il était devenu un garçonnet potelé et costaud aux boucles blondes dont la personnalité commençait à s'affirmer.

Maintenant que Harris était plus âgé, Josie se délectait de le faire rigoler, de le regarder étaler sa nourriture sur ses joues roses, de le nettoyer puis de s'endormir avec lui dans le fauteuil à bascule qu'elle avait offert à Misty. C'était l'un des rares meubles modernes de la maison et il détonnait vraiment dans ce salon qui semblait tout droit sorti du magazine *Victorian Homes*.

Elle s'y installa et Harris posa sa tête contre son épaule tandis qu'elle se balançait doucement d'avant en arrière. Elle extirpa une tétine de sa poche, qu'il attrapa avec avidité. Elle le déplaça légèrement pour que sa tête repose contre sa poitrine puis lui caressa les cheveux jusqu'à ce qu'il sombre dans un sommeil profond. *Cette sensation est incomparable*, songea-t-elle alors qu'elle se sentait partir à son tour.

La sonnerie de son téléphone portable brisa soudain le silence, et Josie ouvrit brusquement les yeux. Le son étouffé provenait de l'autre côté de la pièce, où sa veste était posée sur le canapé. Si c'était important, la personne rappellerait. Elle baissa les yeux vers Harris, soulagée de voir qu'il n'avait pas été dérangé par le bruit. Sa tétine pendait de sa bouche, sur le point de tomber. Sous sa tête, le t-shirt de Josie était taché d'une auréole de bave. Elle sourit et lui caressa le dos en reprenant son mouvement de balancier. La sonnerie s'arrêta, et elle ferma de nouveau les yeux. S'il s'agissait d'une véritable urgence, le lieutenant Noah Fraley et l'inspectrice Gretchen Palmer savaient où la trouver.

Elle replongeait tout juste dans cette douce somnolence quand son téléphone se remit à sonner. Cette fois, Harris remua. Josie s'empressa de replacer la tétine dans sa bouche, et il tétouilla bruyamment pendant un moment avant de froncer les sourcils. Elle retint sa respiration, s'attendant à l'entendre pousser un hurlement de mécontentement, mais son visage se détendit et il se contenta d'un léger soupir. Josie maudit son téléphone. Impossible de traverser le salon jusqu'à sa veste sans réveiller le petit. Mais quelques secondes plus tard, la porte d'entrée s'ouvrit et se referma sur Misty qui lança :

— Je suis rentrée !

Harris remua de nouveau, les yeux plissés, et enfouit sa tête contre la poitrine de Josie quand la voix de sa mère résonna encore dans le couloir :

— Josie ? Vous êtes dans le salon ?

Cette fois, le nourrisson leva la tête, les yeux pleins de sommeil. Sa mère apparut dans l'embrasure de la porte du salon et un gigantesque sourire illumina son visage à la vue de son petit garçon. Sa bouche était encore raide d'un côté, comme si un doigt invisible la tirait vers le bas, mais elle avait récupéré l'essentiel de ses capacités depuis l'agression presque fatale dont elle avait été victime le jour de la naissance de son fils. Elle traversa la pièce pour le cueillir des bras de Josie.

— Bonjour mon bébé, murmura-t-elle. Tu as fait une bonne sieste ?

Josie s'étira, ajusta son t-shirt et leva les yeux vers Misty.

— Comment ça s'est passé ?

Misty, tout sourire, montra du doigt ses dents de devant.

— L'implant définitif est en place. C'est génial, je suis tellement contente que ce soit terminé.

— Ça rend bien, répondit Josie.

Après son agression et la chute de l'une de ses incisives
supérieures, on lui avait mis une couronne temporaire à l'hôpital, mais il lui avait fallu plusieurs mois pour réunir l'argent
nécessaire pour une réparation définitive. Josie l'avait aidée
dans la mesure du possible, mais cet argent allait en priorité à
Harris. Avant sa naissance, elle gagnait très bien sa vie comme
danseuse dans un bar à strip-tease du coin. C'était grâce à ce
travail qu'elle avait pu devenir propriétaire de sa somptueuse
maison. Elle avait dépensé toutes ses économies dans une fécon-
dation in vitro pour tomber enceinte de Harris et, après sa naissance, n'avait pas souhaité continuer le strip-tease – de toute
façon, même si elle l'avait voulu, il n'était plus du tout envisa-
geable pour elle de danser avec ses blessures.

Josie se leva et partit fouiller les poches de sa veste sur le
canapé jusqu'à mettre la main sur son téléphone.

— Est-ce qu'il a mangé ? demanda Misty tandis que le
garçonnet posait la tête sur son épaule.

— Oui, quelques biscuits aux fruits et un peu de purée de
petits pois. C'était apparemment plus intéressant de voir ce que
ça donnait écrasé par terre.

Misty éclata de rire.

— Oui, c'est son nouveau truc... Ne t'en fais pas, je vais lui
proposer un biberon.

Josie parcourut sa liste d'appels manqués. Deux fois le
même numéro inconnu.

— Merci encore, continua Misty qui l'avait déjà remerciée
une dizaine de fois avant de partir chez le dentiste. Si
Mme Quinn n'avait pas été aussi malade, elle aurait pu le
garder. Je crois qu'elle a un genre de gastro.

Josie enfila sa veste et vint tapoter le dos de Harris.

— Aucun problème. Mieux vaut qu'il garde les virus à distance. N'hésite pas à m'appeler. On arrive enfin au bout de toute la paperasse que l'on doit remettre à la procureure concernant notre dernière grosse affaire, alors j'ai du temps.

— Vous voulez parler de l'arrestation du dealer ? Lloyd Todd, c'est bien ça ?

— C'est un peu plus qu'un dealer, corrigea Josie.

— Je n'arrive pas à croire qu'il ait pu être derrière un tel business.

Lloyd Todd avait toujours été considéré comme un pilier de la petite ville de Denton. Son entreprise de bâtiment comptait parmi les plus florissantes et réputées, et pourtant Josie et son équipe avaient découvert ces deux derniers mois qu'elle servait de couverture à tout un réseau de trafic de drogue. Todd avait sous ses ordres pas moins d'une vingtaine de jeunes qui travaillaient pour lui comme mules ou comme petits dealers. C'était lui qui fournissait près de quatre-vingts pour cent de la drogue aux consommateurs de la ville. Josie n'était donc pas étonnée que le nombre d'overdoses ait radicalement chuté après son arrestation. Même si, évidemment, il remonterait en flèche dès que les clients de Todd auraient trouvé où se fournir.

— On ne s'y attendait clairement pas, confirma Josie.

Misty la suivit à travers le dédale de pièces jusqu'à la porte d'entrée. Une fois dehors, elle proposa :

— Tu veux rester déjeuner ?

Ce n'était pas la première fois qu'elle demandait à Josie de rester un peu plus longtemps. Cependant, si cette dernière appréciait passer du temps avec le bébé, elle doutait d'être capable de partager un repas entre filles avec Misty. Il leur avait fallu beaucoup de temps pour mettre leurs différends de côté et se côtoyer sans animosité. Quelques années plus tôt, quand le mariage de Josie avec feu son mari, Ray Quinn, avait explosé, celui-ci avait eu une aventure avec Misty. Cette femme avait beaucoup compté pour lui et, sur son lit de mort, il avait demandé à Josie de prendre soin d'elle à sa place. La tâche n'était pas simple. Il avait fallu l'agression de Misty et la naissance du fils de Ray pour que les deux femmes se rapprochent enfin. Toutefois, Josie avait conscience d'être parfois belliqueuse sans le vouloir, et elle craignait que leur relation encore fragile en pâtisse si elles passaient trop de temps ensemble.

— J'ai du travail, mentit-elle.

Misty eut l'air déçue, et la paralysie partielle de son visage ne fit que renforcer son expression. Josie ressentit une pointe de culpabilité.

— La prochaine fois, peut-être.

— Tu dis ça à chaque fois, répondit-elle en baissant les yeux vers le plancher. Écoute, j'ai conscience qu'on ne s'est pas toujours très bien entendues, mais je voudrais que tu saches que...

Elle fut interrompue par une sonnerie de téléphone. Les deux femmes regardèrent la poche de la veste de Josie. Cette dernière y plongea la main tout en adressant un sourire penaud à Misty. C'était encore le même numéro. Ravie de pouvoir couper court à une discussion sur leur réconciliation, Josie décrocha.

— Allô.

Une voix d'homme lui répondit.

— Josie Quinn ?

— Oui, qui est à l'appareil ?

— Je... je... Vous pouvez m'appeler Roger.

— Comment ça, je peux « vous appeler » Roger ? Qui êtes-vous ?

Après une seconde d'hésitation, il reprit :

— J'appelle pour votre annonce. Vous savez, celle que vous avez publiée ?

Soudain envahie d'une désagréable sensation, elle leva les yeux vers Misty, qui l'observait avec inquiétude. Josie s'éloigna de quelques pas puis mima de sa main libre un téléphone contre son oreille. « Appelle-moi si besoin », articula-t-elle en silence.

Elle lui tourna le dos et se dirigea vers sa voiture pour poursuivre sa conversation téléphonique.

— Une annonce ? Laquelle ?

— Laquelle ? s'étonna Roger d'une voix toujours plus hésitante. Vous ne... Est-ce que c'est bien le bon numéro ?

— C'est vous qui m'avez appelée.

Nouveau silence.

— On ne dirait pas que vous cherchez à passer du bon temps, finit par dire Roger.

— Me faire piéger avec une fausse petite annonce n'est pas vraiment ma définition de « passer du bon temps ».

Il avait déjà raccroché. Josie se tourna vers la maison, mais Misty n'était plus là. Avec un soupir, elle s'installa au volant de sa Ford Escape. Sur son téléphone, elle chercha le site de petites annonces de sa ville et, au bout de quelques minutes, finit par tomber sur celle qu'elle cherchait. Cette fois, elle avait été publiée dans la catégorie « Rencontres », trois heures plus tôt. Elle était intitulée : « Fille coquine cherche compagnon de jeu – Femme cherche homme. »

Son doigt resta figé au-dessus de l'écran. Elle n'avait pas envie de la lire, ne voulait pas savoir ce qui était écrit, mais elle n'avait pas le choix. Alors autant le faire maintenant, dans l'intimité de sa voiture, plutôt qu'au commissariat avec son lieutenant et son inspectrice qui liraient par-dessus son épaule. La première fois que c'était arrivé, il lui avait fallu un quart d'heure pour que son visage retrouve une teinte normale après avoir viré au rouge vif. Elle inspira profondément, retint son souffle et ouvrit le lien.

Envie de vous amuser ? Jeune trentenaire bien chaude recherche cinq-à-sept coquin. Ma langue adroite vous

*fera à coup sûr grimper aux rideaux. Hygiène et discré-
tion assurées. Contact par téléphone.*

En dessous figuraient le nom et le numéro de téléphone de
Josie.

Elle expira d'un coup et jeta le téléphone sur le siège
passager comme s'il lui avait brûlé la main. Un mouvement
derrière une fenêtre dans la maison de Misty attira son attention. Elle l'observait certainement à travers les rideaux, sans
comprendre pourquoi la voiture était toujours garée devant
chez elle. Josie démarra et se mit en route pour le commissariat.
C'était son jour de repos, mais ça ne pouvait pas attendre.

2

Les appels avaient commencé juste après l'arrestation de Lloyd Todd, un mois plus tôt. Chaque fois, une petite annonce était en cause, certaines si dégoûtantes et obscènes qu'elle avait du mal à les lire. Elle avait déjà changé de numéro trois fois, mais l'auteur de ces annonces réussissait toujours à obtenir le dernier en date. Elle avait cherché à comprendre comment cela était possible, allant jusqu'à soupçonner ses collègues. Elle avait interrogé chacun des employés de la boutique de téléphonie, mais cela n'avait rien donné non plus. Si une personne travaillant là-bas divulguait son nouveau numéro chaque fois qu'elle en changeait, elle n'avait aucun moyen de le prouver. Elle était allée jusqu'à changer d'opérateur, mais cela n'avait pas fonctionné non plus.

Josie traversa le centre-ville de Denton. La ville ne s'étendait que sur une soixantaine de kilomètres carrés, et une bonne partie de cette superficie englobait les terres sauvages, montagneuses et boisées de la Pennsylvanie centrale, avec ses habitations disséminées un peu partout et desservies par des routes étroites et sinueuses. La population avoisinait les trente mille âmes, auxquelles s'ajoutaient les étudiants en période scolaire.

De quoi bien occuper Josie et ses cinquante-cinq équipiers. Elle arriva au commissariat en seulement dix minutes, se gara sur l'emplacement qui lui était réservé et entra par la porte principale.

Le sergent lui adressa un signe de tête.

— Le lieutenant Fraley est ici ? lui demanda-t-elle.

— Il est là-haut, il boucle le dossier Todd.

— Parfait.

Elle grimpa l'escalier quatre à quatre et trouva Noah à son bureau, les cheveux en bataille, un stylo mâchonné pendant entre ses lèvres. Sans bouger la tête, il quitta des yeux son écran d'ordinateur pour lui adresser un regard.

— Qu'est-ce que je déteste la paperasse... grommela-t-il en récupérant le stylo dans sa bouche. Je vous l'ai déjà dit ?

Josie s'assit sur un coin de la table.

— Oui, je crois.

Il lança le stylo sur son bureau, ferma les programmes sur son ordinateur en quelques clics et se tourna vers elle.

— Qu'est-ce qui se passe ?

Elle lui montra son téléphone.

— Il y en a une nouvelle.

Il jeta un œil à l'écran puis se leva, invitant Josie à aller dans son bureau à elle pour pouvoir discuter en privé. Noah ferma la porte derrière lui et sortit immédiatement son bloc-notes. Josie s'installa dans son fauteuil et lui lut à haute voix l'annonce pendant qu'il écrivait à toute vitesse, le visage de plus en plus grave. Elle relata ensuite l'appel de Roger et lui donna le numéro de téléphone de ce dernier.

— Je vais faire un signalement et envoyer un nouveau mandat aux administrateurs du site.

Josie soupira.

— Et comme les trois dernières fois, ça ne nous mènera nulle part.

— Il faut bien monter un dossier. Tout doit être en ordre

pour pouvoir mettre la personne derrière ça hors d'état de nuire dès qu'on la trouvera.

— On sait déjà qui est derrière ça. Lloyd Todd et sa légion de trous du cul.

— Eh bien, dans ce cas, nous devons nous préparer à mettre ces trous du cul hors d'état de nuire.

— Comme la fois où tous les pneus des voitures du service ont été crevés ? Ou quand ils ont balancé des œufs sur les fenêtres du rez-de-chaussée ? Ils nous en veulent d'avoir arrêté leur chef et confisqué leur drogue. Non seulement ils se retrouvent tous au chômage, mais en plus ils sont en manque. Ils ont besoin de passer leurs nerfs.

— Particulièrement contre vous, fit remarquer Noah.

— Forcément, c'est moi qu'ils voient à la télé chaque fois qu'il se passe quelque chose d'important ou de grave dans cette ville.

— Oui, fit Noah avec un sourire. Je sais que vous aimez beaucoup ça.

Elle lui adressa un regard noir.

— Vous devriez embaucher quelqu'un pour s'occuper de la communication.

Elle leva les yeux au ciel.

— On n'a pas les moyens pour ça. Contentez-vous de faire retirer l'annonce du jour, OK ?

— Très bien. Mais je vais aussi envoyer un mandat.

— Pour recevoir une liste d'adresses mail qui ne mènent nulle part et d'adresses IP qui ne nous serviront à rien ? Je ne vois pas en quoi apprendre que la personne qui a posté ces annonces l'a fait depuis le centre de Denton va nous aider. Qui aurait cru que ces abrutis étaient si calés en informatique ?

— La dernière fois, on a quand même réussi à limiter la zone au *Starbucks* près de l'université, tempéra Noah.

— Certes. Quelqu'un s'est connecté via leur wifi, mais nous n'avons aucun moyen de savoir s'il était à l'intérieur, dans une voiture garée devant ou dans la rue. Impossible de savoir si c'était un des clients sur les images de vidéosurveillance, ils ont tous un putain d'ordinateur ou de téléphone à la main !

— Ça vaut quand même le coup de se renseigner. On pourrait trouver une faille. Ça commence à devenir inquiétant. Ces petites annonces ressemblent de moins en moins à une mauvaise blague, patronne, on atteint un autre niveau.

— Noah...

À sa manière de la regarder, elle devina ce qui allait suivre.

— Ne vous avisez pas de dire ce que vous allez dire... menaça-t-elle.

— Je pense qu'on devrait vous placer sous protection policière. Juste le temps de mettre la main sur ces voyous.

— Je n'ai pas besoin d'être protégée, rétorqua Josie. Ce sont juste des blagues stupides de collégiens.

— Des hommes vous contactent pour avoir des relations sexuelles avec vous.

— Des hommes qui pensent que je suis quelqu'un que je ne suis pas. Croyez-moi, les gars comme Roger ne me font pas peur. Le type était déjà incapable de me faire face au téléphone, alors ça m'étonnerait qu'il essaie de me pister.

— Ce n'est pas Roger qui m'inquiète. Celui qui m'inquiète, c'est le mec qui publie ces annonces. Vous êtes vraiment certaine que c'est un coup du clan Todd ?

— J'ai coffré pas mal de monde depuis que je suis à la tête de ce commissariat. Ça pourrait être n'importe qui, mais il se trouve que ça a commencé après l'arrestation de Lloyd Todd, quand j'ai enchaîné les conférences de presse. Si ses larbins ont besoin de quelqu'un sur qui déverser leur haine, je suis la personne idéale. Vraiment, je vous assure, ce n'est rien de grave au fond. Pas besoin de me placer sous protection pour ça.

Noah voulut répondre mais Josie leva la main pour l'en dissuader.

— Je n'exclus pas entièrement la possibilité d'être placée

sous protection, encore que je pense être capable de me débrouiller toute seule, mais c'est trop tôt. Pour le moment, je vais déjà retourner à la boutique pour faire changer mon numéro de téléphone. Encore.

Il la connaissait suffisamment bien pour savoir qu'il valait mieux ne pas insister.

— Très bien, dit-il. Je me mets au boulot. Envoyez-moi un message avec votre nouveau numéro.

3

La boutique de téléphonie était totalement vide, et Josie remercia le ciel pour cela. Car il y avait pire que recevoir des appels de la part d'hommes en quête de relations sexuelles : faire la queue pour changer de numéro de téléphone. Le jeune à l'air blasé derrière le comptoir retira son casque de ses oreilles en la voyant approcher. Il ne posa pas de questions, même quand il ouvrit son dossier et vit combien de fois elle avait changé de numéro le mois passé. Une demi-heure plus tard, l'affaire était réglée. De retour dans sa voiture, Josie envoya son nouveau numéro à ses contacts les plus importants. Elle appela également Lisette, et fut soulagée de tomber directement sur sa boîte vocale : elle n'avait aucune envie de raconter ses dernières aventures, et surtout pas à sa grand-mère.

Son téléphone vibra dans sa main alors qu'elle s'apprêtait à le glisser dans sa poche : Trinity Payne venait de lui répondre.

Encore un nouveau numéro ? C'est quoi le problème ?

Elle était la seule journaliste que Josie considérait comme une amie ou presque. Son diplôme en poche, Trinity s'était très vite fait un nom dans le journalisme national, pour finalement tomber en disgrâce après qu'une source lui avait communiqué de fausses informations. Elle avait ensuite été embauchée par une chaîne de télévision locale puis, deux ans plus tard, Josie avait élucidé une grosse affaire de jeunes filles disparues qui les avait toutes deux projetées sur le devant de la scène. Trinity s'était révélée une alliée indispensable pour gérer les répercussions de cette enquête et demeurait une excellente source d'information sur à peu près n'importe quel sujet. C'était bien pour cela que Josie gardait contact avec elle.

Ça ne vous regarde pas, lui répondit Josie.

Vous avez repensé à ce que je vous ai dit ? Mes producteurs adoreraient que je fasse un reportage sur vous. La petite cheffe de police de province qui s'attaque à des gros dossiers, ça intéresserait tout le pays.

Trinity insistait pour faire un portrait de Josie depuis qu'elle avait résolu une série de meurtres perpétrés le long de la côte Est des États-Unis.

Même pas en rêve.

Il ne fallut que quelques secondes à Trinity pour revenir à la charge.

Une autre fois, alors. Je reviens à Denton dans deux semaines pour boucler une rétrospective sur l'affaire des jeunes disparues. On déjeunera ensemble. Au fait, et l'arrestation de Lloyd Todd ? Ça aussi, ça ferait un super sujet pour un journal national. Vous voudriez bien me donner l'exclu ?

Josie secoua la tête, amusée. Cette fille ne lâchait jamais.

Elle ne prit même pas la peine de lui répondre, parfaitement conscients que Trinity finirait par obtenir ce qu'elle voulait. Elle décida donc d'attendre d'avoir une faveur à lui demander afin d'utiliser l'histoire de Lloyd Todd comme monnaie d'échange.

Le ventre de Josie gargouilla lorsqu'elle regagna sa voiture. Elle aurait dû accepter l'invitation de Misty à déjeuner, cette journée de repos était vraiment tout sauf reposante. Elle passa mentalement en revue le contenu de son réfrigérateur et opta pour un passage au premier fast-food qu'elle croiserait.

Elle venait d'avaler un burger quand son téléphone sonna. C'était Noah. Elle se gara, abandonna son sachet de frites sur le siège passager et fit glisser son doigt graisseux sur l'écran pour répondre.

— Alors ? fit-elle.

— Ce n'est pas au sujet des petites annonces. Ni de Todd.

Elle devina à la légère tension dans sa voix que la raison de son appel était sérieuse.

— Qu'est-ce qui se passe ?

— Des gamins ont découvert des restes humains derrière le parc de mobile homes de Moss Gardens. Vous voyez où c'est ?

Oh que oui, elle voyait.

— Oui, confirma-t-elle, surprise de réussir à ne rien laisser paraître, mais incapable de bouger. Quel genre de restes humains ?

— Des ossements. Vieux. Gretchen est déjà sur place, la docteure Feist est en route.

— On se retrouve là-bas.

Josie força ses membres à sortir de leur torpeur et redémarra, soudainement écœurée par l'odeur de friture. Elle prit la direction du parc de mobile homes qu'elle n'avait pas revu depuis ses quatorze ans, celui-là même où elle avait autrefois habité.

4

JOSIE – SIX ANS

— Hé, JoJo, tu veux jouer à un jeu ?

Les mots de la mère de Josie traversèrent le couloir sombre de leur mobile home et vinrent se glisser sous la porte de sa chambre. La main droite de la fillette, qui tenait un crayon rouge, se figea au-dessus du livre de coloriage que sa mère lui avait offert un peu plus tôt ce jour-là. Il était très rare qu'elle fasse des cadeaux à Josie, aussi cette dernière s'était-elle précipitée dans sa chambre avec le livre, fermant la porte derrière elle et étalant par terre tous ses crayons avant que sa mère puisse le lui reprendre. Elle en avait déjà colorié quatre pages.

— JoJo, retentit de nouveau la voix. Maman a envie de jouer à un jeu.

Josie observa la fleur à moitié coloriée sous sa main. Ce n'était pas souvent que sa mère voulait jouer avec elle.

— J'arrive, répondit-elle.

Elle fourra ses crayons de couleur dans leur boîte, ferma son livre de coloriage et attrapa son petit chien en peluche, Wolfie. Elle courut jusqu'au salon, où elle trouva sa mère affalée sur le canapé marron. Face à elle, la télévision diffusait les informations sans le son. De la poussière flottait dans les rayons du soleil de fin d'après-midi qui filtraient à travers les fenêtres.

— JoJo, répéta sa mère d'une voix chantante. Approche-toi.

Josie fit un pas en avant.

— À quoi est-ce que tu veux jouer, maman ?

Un petit rire s'éleva du canapé.

— À voir si tu peux me ramener une bière du frigo le plus vite possible.

— Oh...

Josie savait d'expérience que sept pas la séparaient du réfrigérateur. Sa mère entreposait toujours les bières sur l'étagère du bas pour que Josie puisse les attraper facilement. Parfois, sa mère comptait les secondes le temps que Josie fasse l'aller-retour, mais pas aujourd'hui. Quand elle tendit une bière à sa mère, elle remarqua la ceinture enroulée autour de son bras et, à côté d'elle, sur le canapé, une cuillère noircie, un briquet et une seringue. Josie ne lui demandait jamais à quoi servaient ces choses qui lui faisaient ressentir une drôle de sensation. Elle avait les yeux rivés sur la petite croûte noire dans le creux du coude de sa mère lorsque la porte du mobile home s'ouvrit derrière elle.

Wolfie lui échappa des mains quand elle se retourna pour faire face à l'homme qui se tenait dans l'embrasure de la porte.

5

Moss Gardens se trouvait au sommet d'une colline derrière le parc municipal. Il comportait une vingtaine de mobile homes si éloignés les uns des autres que vos voisins avaient peu de chances de vous entendre si vous criiez. Josie en savait quelque chose.

Quand elle y vivait, l'entrée était matérialisée par un gros rocher à côté de la route sur lequel il avait été écrit en grosses lettres noires : « Moss Gardens ». Aujourd'hui, ce rocher était éclipsé par une grande arche en fer forgé ornée de jolies lettres. De l'autre côté, Josie vit que les maisons brunes et mornes de son enfance avaient toutes été remplacées ou restaurées. Il n'y avait plus la moindre trace de la tristesse de ses souvenirs. Presque tous les mobile homes étaient peints de couleurs vives et bien entretenus ; devant quelques-uns, on trouvait même des plantes en pot. Elle savait que cela se voulait accueillant mais, à cause de ce qu'elle avait vécu ici, ces couleurs et petites touches personnelles lui semblaient criardes et perturbantes.

Elle passa près du terrain où sa maison d'enfance avait autrefois été posée. Le mobile home qu'elle avait partagé avec ses parents avait été déplacé – ou détruit – depuis longtemps, et l'emplacement était désormais utilisé comme parking par un voisin. Le seul signe que quelqu'un avait un jour vécu ici était la présence de tuyaux émergeant de l'herbe jaunie.

Vers le fond du parc, une petite vallée boisée séparait les mobile homes d'un des quartiers ouvriers de Denton. Aucun sentier n'était visible, mais Josie se souvenait d'un passage à travers les broussailles tout juste assez large pour les enfants du coin qui l'empruntaient en piétinant les hautes herbes. Tout au fond du parc, au-delà de la dernière rangée de mobile homes, se trouvait une route pavée étroite qui longeait l'orée du bois. Josie repéra le SUV de service de Noah garé devant une des maisons. Deux voitures de patrouille étaient arrêtées au milieu de la route, encadrant l'ancien sentier. En s'approchant, Josie vit le portillon et l'écriteau « Entrée interdite » qui barraient le passage et se souvint du jour où ils avaient été installés. C'était peu de temps après que son père avait suivi ce même sentier pour se tirer une balle dans la tête.

Malheureusement pour le propriétaire des lieux, à Denton, un panneau « Entrée interdite » était généralement interprété comme une invitation à explorer l'endroit. Josie et son ancien mari, Ray, avaient passé une bonne partie de leur enfance dans ce bois. Ils auraient dû être effrayés par les dangers qui se tapissaient dans l'ombre des arbres mais, comparée à leurs foyers respectifs, cette forêt avait au contraire constitué un lieu de répit sacré et nécessaire. Il ne faisait pas froid, pourtant Josie se sentit frissonner quand elle se gara derrière la camionnette de la médecin légiste et sortit de sa voiture.

Elle fut rassurée de voir que la découverte n'avait pas été ébruitée : pas de voisins qui traînaient autour de la scène de crime, tendant le cou dans l'espoir d'alimenter de futurs ragots. Seuls Noah et quelques autres officiers se tenaient le long de la route : Hiller près de sa voiture de patrouille, Wright devant le portillon. Ils lui firent un signe de tête en la voyant se diriger vers Noah, adossé à l'autre voiture de police, son stylo et son bloc-notes à la main.

— Alors ? demanda Josie.

Noah pointa du doigt la banquette arrière du véhicule.

— Deux gamins qui jouaient dans le bois ont trouvé des ossements.

À travers la vitre, Josie vit deux jeunes garçons. Ils ne devaient pas avoir plus de dix ou onze ans, douze tout au plus. Ils avaient les yeux foncés et les cheveux bruns – courts et ébouriffés pour l'un, l'autre avec une mèche qui lui couvrait le front jusqu'aux yeux. Tous deux étaient couverts de boue.

— Gretchen est partie chercher leur mère, continua Noah. Apparemment, il n'y a pas de père.

— Ils sont frères ?

Noah acquiesça.

— Qui nous a appelés ?

— Une voisine, Barbara Rhodes. Elle s'occupe des garçons quand leur mère est de service au *Denton Diner*. Elle les a autorisés à aller jouer dans le bois. Quand elle les a appelés pour le repas, l'un d'eux est rentré avec ce qu'on pense être un bout de mâchoire. Elle a fait le 911.

Josie se retourna vers les garçons. Celui aux cheveux longs soutint son regard, le menton levé en signe de défi. Mais la peur dans ses yeux était évidente. À côté de lui, son frère se rongeait les ongles.

— Et il est où, ce bout de mâchoire ? demanda-t-elle.

— Gretchen l'a mis sous scellés. L'équipe d'identification criminelle est sur place avec la docteure Feist pour analyser la scène de crime.

— Et la voisine ?

— Troisième maison en partant de la gauche, numéro 27. C'est la blanche. J'ai pris sa déposition et l'ai renvoyée chez elle. J'aime autant ne pas avoir trop de gens dans les pattes.

Josie hocha la tête, contente qu'ils n'aient pas à faire face à une foule de curieux... pour le moment, en tout cas. Un bruit de moteur attira leur attention : la Chevrolet Cruze de Gretchen vint se garer derrière la voiture de Josie. Avant même que le véhicule soit à l'arrêt, une femme vêtue d'un jean, d'une chemise et d'un tablier noir bondit du siège passager et courut vers Josie et Noah. Le garçon aux cheveux longs posa la main sur la vitre, et Josie ouvrit la portière. Les enfants jaillirent de la voiture et se précipitèrent vers leur mère. Elle les souleva et les enlaça, déposant un baiser sur le haut de leur tête avant d'étudier leur visage, l'un après l'autre. Le plus jeune, celui aux cheveux courts, sembla soulagé. Pas son frère. Josie, Noah et Gretchen les rejoignirent au milieu de la route.

Cette dernière leur présenta la femme.

— Voici Maureen Price, la maman des garçons. Je lui ai expliqué qu'on ne pouvait pas les interroger sans sa permission.

Maureen serra l'épaule du garçon aux cheveux longs.

— Voici Kyle, mon aîné. Il a douze ans, et son frère, Troy, en a onze.

En la voyant de plus près, Josie se rendit compte que Maureen était plutôt jeune : trente-cinq ans au maximum. Son chignon châtain, son visage rond et ses yeux bleu clair lui paraissaient familiers. Peut-être avait-elle fréquenté le lycée de Denton East, comme Josie et Ray quelques années plus tôt ?

— Cheffe Quinn, annonça-t-elle en tendant la main. Voici le lieutenant Fraley. Alors, les garçons, vous voulez bien nous raconter ce qui s'est passé ?

Maureen baissa les yeux vers ses fils agrippés à elle.

— Il me semblait vous avoir interdit d'aller dans le bois.

— Mais maman... se défendit Troy. On s'ennuie, chez Mme Rhodes.

— Qu'est-ce que vous faisiez là-bas ? demanda Noah.

— On jouait, répondit Kyle, toujours aussi méfiant.

Troy s'écarta de sa mère, fit semblant de tenir un fusil et tourna sur lui-même, un œil fermé comme pour viser.

— On jouait à la guerre !

— À la guerre ? s'étonna Gretchen.

Maureen leva les yeux au ciel et tenta de ramener Troy contre elle.

— Depuis qu'ils ont regardé la chaîne militaire à la télé, ils ne pensent plus qu'à ça.

— La chaîne militaire ? répéta Noah, interloqué.

— On voulait creuser des tranchées, continua Troy. Comme pendant la Première Guerre mondiale.

Josie se tourna vers le frère aîné, qui n'ouvrit pas la bouche.

— Où avez-vous trouvé ces pelles ? s'enquit-elle.

— Chez Mme Rhodes, répondit Troy.

Kyle finit par intervenir :

— On lui a emprunté ses outils de jardinage. Elle était d'accord.

— Franchement, les garçons, protesta Maureen. Pourquoi vous allez embêter Mme Rhodes avec ce genre de choses ? Vous ne pouvez pas vous contenter de jouer à la console jusqu'à ce que je rentre à la maison ?

— Vous avez creusé combien de tranchées ? demanda Josie.

— Trois, fit Troy. On a arrêté quand on a trouvé les... enfin... les os.

— À quelle profondeur ? insista-t-elle en regardant Kyle.

Ce dernier haussa les épaules.

— Quand on était dedans, ça nous arrivait à peu près là, estima-t-il en plaçant la main sur son plexus solaire.

— Et lequel de vous deux a décidé d'emporter des os ? demanda Noah.

Troy devint tout rouge, trahissant sa responsabilité. Mais personne ne répondit à la question. Maureen leur adressa un regard sévère.

— Répondez au policier, les garçons.

— Il ne vous arrivera rien de mal, les rassura Gretchen. On veut juste comprendre ce qui s'est passé exactement.

Troy regarda son frère, mais Kyle avait les yeux rivés sur le sol. Avec un soupir, il dit :

— C'était mon idée. Je pensais que Mme Rhodes ne nous croirait pas. Mais quand je les lui ai montrés, elle a tout de suite appelé la police et nous a demandé de ne pas retourner dans le bois.

— Est-ce que l'un de vous a montré à l'inspectrice Palmer où se trouvait le corps quand elle est venue ? demanda Josie.

Les deux garçons hochèrent la tête et Kyle leva une main hésitante.

— Le lieutenant Fraley m'a dit que la partie du squelette que vous avez rapportée était la mâchoire. Dites-moi, est-ce qu'elle était déjà décrochée ? Est-ce qu'elle était séparée du crâne ? Ou c'est vous qui l'avez cassée ?

Les deux garçons échangèrent un regard. L'aîné rongea l'ongle de son index.

— Il n'y a pas de mauvaise réponse, rappela Josie. Même si c'est vous qui l'avez cassée, ce n'est pas grave. On a juste besoin de le savoir pour déterminer ce qui est arrivé à ces os avant et après leur découverte. Vous comprenez ?

Troy hocha la tête.

— Vous voulez savoir si c'est le tueur qui a fait ça ! s'exclama-t-il.

Sa mère lui mit une tape sur l'épaule.

— Troy !

— Pas de problème, la rassura Josie. Nous ne savons pas exactement ce qui s'est passé, mais avec un maximum de détails nous réussirons peut-être à le comprendre.

— On l'a arrachée, avoua Kyle d'une voix monocorde. Désolé.

Gretchen leur sourit.

— Ce n'est pas grave. Merci de nous avoir dit la vérité.

Elle sortit une carte de visite et la tendit à Maureen. Elle se tourna ensuite vers les deux garçons.

— Si vous pensez à quoi que ce soit d'autre qui pourrait avoir de l'importance, n'hésitez pas à m'appeler. Par contre, interdiction de retourner dans le bois tant que nous n'avons pas terminé de collecter tous les indices, d'accord ?

— Donc plus de tranchées, insista Maureen à l'intention de ses fils.

Elle attrapa Troy par le col et le poussa devant elle en direction de leur mobile home. Josie devina qu'il s'agissait de celui avec deux vélos appuyés contre la façade, juste à côté de celui de Mme Rhodes.

Dès qu'ils furent tous les trois à l'intérieur, Gretchen frappa dans ses mains et regarda Noah et Josie.

— Maintenant, allons voir ce que la docteure Feist a bien pu déterrer.

6

Josie escalada le portillon et s'enfonça dans le bois, imitée par Noah et Gretchen. Exactement comme dans son souvenir, le sentier les conduisit au beau milieu des arbres avant de disparaître quand la forêt devint trop dense. Josie se tourna vers Gretchen.

— C'est par où ?

Sa collègue pointa vers la gauche, et Josie sentit son corps se couvrir de chair de poule. Ce bois s'étendait sur près de cinq kilomètres, et pourtant elle avait deviné, presque instinctivement, qu'ils se dirigeaient vers la partie qu'elle redoutait plus que tout de revoir. Sans un mot, elle fit signe à Gretchen de passer devant, et Noah lui emboîta le pas. Ils se faufilèrent à travers les buissons, serpentant entre les troncs massifs d'érables et de chênes rouges, jusqu'à atteindre un gigantesque érable plane encerclé d'un ruban jaune délimitant la scène de crime.

Josie sentit son estomac se tordre. Elle s'arrêta net et Noah vint buter contre son dos, surpris.

C'était incompréhensible, mais elle en était sûre. Son corps se souvenait. Elle n'avait que six ans lorsque son père s'était suicidé au pied de cet arbre. Bien sûr, elle n'aurait jamais pu savoir de quel arbre il s'agissait si sa mère n'avait pas insisté pour l'emmener le voir chaque fois qu'elle était d'humeur particulièrement cruelle.

Josie entendit la voix de sa mère, comme un murmure dans les feuilles au-dessus de sa tête : « C'est ici que ton papa chéri est venu mourir. »

Noah passa sa main sous le coude de Josie et, d'une voix douce qu'elle seule pouvait entendre, lui demanda si tout allait bien.

— Oui, oui, répondit-elle en secouant la tête.

S'arrachant à sa contemplation, elle vit les trois tranchées creusées par les jeunes Price autour de la base du tronc. Les membres de l'équipe d'identification criminelle se déplaçaient un peu partout autour d'eux dans leurs combinaisons blanches, armés de bloc-notes, d'appareils photo et de drapeaux pour marquer les indices. Chaque détail était consigné.

— Ça ne ressemble pas du tout à des tranchées, dit Josie.

— Elles ont été creusées par des enfants, patronne, lui rappela Gretchen.

Le plus grand des trois trous, de forme plutôt rectangulaire, était sécurisé à l'aide d'une corde et de drapeaux. La voix d'Anya Feist, la légiste, émergea des profondeurs de la cavité.

— Cheffe Quinn ? C'est vous ?

— Oui, je suis là, répondit Josie. Qu'est-ce que vous avez trouvé là-dedans ?

La tête de la docteure Feist jaillit du trou, ses cheveux blond argenté maintenus en arrière sous une charlotte blanche. Un appareil photo pendait à son cou.

— Je vous tiendrai au courant. Restez là-bas, le terrain a été assez piétiné comme ça. Avec toute la pluie qu'on a eue, le sol est terriblement meuble, j'aimerais bien réussir à finir mes fouilles sans que tout me tombe dessus.

Elle leva ses mains gantées : elle tenait ce qui ressemblait à un pinceau dans l'une, et une petite truelle dans l'autre.

— Mon assistant est en route. Il est habitué aux cas de ce genre, il nous aidera à y voir plus clair. En attendant, la seule chose que je vous demande, c'est de garder tout le monde à distance. Et pour répondre à votre question, cheffe, je ne peux tirer aucune conclusion avant d'avoir ramené ces os au labo.

— Même pas une petite supposition sur le temps qu'a passé ce corps ici ? insista Josie.

La légiste leva les yeux au ciel.

— Un corps enterré si profond, non embaumé, dont il ne reste plus que des os ? Je dirais qu'il est là depuis au moins huit ans, sans doute plus. Peut-être trente ou quarante. Tout ce que je peux vous dire, c'est que ce crâne a une sacrée fracture.

Josie sentit que Noah la regardait. Elle savait exactement à quoi il pensait : deux ans plus tôt, dans le cadre de la célèbre affaire des jeunes disparues de Denton, les dizaines de restes humains déterrés dans un bois au sommet d'une montagne leur avaient permis de remonter la piste de deux tueurs en série qui sévissaient dans la région depuis des années. Cette scène avait un air de déjà-vu.

— Aucun lien avec l'affaire des jeunes disparues, lâcha-t-elle. On ne sait même pas s'il s'agit d'une femme.

Il lui adressa un demi-sourire.

— Vous lisez dans mes pensées, maintenant ?

Josie esquissa à son tour un léger sourire.

— J'y travaille.

Elle se tourna vers son équipe.

— On se trouve à au moins vingt-cinq kilomètres de la montagne où on a retrouvé les corps de ces filles. Non, là, on est sur autre chose.

— Mais ça ne correspond à aucun de nos dossiers de disparitions non élucidées, patronne, contra Noah. Aucune ne remonte à si longtemps et collerait avec un corps dans un tel état de décomposition.

— Je sais bien, soupira Josie.

Elle savait exactement combien de personnes étaient portées disparues dans la ville à ce jour, et même dans tout le comté. Elle connaissait jusqu'au nom de chacune. Noah avait raison : la disparition non élucidée la plus ancienne datait de trois ans et, dans le cas de ce jeune toxicomane, la fugue était l'explication la plus probable. Elle s'avança d'un pas prudent, son t-shirt effleurant le ruban jaune, et se pencha au-dessus du trou où la docteure Feist nettoyait minutieusement un crâne.

— Cette personne n'a donc jamais été portée disparue. Bon. On finira bien par découvrir de qui il s'agit.

7

JOSIE – SIX ANS

Le cœur de Josie s'arrêta, jusqu'à ce qu'elle comprenne que c'était son père qui se tenait dans l'embrasure de la porte. Elle courut vers lui, mais il ne la souleva pas pour la faire tournoyer comme il en avait l'habitude. Cette fois, il posa une main sur sa tête et regarda en direction du canapé. Josie se retourna pour voir un sourire se dessiner sur les lèvres de sa mère, toujours affalée là, les yeux papillonnants.

— Eh merde, lâcha-t-elle. Je croyais que tu avais du boulot.

— J'en ai, répondit-il. Mais je voulais voir...

Il s'interrompit. Sa main glissa sur l'épaule de Josie, et il la poussa en direction du couloir, sans quitter le canapé des yeux. Josie sentit la tension monter alors que ses parents se fixaient du regard, et ses jambes se mirent à trembler. La pièce était emplie de quelque chose. Quelque chose de mauvais, mais Josie était incapable de savoir quoi.

— Va dans ta chambre, JoJo, dit son père. Maintenant.

8

Le lendemain matin, Josie, Noah et Gretchen étaient réunis autour d'une table d'examen en métal recouverte d'un drap. La morgue, morne et sans fenêtre, se situait au sous-sol du Denton Memorial, un vieil hôpital en briques érigé en haut d'une colline qui surplombait une bonne partie de la ville. Josie ne s'habituerait jamais à l'odeur – un mélange putride de produits chimiques et de décomposition. À côté d'elle, Noah était pâle, presque vert, tandis que Gretchen, impassible, semblait plutôt s'ennuyer. Josie se souvint que sa collègue avait assisté à une multitude d'autopsies à l'époque où elle occupait à Philadelphie un poste d'inspectrice spécialisée dans les homicides.

Josie donna un léger coup de coude de Noah.

— Ça va, répondit-il en entrouvrant à peine la bouche.

La docteure Feist sortit brusquement du petit bureau qu'elle partageait avec son assistant et qui donnait sur la salle d'autopsie principale. Elle avait attaché ses cheveux en queue-de-cheval lâche et revêtu une blouse bleu foncé.

— J'ai déjà consigné mes premières découvertes, leur annonça-t-elle avec un sourire. Alors je vous autorise à me poser des questions.

Avec précaution, elle retira le drap. Les os, disposés sur la table d'examen de manière à former un corps, semblaient si petits, si légers. Maintenant qu'ils avaient été époussetés, ils paraissaient blanc cassé. Tous les quatre gardèrent le silence quelques instants, en hommage à cette victime inconnue, assassinée et si longtemps oubliée qu'il ne restait plus d'elle que cette frêle construction jaunissante.

La docteure Feist n'avait encore rien dit, mais Josie savait qu'ils étaient devant un squelette de femme ; elle en avait vu passer un bon nombre quand elle travaillait sur l'affaire qui lui avait valu d'être promue au poste de cheffe de police.

— Je pense qu'il s'agit d'une femme, déclara la légiste. Je dirais qu'elle faisait à peu près un mètre soixante. Le menton est arrondi, alors que les hommes ont généralement un menton de forme plus anguleuse. (Elle désigna le front.) L'os frontal est lisse et vertical. Et le processus mastoïde (son doigt glissa vers un petit os conique situé là où aurait dû se trouver l'oreille de la femme), cet os qui ressort un peu à l'endroit où certains muscles du cou s'y rattachent, est, comme vous pouvez le voir, assez petit. Chez un homme, il serait beaucoup plus gros.

Gretchen griffonna sur son bloc-notes. Josie s'avança et désigna du doigt l'os coxal.

— Le bassin ne laisse pas de place au doute non plus.

La légiste sourit, regardant Josie comme si elle était sa meilleure élève.

— Effectivement. Vous pouvez nous expliquer pourquoi, cheffe ?

Josie désigna la ceinture pelvienne.

— Cette ouverture, ici, est plus large, plus arrondie... C'est ce qui permet aux femmes d'accoucher. Et l'angle de cet os, là, aussi...

Elle montra du doigt le bas de l'os coxal, en son centre.

— L'arcade pubienne, explicita la docteure.

— Voilà. Eh bien cet angle, où les deux côtés se rejoignent, est plus obtus chez les femmes. Supérieur à quatre-vingt-dix degrés.

— Pour l'accouchement aussi ? hasarda Noah.

Les deux femmes hochèrent la tête.

— Elle avait quel âge ? demanda Gretchen.

— Entre seize et dix-neuf ans, répondit la légiste.

— C'est plutôt précis, fit remarquer Noah.

— Eh bien, le cartilage épiphysaire – ou son absence – nous facilite la tâche. Les os longs du corps sont composés de trois parties : la diaphyse, soit le tronçon principal, la métaphyse, c'est-à-dire la partie intermédiaire qui s'élargit et s'évase de part et d'autre du tronçon, et l'épiphyse, qui correspond en gros à l'extrémité de l'os. Chez les enfants, l'épiphyse et la métaphyse ne sont pas collées.

— Vous voulez dire que l'os et les deux bosses au bout de sont pas totalement reliés ? demanda Gretchen, toujours occupée à griffonner.

— En gros, oui. Quand on grandit, le cartilage épiphysaire et les « deux bosses au bout », comme vous dites, s'ossifient et se soudent. L'ostéogénèse a lieu à des âges assez précis. Par exemple, l'épiphyse du fémur au niveau de l'extrémité proximale, c'est-à-dire là où le fémur vient s'emboîter dans la capsule articulaire de la hanche, s'ossifie entre quinze et dix-neuf ans, à peu près.

L'un de ses doigts gantés longea le fémur droit de la femme, s'arrêta au niveau de la hanche et pointa vers le haut de la cavité, là où l'os s'emboîtait dans le bassin.

— La soudure a eu lieu, ce qui signifie qu'elle avait entre quinze et dix-neuf ans.

— Mais vous avez dit seize ans, la coupa Josie.

— Ce n'est évidemment qu'une estimation, répondit la légiste. Mais le radius distal se s'ossifie vers seize ans, et c'est le cas ici.

Elle désigna l'os long du bras droit de la jeune fille. Elle effleura l'évasement à l'endroit où le radius rencontrait les os complexes de la main et explicita :

— L'épiphyse et la métaphyse sont soudées.

— Quand a lieu la soudure du dernier cartilage de croissance ? demanda Gretchen.

— L'épiphyse médiale de la clavicule peut ne terminer son ossification qu'à l'âge de trente ans, au plus tard. En revanche, l'ossification épiphysaire des extrémités latérale et médiale ne débute jamais avant l'âge de dix-neuf ans, et la soudure n'est pas visible chez cette jeune femme.

Josie se pencha pour étudier la clavicule.

— J'essaie de me rappeler mes cours d'anatomie à l'université, marmonna Noah.

— L'épiphyse latérale est la partie qui pénètre dans l'épaule, intervint Gretchen. L'épiphyse médiale est rattachée au sternum.

— Frimeuse, grommela Noah.

Gretchen garda les yeux baissés sur son bloc-notes, reproduisant le squelette à toute vitesse.

— C'est ça, confirma la docteure Feist. Plus ou moins.

— Il s'agit donc d'une adolescente, conclut Josie.

— Oui. Il est possible d'élargir la fourchette entre quinze et vingt ans, mais je pense que vous êtes face à une jeune femme entre seize et dix-neuf ans. Oh, et cette adolescente a eu au moins un enfant.

Josie devina à son sourire taquin que la légiste trouvait amusant de leur annoncer cela par surprise. Elle imita l'expression de la docteure et répondit :

— Et on peut savoir sur quoi vous vous appuyez pour affirmer ça ?

La docteure Feist les invita à se rapprocher de la table d'examen. Ils encerclèrent le squelette et elle leur montra l'un des os plats du bassin, sur lequel Josie devinait une myriade de petits trous, environ de la taille de plombs à carabine.

— C'est ce qu'on appelle une cicatrice de parturition.

— Par-nutrition ? répéta Noah.

— Parturition, corrigea la légiste. Accouchement. Quand une femme accouche, son bassin s'élargit pour permettre le passage du bébé. Cela provoque parfois un arrachement des ligaments reliés aux os, ce qui laisse des traces. Ce n'est pas fiable à cent pour cent mais, sur une femme si jeune, j'aurais tendance à dire que oui, c'est lié à un accouchement.

— Il y a un moyen de savoir à quel âge elle a eu ce bébé ? demanda Josie. Ou quoi que ce soit au sujet de ce bébé ?

— Désolée, impossible. Tout ce que je peux vous dire, c'est qu'elle a accouché avant de mourir.

— Peut-être que quelqu'un l'a tuée et lui a pris son bébé, suggéra Gretchen.

La docteure Feist haussa les épaules.

— Je ne peux pas faire de suppositions de ce genre, mais elle a été assassinée, c'est certain. La fracture est bien visible maintenant que je l'ai nettoyée.

Elle saisit la grosse lampe circulaire accrochée au plafond afin de l'orienter vers le crâne.

— Regardez ça, dit-elle en désignant les deux lignes pâles et ondulées qui traversaient le crâne d'avant en arrière, et d'une tempe à l'autre. C'est ce que l'on appelle des sutures, qui maintiennent les os entre eux. Celles-ci sont normales, partiellement ouvertes comme on l'attendrait chez une adolescente de cet âge. La plupart des sutures crâniennes ne se consolident qu'à l'âge adulte.

À l'arrière du crâne et à l'emplacement des oreilles, elle leur montra d'autres sutures. Puis elle s'attarda sur un large creux au sommet du crâne, sur le côté gauche, environ à mi-chemin entre l'avant et l'arrière de sa tête. Des fissures s'étendaient de part et d'autre du creux.

— Ça, en revanche, ce n'est pas normal.

— Qu'est-ce qui a pu provoquer ça ? demanda Noah.

La docteure Feist haussa les épaules.

— Un marteau, peut-être ? Vu la taille de la fracture, elle a été causée par un objet contondant, mais plutôt petit.

— Une batte de base-ball ? hasarda Gretchen.

— Peut-être, mais j'aurais parié sur un objet plus petit et plus lourd.

— Un démonte-pneu ? suggéra Josie.

La légiste acquiesça.

— C'est plus probable. En tout cas, la personne qui l'a frappée y a mis beaucoup de force. On ne peut avoir de certitudes simplement en analysant les ossements, mais je pense que le combat, s'il y en a eu un, n'a pas duré longtemps. On ne voit pas d'autres fractures. Évidemment, il est probable qu'elle ait eu des hématomes ou des entailles mais, ça, on ne le saura jamais.

— Et l'angle d'attaque ? demanda Josie. Vous diriez que l'agresseur faisait quelle taille ? Il était plus grand qu'elle ? Plus petit ? Même taille ?

— J'estime la taille de la victime à environ un mètre soixante, répondit la docteure. À mon avis, elle a été agressée par une personne de la même taille qu'elle, mais qui l'a frappée par le dessus.

Elle se déplaça vers Gretchen, qui faisait la même taille qu'elle. Gretchen s'approcha aussi et la docteure l'aborda de profil, presque de dos, les deux bras levés au-dessus de la tête, les mains serrées autour d'un objet invisible qu'elle projeta sur le crâne de Gretchen, interrompant son mouvement juste avant de la toucher réellement.

— Si l'agresseur avait été plus grand qu'elle, ou si elle avait été à genoux, le crâne aurait été creusé plus profondément, parce que le coup aurait été plus puissant.

— D'accord, fit Gretchen. On suspecte donc qu'elle a été frappée à la tête par une personne d'à peu près sa taille avant d'être enterrée dans le bois.

— Et que l'agresseur était une femme, compléta Josie.

— Comment pouvez-vous le savoir ? demanda Noah.

— Vous connaissez beaucoup d'hommes qui font un mètre soixante ? rétorqua-t-elle.

— Beaucoup, non, mais il y en a.

— Je sais bien mais, si on s'en tient aux statistiques, il y a quand même bien plus de chances dans ce cas précis qu'il s'agisse d'une femme. (Josie se tourna vers la légiste.) Est-il possible de savoir si elle a été tuée dans ce bois ou si la mort est survenue ailleurs et qu'on a ensuite transporté le corps pour l'enterrer ?

— Je crains que non.

— Et aucun moyen de savoir si elle a été agressée sexuellement ? ajouta Noah.

— Les choses impossibles à savoir sont nombreuses. Cette pauvre fille est restée si longtemps sous terre...

Elle attrapa un sac sur une table contre le mur et le vida aux pieds du squelette : d'abord des bouts de tissu sales, puis un vêtement plus grand. Il était couvert de terre, les couleurs étaient délavées et une partie s'était désagrégée, mais Josie parvint tout de même à reconnaître un coupe-vent bleu marine avec des empiècements qui avaient dû être jaune vif, bleu pétrole et rose sur les épaules et à l'emplacement des poches. Il ne subsistait qu'une seule manche et, quand la docteure leur présenta le vêtement déplié, Josie remarqua qu'au niveau du dos, du col et de la taille le tissu partait en lambeaux, rongé par le temps et l'érosion.

— Voilà ce qui reste de ses vêtements.

— J'imagine qu'on n'a rien retrouvé de particulier dans les poches ? demanda Gretchen à tout hasard.

La légiste éclata de rire et reposa précautionneusement la veste sur la table.

— Ce qu'il y avait à l'intérieur des poches a disparu depuis longtemps. Quant au reste... (Elle esquissa un geste vers la pile de débris.) Ce sont juste des boutons, une semelle de chaussure et ce qui ressemble à des morceaux de cuir.

Josie s'avança d'un pas et examina ces vestiges : une fermeture Éclair rouillée, quelques œillets de chaussures à lacets, les petites agrafes en nickel d'un soutien-gorge et une semelle en caoutchouc aux contours élimés. Elle releva la tête et désigna la veste.

— Elle est en quelle matière ?

— En nylon, je dirais.

— On dirait un truc des années 1980, dit Gretchen. Les coupe-vent étaient à la mode, surtout ceux avec plein de couleurs.

Josie acquiesça.

— Il faut combien de temps au nylon pour se décomposer dans la terre ?

Noah sortit son téléphone pour rechercher l'information et déclara quelques secondes plus tard :

— Entre trente et quarante ans.

— C'est à peu près ça, confirma la légiste. Le défi dans un cas comme celui-ci est de réussir à déterminer combien de temps le corps est resté enterré. En général, les objets retrouvés à proximité du corps, quand il y en a, sont bien utiles. Je m'apprêtais à appeler une amie qui travaille au département d'archéologie de l'université pour avoir son avis, mais trente ou quarante ans, c'est déjà un bon point de départ.

— C'est très bien, tout ça, intervint Josie, mais vous savez comme moi que nous n'avons pas la moindre déclaration de disparition d'une jeune fille qui remonte à cette époque dans tout le comté.

— Oh, j'ai sans doute de quoi vous aider un peu, répondit la docteure, le sourire aux lèvres. Regardez un peu ça.

Elle alla se placer au bout de la table d'examen, saisit le crâne à deux mains, le souleva et le fit pivoter de manière que la lampe éclaire ce qui avait été le palais de la jeune fille. Les trois policiers se penchèrent pour mieux voir.

— Merde alors, lâcha Noah. C'est quoi ? Des crocs ?

Derrière les deux grandes incisives supérieures se trouvaient deux autres dents coniques et pointues.

— Des dents surnuméraires, expliqua la docteure.

— Des dents en plus ? explicita Josie.

— Absolument. Cette pathologie s'appelle l'hyperdontie. C'est héréditaire. Et extrêmement rare. Le genre de cas dont un dentiste dans une ville aussi petite que la nôtre se souviendra, d'autant plus qu'ici, les deux dents supplémentaires ressemblent à des crocs. J'ai déjà effectué quelques recherches. Les dents surnuméraires peuvent pousser n'importe où dans l'arcade dentaire. Ce n'est pas tous les jours qu'on tombe sur une patiente avec des dents surnuméraires de cette forme. Croyez-moi, impossible de l'avoir oubliée.

Josie croisa le regard de Noah, puis celui de Gretchen.

— Bien, fit-elle. Trouvez-moi tous les dentistes ayant exercé à Denton il y a trente à quarante ans.

9

Une semaine s'était écoulée et, toutes les nuits, Josie avait rêvé du même grand érable. Parfois, son père était là, un trou dans la tête, affichant un sourire macabre. Il l'appelait à lui. « Viens, disait-il. Je veux te montrer quelque chose. » À chaque fois, Josie était trop effrayée pour oser s'approcher. Parfois, Ray, son ex-mari, était là aussi. Mais ce Ray n'avait que neuf ans, et il se précipitait vers elle en lui criant de ne pas s'approcher plus. Elle se réveillait en nage dans son lit *king size*, les draps enroulés autour de ses bras et ses jambes.

Ce matin ne faisait pas exception. Elle ouvrit brusquement les yeux, le souffle court. Elle attendit de reprendre peu à peu une respiration normale puis s'assit, réchauffée par les rayons du soleil filtrant à travers la fenêtre de sa chambre. Elle retira son t-shirt trempé de transpiration et regarda autour d'elle : haut plafond, larges fenêtres et murs couleur crème. C'était sa pièce préférée de la maison, grande et lumineuse, celle qui lui apportait généralement du réconfort. Pourtant, cela ne l'empêchait pas de grelotter tandis que la sueur séchait sur son corps, laissant sa peau moite. Elle aurait tout juste le temps de prendre une douche et de s'arrêter prendre un café avant d'aller au travail.

Vingt minutes plus tard, elle fermait la porte d'entrée, réfléchissant déjà aux formulaires d'évaluation et aux demandes d'achat de matériel qui l'attendaient sur son bureau au commissariat, quand son téléphone sonna. C'était Noah.

— Alors ?

Noah laissa échapper un petit rire.

— Toujours aussi agréable de bavarder avec vous, patronne. Ça va, merci.

Josie sourit tout en marchant vers sa voiture.

— Ravie de l'entendre, dit-elle. J'adorerais un latte de *Komorrah's Koffee*. Vous pourriez peut-être y faire un saut avant mon arrivée ? Ça vous va comme bavardage ?

— Le latte est déjà sur votre bureau, répondit-il.

— Vous méritez peut-être une augmentation, plaisanta-t-elle. Bon, plus sérieusement, vous en êtes où ?

— J'ai une première piste pour l'identité de notre fille mystère. On n'a rien trouvé à Denton, alors Gretchen a élargi la zone de recherche. On est remontés jusqu'à un dentiste de Bellewood qui a repris le cabinet de son père il y a une dizaine d'années. Le père en question a exercé pendant plusieurs décennies avant de prendre sa retraite. Apparemment, il évoquait régulièrement le cas d'une patiente atteinte d'hyperdontie qu'il avait traitée à la fin des années 1970, début 1980, car cette pathologie était extrêmement rare. Gretchen est sur place pour récupérer le dossier qu'elle montrera à la docteure Feist pour voir si ça correspond.

Une semaine d'enquête, et déjà une piste sérieuse. C'était un bon début.

— C'est super, répondit-elle en récupérant ses clés de voiture dans la poche de sa veste.

— Oui, on a vraiment eu du bol qu'elle ait ces crocs.

— Dents supplémentaires, corrigea Josie.

Depuis qu'elle les avait vues, elle ne cessait de s'interroger sur ce qu'avait dû subir cette pauvre fille. Les enfants pouvaient être si cruels.

— Désolé, dit Noah. Dents supplémentaires. En tout cas, sans ça, on n'aurait sans doute jamais pu retrouver son identité.

Josie cala son téléphone contre son oreille le temps d'ouvrir la portière de sa voiture. En attrapant la poignée, ses doigts s'enfoncèrent dans quelque chose de froid et mou.

— Quel est son nom ? demanda-t-elle.

L'odeur fétide atteignit ses narines et lui retourna l'estomac à l'instant où elle retira sa main de la poignée. La couleur brune sur ses doigts confirma ses doutes.

— Merde, murmura-t-elle.

— Hein ?

— Rien. Son nom ?

— Belinda Rose. Née le 15 octobre 1966.

Josie pâlit d'un coup, et sa peau retrouva soudain sa moiteur du réveil. Sur le moment, elle n'arriva pas à déterminer ce qui lui donnait la nausée : les excréments sur ses doigts, ou le nom que venait de prononcer Noah ?

Elle éloigna sa main, regarda autour d'elle, prenant conscience qu'elle allait devoir rentrer chez elle pour se nettoyer. Mais ses jambes refusaient de bouger et ses poumons étaient comme lestés de plomb.

— Patronne, vous êtes toujours là ?

— Ce n'est pas possible, croassa-t-elle.

— Qu'est-ce qui n'est pas possible ?

— Belinda Rose ne peut pas être morte... Elle ne peut pas être morte il y a plus de trente ans.

— Ah oui ? Et pourquoi ça ?

— Parce que Belinda Rose est le nom de ma mère et, pour autant que je sache, elle est toujours en vie.

10

JOSIE – SIX ANS

Le mobile home ne lui semblait trop petit que lorsque sa mère était en colère. Dans ces moments-là, sa rage emplissait tout l'espace, comme d'épais nuages de vapeur après une douche chaude. Il n'y avait aucun moyen d'échapper à ses accès de fureur, même quand Josie se cachait sous la table de la cuisine et la regardait faire les cent pas dans la pièce. Ce n'était jamais bon signe, quand elle se mettait à tourner en rond.

— Non mais pour qui il se prend, grogna sa mère en postillonnant.

La porte du réfrigérateur s'ouvrit puis se referma brusquement, et Josie entendit le bruit d'une canette qu'on ouvre. Elle serra son Wolfie usé contre sa poitrine, se faisant aussi petite que possible pour échapper à sa mère qui, elle le savait, finirait par la faire sortir de là.

Mais pas cette fois. Les paupières lourdes, Josie sentit le sommeil la gagner. Elle étouffa un bâillement et tenta d'ignorer le froid du carrelage contre sa chemise de nuit. Elle savait qu'il était tard, car il faisait nuit dehors.

— Quel salaud, entendit-elle encore marmonner sa mère, dont les pieds reprirent leur ronde dans la cuisine.

Josie essaya de faire abstraction de sa voix et de se concentrer sur les bruits extérieurs, guettant celui du moteur de la voiture de son père. Elle espérait qu'il rentrerait à la maison. Et puis elle entendit le fracas des tiroirs de la cuisine jetés au sol avec tous leurs couverts. La voix de sa mère retentit de nouveau, grasse et pâteuse, reprenant son monologue.

— Tu ne vas pas t'en sortir comme ça. Espèce d'enfoiré. Je vais détruire tout ce que tu aimes. Tout.

Soudain, le visage de sa mère apparut sous la table, plus terrifiant que jamais. Elle sourit à Josie, et cette dernière sentit son estomac se tordre, comme chaque fois que sa mère faisait des horreurs. Elle tendit une main vers sa fille.

— Allez, viens ici, toi.

11

Josie parvint à rentrer se laver sans en mettre partout. Mais même après s'être récuré plusieurs fois les mains et s'être assurée qu'il n'y avait pas d'excréments sur ses vêtements, l'odeur restait tenace. Elle avait raccroché précipitamment après sa conversation avec Noah, mais il était en route, et savoir qu'il serait bientôt à ses côtés la rassurait un peu. Elle se dirigea vers la chambre d'amis où elle avait installé son ordinateur portable. Elle tira la chaise, s'assit à son petit bureau et l'alluma.

Elle avait fait installer une caméra de vidéosurveillance dans son allée un mois plus tôt, après avoir découvert ses quatre pneus crevés, tout juste une semaine après que tous les véhicules du commissariat avaient subi le même sort. Ses nouveaux pneus lui avaient coûté une petite fortune, et elle ne laisserait pas l'incident se reproduire impunément.

Elle lança l'enregistrement au moment où elle s'était garée devant chez elle la veille au soir, puis passa la vidéo en accéléré jusqu'à apercevoir une silhouette se glisser dans l'allée. Josie regarda l'heure indiquée sur l'écran : 3 h 12, alors qu'elle était profondément endormie. La personne était vêtue d'un baggy et d'un sweater à capuche lui recouvrant une bonne partie du visage. Difficile de savoir s'il s'agissait d'un homme ou d'une femme mais, vu sa taille (environ un mètre quatre-vingts, à vue de nez), Josie penchait plutôt pour un homme.

Elle observa la silhouette fouiller dans un sac en papier, en sortir une poignée d'une substance foncée et en tartiner le dessous des poignées de la voiture. Elle allait donc devoir nettoyer les quatre.

— Génial, murmura-t-elle pour elle-même.

Quand l'homme eut terminé, il retira ses gants en latex qu'il enfonça dans le sac en papier, avant de descendre la rue à petites foulées. Elle fit un retour en arrière jusqu'au moment où la silhouette apparaissait pour la première fois, se cala contre le dossier de la chaise et soupira. À 3 heures du matin, tous ses voisins devaient dormir. Et même si ce n'était pas le cas, il y avait peu de chances qu'ils aient remarqué autre chose que ce que Josie avait déjà en vidéo.

Noah arriva dix minutes plus tard. Elle le fit entrer, et ils visionnèrent de nouveau l'enregistrement ensemble. Josie en fit une copie sur une clé USB qu'elle tendit à son collègue.

— Je veux un rapport consigné là-dessus. Vous vous en occupez. Vous et personne d'autre.

— Vous faites des rapports, mais vous refusez de me laisser agir concrètement, regretta Noah.

— Il n'y a rien à faire. C'est juste des blagues d'ados à la con. Pas besoin de me placer sous protection pour ça.

Il savait bien que ce n'était pas le moment pour une dispute. Il s'empara donc de la clé USB et la glissa dans sa poche.

— Impossible de remonter jusqu'à l'auteur de la petite annonce. Vous aviez raison. Tout ce que j'ai trouvé, c'est que l'adresse IP utilisée est située à Denton, près du centre commercial, cette fois. Certainement quelqu'un qui s'est connecté au wifi de l'une des boutiques.

— Comme c'est étonnant.

Noah resta immobile devant la porte. Son regard la fit rougir.

— Quoi ? lança-t-elle.

— Il faut qu'on parle de Belinda Rose. Et de votre mère.

12

JOSIE – SIX ANS

L'hôpital était grand et aveuglant, avec d'interminables couloirs carrelés et des rideaux bleus hideux en guise de cloisons. Derrière chacun d'entre eux, Josie percevait des voix étouffées, parfois des cris de douleur. Des infirmières en blouses pervenche se pressaient le long des couloirs et se faufilaient entre les rideaux. Après une longue attente angoissante et douloureuse, l'une d'elles s'arrêta devant sa cabine, enfila une paire de gants en latex et plia une compresse imbibée d'un produit qui sentait fort pour nettoyer la plaie sur le visage de Josie.

— Ça va piquer, ma puce, dit l'infirmière à Josie.

Elle demanda à l'une de ses collègues de la maintenir dans le lit pendant qu'elle tamponnait la compresse humide sur le côté de son menton.

Elle eut l'impression que sa peau se déchirait puis qu'on y mettait le feu. Plus elle se débattait sous leurs grandes mains, plus on l'écrasait contre le matelas en plastique. L'infirmière qui lui tenait la tête desserra un instant son emprise pour regarder la plaie, et Josie baissa les yeux vers sa chemise de nuit couverte de sang. Son cœur s'emballa. Est-ce qu'elle était morte ?

Non, pensa-t-elle. Elle n'était pas morte.

Elle n'était pas morte parce que Needle était apparu juste au moment où le couteau de sa mère lui avait entaillé le visage. Ce n'était pas son vrai nom, Needle. Mais Josie ignorait comment il s'appelait. Tout ce qu'elle savait, c'est qu'il venait au mobile home quand son père était au travail et qu'il ramenait toujours de dangereuses aiguilles pointues pour que sa mère se fasse des piqûres, d'où ce surnom. Ce n'était pas un homme gentil mais, ce soir, quand il avait déboulé dans la cuisine, il avait eu l'air effrayé, et cela avait terrifié Josie plus encore que la colère noire de sa mère, plus encore que n'importe quelle lame.

C'était lui qui avait arraché le couteau des mains de sa mère. C'était lui qui avait insisté pour que Josie aille à l'hôpital ; il l'avait prise dans ses bras et portée jusqu'à sa voiture. Josie ne se rappelait pas s'il les avait accompagnées jusqu'ici, mais il n'était pas entré dans l'hôpital, c'était certain. Il était parti.

Elle ne pouvait donc pas être morte. Mais le sang ? Il y en avait tellement. Elle se débattit, luttant pour sa vie.

La voix de sa mère s'éleva à côté d'elle.

— Josie, arrête de bouger.

— Je suis désolée, ma puce, je sais que ça fait mal, dit l'une des infirmières. On a presque terminé.

Elle voulait son papa.

Enfin, l'infirmière qui la maintenait relâcha doucement son étreinte.

— Je suis vraiment désolée, ma puce, répéta-t-elle avec un sourire peiné.

La grande lumière derrière elle brûla les yeux de Josie.

L'autre infirmière se tourna vers sa mère.

— Elle va avoir besoin de points de suture. Pouvez-vous nous expliquer ce qui est arrivé ?

13

Josie regarda Noah faire le tour de sa Ford Escape, et s'agenouiller pour voir de plus près les excréments étalés sous les poignées. Il fronça le nez, prit quelques photos avec son téléphone et se tourna vers elle.

— Vous voulez envoyer un échantillon au labo ? Pour savoir si c'est humain ?

— Non. On ne va pas gaspiller l'argent public pour une mauvaise blague.

— Combien de temps encore on va payer l'arrestation de Lloyd Todd ? s'agaça Noah.

— Difficile à dire. J'espère que ça va bientôt se calmer. On va prendre votre voiture, j'aimerais arriver au commissariat avant que mon latte soit froid.

Noah sourit.

— Et laisser cette merde là-dessous toute la journée ? Je ne pense pas, non. Je vais nettoyer tout ça pendant que vous me parlez de votre mère.

Josie resta les bras croisés pendant que Noah faisait des allers-retours dans la maison pour chercher des gants, du papier absorbant, du produit nettoyant et un sac en plastique. Il commença par la portière du conducteur et engagea la conversation.

— Alors votre mère s'appelle Belinda Rose.

Josie ne répondit pas.

Après avoir enlevé le plus gros avec le papier, il aspergea la poignée de désinfectant et acheva de retirer toutes les traces d'excréments, avant de déposer les papiers souillés dans le sac plastique. L'odeur flotta jusqu'à Josie, mais Noah ne semblait pas incommodé.

— On dirait que vous avez fait ça toute votre vie, lança-t-elle.

— N'essayez pas de changer de sujet, répliqua-t-il avec un sourire.

— C'est fou, l'odeur de la morgue vous fait changer de couleur en quelques secondes tandis que, là, vous avez presque le nez dedans, et ça a l'air de vous faire ni chaud ni froid.

— Il pourrait y avoir plusieurs Belinda Rose, continua-t-il en se dirigeant vers la deuxième poignée.

— Avec la même date de naissance ?

— Je croyais que votre nom de jeune fille était Matson.

— C'est le cas. Matson, c'était le nom de mon père. Mes parents ne se sont jamais mariés.

— Et où est votre mère aujourd'hui ?

Josie baissa la tête. Elle n'aimait pas parler de sa mère. Cela faisait seize ans qu'elle s'efforçait de ne pas penser à elle. Car elle lui avait pris suffisamment et ne méritait pas que Josie lui consacre encore du temps et de l'énergie.

— Je ne sais pas. Je ne l'ai pas revue depuis mes quatorze ans. Elle est partie.

Noah se retourna, un sourcil levé.

— Vous n'avez jamais cherché à la retrouver ?

Josie resserra sa veste autour de son buste et regarda au loin.

— Ce n'est pas le genre de personne que l'on a envie de retrouver.

— Elle mesure combien ? demanda-t-il.

Josie comprit qu'il repensait à leur réunion avec la docteure Feist. Elle soupira.

— Elle est suffisamment grande pour avoir frappé cette fille à la tête avec un marteau ou un démonte-pneu. Elle doit faire quelque chose comme un mètre soixante-cinq.

— Vous avez une photo d'elle ? On pourrait partir de là.

— Non, je n'en ai pas.

— Ah oui, à ce point...

Si vous saviez... pensa Josie.

— Elle a détruit toutes les photos où elle apparaissait qu'on avait, avant de disparaître.

À l'époque, Josie n'avait pas trouvé cela étonnant venant d'un monstre malveillant et vengeur comme sa mère. D'autant plus que, sur les seules photos qu'elle avait de sa mère, il y avait aussi son père. Josie se souvenait du jour où elle était rentrée chez elle et que le mobile home empestait la fumée. Elle avait retrouvé les derniers fragments de photos au milieu d'un tas de cendres dans l'évier. Belinda ne lui avait pas laissé un seul cliché de son père. C'était sans doute une manière de lui faire du mal, comme toujours, mais Josie se demandait finalement si ces photos n'avaient pas été détruites pour une raison plus sinistre. Clairement, cela ne lui facilitait pas la tâche pour la retrouver.

— Et votre père ? continua Noah. Il en aurait une ?

— Il est mort quand j'avais six ans.

Elle attendit la question suivante, puis sentit son corps entier se relâcher lorsqu'elle comprit avec soulagement qu'il n'y en aurait pas. Au lieu de cela, Noah passa de l'autre côté de la voiture.

— Je suis désolé. Écoutez, j'imagine qu'on pourra toujours

parler de votre mère plus tard s'il s'avère qu'on doit la retrouver. Mais pour le moment, le plus urgent, ce sont les dossiers dentaires. On va commencer par jeter un œil au tableau sur lequel Gretchen travaille, ce sera un bon point de départ.

14

JOSIE – SIX ANS

La mère de Josie faisait les cent pas dans l'espace exigu entre les rideaux, une main pressée contre son cœur, l'autre tenant un mouchoir pour essuyer les larmes qui coulaient abondamment de ses yeux. Josie la regarda, sous le choc. C'était la première fois qu'elle voyait sa mère pleurer.

— Je dormais, expliqua-t-elle. Je me suis réveillée pour aller aux toilettes, et je suis passée vérifier que JoJo allait bien. Elle n'était pas dans son lit, j'ai donc fait le tour du mobile home. Elle n'était nulle part. La porte de derrière n'était pas fermée, alors j'ai attrapé une lampe torche et je suis sortie. Je l'ai trouvée par terre dans le bois, couverte de sang. (Un gémissement monta de sa gorge.) Mon bébé. Mon petit bébé. Elle en était... recouverte.

Josie regarda les deux infirmières qui observaient sa mère en pleurs d'un air impassible.

— Elle a dû tomber, continua la mère de Josie. C'est vrai qu'il faisait sombre, et ce bois est jonché de détritus et de tessons de verre, c'est facile pour un enfant de se blesser avec ça.

— Est-ce que vous lui avez demandé ce qui était arrivé ? demanda une des infirmières sur le même ton que sa maîtresse de maternelle quand elle rappelait aux élèves qu'ils devaient ranger leurs affaires dans leurs casiers.

— Bien sûr que je le lui ai demandé. Elle m'a dit qu'elle était tombée. C'est pour ça que je sais qu'elle est tombée.

Les deux infirmières échangèrent un regard sceptique.

— Le médecin ne va pas tarder.

Elles s'en allèrent, et l'une d'elles jeta un regard inquiet à Josie avant de disparaître derrière le rideau.

Quelques secondes plus tard, le menton de Josie se retrouvait écrasé dans la main de sa mère, qui serrait si fort que la peau s'étira autour de la plaie. Les yeux de la fillette s'emplirent de larmes.

— Maman, haleta-t-elle.

Les yeux bleus de sa mère étaient quasiment noirs de colère. Quand elle chuchota avec rage, des postillons atterrirent sur le nez de Josie.

— T'as intérêt à fermer ta gueule, compris ?

— Tu as dit des mensonges, articula Josie d'une petite voix.

La poigne de sa mère s'affermit encore, et Josie eut l'impression que sa peau allait se déchirer.

— Je t'ai dit de la fermer. Pas un mot. Ce que j'ai raconté, c'est ce qui est arrivé, pigé ? Si tu racontes à qui que ce soit, même une seule personne, ce qui s'est passé, je te fous dans le placard. Pour toujours. Et papa et mamie ne pourront rien pour toi. Compris ?

Tétanisée par la peur, elle se mit à trembler de la tête aux pieds. Elle sentit un liquide chaud glisser le long de sa cuisse et tacher sa chemise de nuit. Elle murmura :

— C'est promis.

Enfin, sa mère relâcha sa prise et partit jeter un œil derrière le rideau. Les bras serrés autour d'elle, Josie regretta de ne pas avoir apporté Wolfie. Puis elle se souvint : la dernière fois qu'elle l'avait vu, il gisait par terre dans la cuisine, hors de portée, dans une mare de son sang.

Noah avait tout parfaitement nettoyé, mais rien à faire : Josie était persuadée de sentir encore l'odeur sur elle. À la morgue, elle ne décelait pourtant rien d'autre que l'odeur chimique de la mort qui emplissait le sous-sol, petit empire de la docteure Feist. Ils s'étaient arrêtés en chemin pour prendre un café, mais Josie se sentait maintenant trop nauséeuse pour le boire.

La légiste déboula dans la pièce, Gretchen sur les talons, et se dirigea vers un vieux négatoscope accroché au mur. Elle appuya sur un bouton, et les néons à l'intérieur s'allumèrent en tremblotant. Elle récupéra deux radios dentaires des mains de Gretchen et les y accrocha côte à côte. Pas besoin d'être un spécialiste pour remarquer que celle réalisée pendant l'autopsie était identique à celle récupérée chez le dentiste. Josie sentit son cœur se serrer dans sa poitrine. Si Belinda Rose avait passé les trente dernières années enterrée dans le bois, qui pouvait bien être la femme qui prétendait être sa mère ?

— Bien, dit la docteure Feist en se tournant vers les policiers. Vous connaissez maintenant l'identité de votre victime. J'imagine qu'il ne vous reste plus qu'à trouver qui l'a tuée.

— Elle avait quel âge quand cette radio a été faite ?

demanda Josie à Gretchen en désignant celle fournie par le dentiste.

Sa collègue chaussa ses lunettes et parcourut le maigre dossier qu'elle avait rapporté.

— Il semblerait que le dernier examen ait eu lieu quand elle avait quatorze ans.

— Il y a quoi d'autre, dans ce dossier ? demanda Josie.

Gretchen tourna encore quelques pages, puis fronça les sourcils.

— Qu'est-ce qu'il y a ? demanda Noah.

— On dirait qu'elle était pupille de l'État, répondit Gretchen. Il y a une note à ce sujet. Elle vivait apparemment dans un foyer à Bellewood.

Bellewood, le chef-lieu du comté, se trouvait à soixante-cinq kilomètres de Denton. Josie vint se placer derrière Gretchen pour lire l'adresse par-dessus son épaule.

— Cet endroit a été rasé quand j'étais au lycée. C'est devenu un centre commercial. Est-ce qu'il y a le numéro d'une personne à contacter ? Quelqu'un l'a forcément accompagnée chez le dentiste, s'est assuré qu'elle prenait ses médicaments, ce genre de choses.

Gretchen tourna une page.

— Maggie Smith.

— Il faut la retrouver, ordonna Josie. Si elle est toujours en vie. Je vais faire une demande de mandats pour voir si on peut récupérer son dossier auprès des services de protection de l'enfance.

— Je vais rechercher le nom « Belinda Rose » dans nos bases de données, annonça Noah avant de jeter un regard à Josie. Nous avons des raisons de penser qu'une personne a usurpé son identité après sa mort.

JOSIE – SIX ANS

L'attente était interminable. Enfin, le médecin arriva. Il était jeune, comme son père, et posait beaucoup de questions. Sa mère y répondit en ayant recours à la même expression larmoyante qu'avec les infirmières.

— Et le père de Josie ? demanda-t-il. Où était-il quand c'est arrivé ?

— Il travaille de nuit à la station-service près de l'autoroute.

— Est-ce que vous l'avez prévenu ?

La mère de Josie hésita.

— Pour une simple égratignure ? Non, je n'ai pas voulu le déranger.

Le médecin haussa un sourcil et s'approcha du lit où était couchée Josie. Doucement, il souleva ses cheveux, se pencha et étudia son visage.

— Ce n'est pas une simple égratignure, madame Rose. Je crains que votre fille ait besoin de nombreux points de suture.

Josie sentit les larmes lui monter aux yeux et fit tout son possible pour les empêcher de couler. La main du médecin était chaude sur son épaule. Quand elle leva les yeux vers lui, il lui sourit.

— Je vais te donner des médicaments pour que tu ne sentes rien, d'accord, ma belle ?

Elle hocha la tête, sans savoir si elle pouvait lui faire confiance ou non.

Puis le médecin se tourna de nouveau vers la mère de Josie.

— Je pense que son père devrait être là. Vous voulez bien l'appeler ?

À présent seul avec Josie, le médecin héla une infirmière, et ils lui posèrent beaucoup de questions : est-ce que sa maman lui avait fait du mal ? Comment s'était-elle blessée ? Que faisait-elle dans le bois, et y avait-il là-bas une autre personne qui lui avait fait du mal ? Et pour finir, avait-elle peur de sa maman ? Josie se garda bien de dire la vérité. Elle ne faisait que répéter : « Je suis tombée », tel un disque rayé. Au début, c'était difficile de mentir mais, à force, c'était devenu facile, naturel, et son corps ne se rendait plus compte qu'elle mentait.

Le médecin et les infirmières insistèrent pour examiner ses membres et son torse, et continuèrent de lui poser des questions jusqu'à ce qu'elle sente ses paupières s'alourdir. Quand le médecin commença les points de suture, Josie se fichait de savoir de quoi il s'agissait ou si cela ferait mal. Tout ce qu'elle voulait, c'était dormir. Personne n'eut besoin de la maintenir en place. Personne n'eut besoin de lui dire de rester immobile. Elle se contenta de se coucher sur le côté et de fermer les yeux. Le médecin avait raison. Elle sentit la piqûre qu'il lui fit pour engourdir son visage, et rien de plus.

Son papa arriva alors que les médecins étaient encore en train de lui recoudre la joue. Elle savait qu'il était là, elle l'entendait se disputer avec sa mère derrière le rideau. Elle n'entendit que des bribes de phrases. « Tu... ta faute... malade... laissée... verras plus... police... maltraitance... garde à vue... te déteste. »

17

Assise devant son ordinateur au commissariat, Josie hésitait. Gretchen était partie rédiger les demandes de mandats, et Noah s'occupait de ramener du café. De son côté, elle était chargée de rechercher le nom de Belinda Rose dans leurs bases de données. Mais ses doigts restaient pétrifiés au-dessus du clavier. Si elle s'engageait sur ce chemin, elle ne pourrait plus faire demi-tour. Elle avait tant espéré laisser sa mère dans le passé. Pourtant, c'était dorénavant impossible. Le département de police de Denton avait un meurtre à élucider. Qui était cette fille retrouvée enterrée dans les bois ? Puisque la mère de Josie avait à l'évidence usurpé son identité, elle n'avait pas d'autre choix que de tenter de la retrouver, ou au moins d'établir un lien entre les deux femmes.

La porte de son bureau s'ouvrit et Noah entra, une tasse fumante à la main. Elle se jeta dessus.

— Eh bien ! Vous ne seriez pas un peu fatiguée ? s'exclama Noah avec un éclat de rire.

Elle se rassit, son café entre les mains, et but une gorgée.

— Besoin de me changer les idées, expliqua-t-elle. Fermez la porte.

Noah s'exécuta et le brouhaha s'atténua. Il prit place face à elle, l'air inquiet.

— Qu'est-ce qui se passe, patronne ?

— J'essaie de trouver un moyen d'élucider ce meurtre sans avoir à reprendre contact avec ma mère.

— Je doute que ce soit possible. Vous savez qu'on ne doit négliger aucune piste, et si votre mère s'est mise à utiliser l'identité de cette fille juste après sa disparition... ça fait d'elle une suspecte. Belinda Rose n'a jamais été officiellement portée disparue, alors comment votre mère aurait-elle pu savoir qu'elle pouvait lui voler son nom si peu de temps après sa mort ?

Josie resta pensive, le regard perdu dans les volutes de fumée qui émanaient de son café.

— Je comprends ce que vous dites.

Noah laissa passer quelques secondes puis demanda :

— Ça ne vous intéresse pas de découvrir qui était vraiment votre mère ?

Josie le regarda droit dans les yeux. Elle souleva ses longs cheveux noirs pour lui montrer la grande cicatrice sur sa joue droite et déglutit.

— Oh, je sais très bien qui elle était vraiment.

Mais je ne suis pas certaine d'avoir envie que le reste du monde le sache, compléta-t-elle intérieurement.

— Patronne... dit Noah.

— Oui ?

— Vous savez aussi qui vous êtes. Ne l'oubliez pas.

C'était exactement ce qu'elle avait besoin d'entendre.

— Merci, souffla-t-elle.

Noah sortit quelques papiers de sa poche arrière, les défroissa et les fit glisser de l'autre côté du bureau.

— J'ai fait une recherche avec le nom de Belinda Rose et la date de naissance du 15 octobre 1966 pour trouver sa dernière adresse connue.

Josie ferma son ordinateur et parcourut la liste d'adresses.

Noah se leva pour la rejoindre et désigna la première, que Josie reconnut immédiatement.

— Ça, c'est le foyer qui était géré par Maggie Smith. On ne l'a pas encore retrouvée, mais j'ai mis Lamay sur le coup. Il devrait rapidement remonter jusqu'à elle – si elle est encore en vie. L'adresse suivante, c'est un appartement à Fairfield. La vraie Belinda devait avoir environ dix-huit ans quand elle y habitait.

— C'est à près d'une heure de Bellewood, dans le comté de Lenore, commenta Josie. Je me demande si elle y a vraiment vécu ou si elle était déjà morte à ce moment-là. C'est peut-être ma mère qui habitait dans cet appartement.

— Je suis sûr qu'on aura plus de détails sur la date exacte de sa mort une fois qu'on aura récupéré le dossier du département de la Sécurité intérieure et qu'on aura parlé à Mme Smith.

— Regarde ça, le coupa Josie en pointant du doigt la ligne sous l'adresse de Fairfield. Elle a eu plusieurs appartements dans les comtés de Lenore et d'Alcott, tous à au moins soixante kilomètres de Bellewood, parfois plus. Bien avant que ma mère s'installe en mobile home. Je ne pense pas qu'il s'agisse de la vraie Belinda Rose.

Josie se souvenait parfaitement des allers-retours incessants de sa mère, qui l'abandonnait parfois des mois entiers avant de revenir au moment où on l'attendait le moins, telle une tornade, pour tout détruire sur son passage.

— Très bien, on sait donc que c'est votre mère qui habitait dans le parc de mobile homes, reprit Noah. Et vous pensez que c'était aussi elle dans les six appartements précédents. Est-ce que ça vaut le coup que j'envoie quelqu'un sur place au cas où les propriétaires auraient des infos ?

Josie avala une nouvelle lampée de café.

— Je ne suis pas sûre que ça en vaille la peine, non. C'était il y a plus de trente ans. Certains de ces bâtiments n'existent peut-être même plus.

— Des voisins curieux, alors ? suggéra Noah.

— Vous pouvez toujours vous renseigner, on ne sait jamais.

— Est-ce que quelqu'un dans le parc de mobile homes pourrait se souvenir d'elle ?

— J'en doute. Mais vous pouvez envoyer quelqu'un pour une enquête de voisinage.

Il y a bien quelqu'un, pensa-t-elle, *mais il ne vit plus dans le parc*. Josie ignorait même s'il était toujours vivant. Cela faisait seize ans qu'elle n'avait pas pensé à Dexter McMann. Elle avait tenté d'occulter cette histoire dans son esprit, comme elle le faisait avec tout ce qui se rapportait à sa mère. Mais de toute façon, il n'en savait sans doute pas plus qu'elle. Elle ne suivrait cette piste qu'en dernier recours.

— Je pense qu'on devrait se concentrer sur l'endroit où elle est allée après le mobile home, dit Josie.

D'après la liste établie par Noah, l'année où Josie avait eu quinze ans, sa mère avait vécu dans un appartement à Philadelphie, à deux heures de Denton.

— Et après, plus rien, ajouta Josie. Elle a utilisé cette identité jusqu'en 2002, et puis elle a arrêté.

— Elle est peut-être morte, hasarda Noah.

— Si seulement, marmonna Josie.

— Pardon ?

— Non, rien. Elle a dû se trouver une nouvelle identité. Ou bien elle a repris son vrai nom, quel qu'il soit.

— Est-ce qu'elle avait de la famille ?

Josie secoua la tête.

— Non. En tout cas, elle ne m'en a jamais parlé. Je ne le lui ai jamais demandé.

J'évitais de lui parler tout court.

— Je vais envoyer quelqu'un à toutes les adresses de la liste, pour voir si on trouve quelque chose, conclut Noah. Même si ça n'aboutit à rien, on va creuser la vie de la vraie Belinda Rose. Peut-être qu'elles se connaissaient.

18

JOSIE – SIX ANS

Lovée dans son lit, elle sentit une caresse sur ses cheveux. Ses petites mains étaient agrippées à l'épaisse couverture rose que sa mamie lui avait offerte pour Noël. C'était son objet préféré au monde, après Wolfie. Pauvre Wolfie... Elle ne l'avait pas revu depuis sa nuit à l'hôpital.

— JoJo, chuchota son papa.

Elle ouvrit les yeux et sourit, ce qui réveilla brusquement la douleur et lui arracha une grimace. Elle avait presque oublié. Le visage de son père flottait au-dessus du lit, mi-enjoué, mi-inquiet. Elle connaissait cette expression. L'un de ses sourcils s'arquait toujours comme une chenille poilue pliée en son milieu. Elle tendit la main pour le lisser.

— C'est l'heure de se lever, papa ?

De nouveau, il écarta ses cheveux de son visage, en prenant soin de ne pas toucher la blessure.

— Non, ma puce, c'est encore la nuit.

— Tu ne dois pas aller au travail ?

Il sourit.

— Non, pas ce soir, ma puce. Je dois te parler. On va aller chez mamie, d'accord ?

— Est-ce que maman va venir ?

Son père tourna la tête vers la porte close puis reporta son regard sur Josie.

— Non, maman reste ici.

La fillette essaya de dissimuler sa joie.

— JoJo. Il ne faut pas faire de bruit, d'accord ? Au moins jusqu'à ce qu'on soit dans la voiture. Tu crois que tu peux y arriver ?

Josie hocha la tête avec des yeux ronds.

Il se leva et attrapa un petit sac posé près de la porte, où il fourra des vêtements et des jouets. Elle s'apprêtait à demander combien de temps ils resteraient chez mamie quand un coup vint ébranler la porte de sa chambre. Ils sursautèrent tous les deux. Puis sa mère hurla :

— Bordel, qu'est-ce que tu fous là-dedans, Eli ?

Son père ne répondit pas. Il était là, debout, immobile au milieu de la chambre de Josie, le sac à la main.

— Ouvre cette porte, Eli. Tout de suite.

— Papa, chuchota Josie. J'ai peur.

19

Une semaine plus tard, Gretchen et Noah se tenaient devant le bureau de Josie, mal à l'aise.

— Comment ça, on a un problème ? demanda-t-elle.

Noah s'assit tandis que Gretchen se mit à faire les cent pas, son bloc-notes à la main. Elle dégaina ses lunettes et les chaussa avant de tourner quelques pages. Elle énonça le nom de toutes les personnes travaillant pour les services sociaux qu'elle avait contactées.

— Attendez, la coupa Josie. Vous êtes en train de me dire que vous avez discuté avec tous ces gens et qu'ils vous ont tous raconté la même chose ?

Gretchen leva les yeux vers elle.

— Oui. Le dossier de Belinda Rose n'est pas là-bas. Les services sociaux n'ont rien trouvé à son nom dans leurs archives.

— « Pas là-bas » ? rebondit Noah. Sous-entendu : il pourrait être ailleurs ? Est-ce que certaines de leurs archives sont stockées ailleurs ?

— Non, toutes les archives du comté se trouvent au même endroit, à Bellewood, et le dossier de Belinda Rose n'en fait pas partie, explicita Gretchen.

— Ils l'ont donc perdu, conclut Josie.

— Ce n'est pas comme ça qu'ils ont présenté les choses, nuança Gretchen.

— OK, donc c'est sûr, ils l'ont perdu, asséna Noah. Ou alors il a été détruit par erreur, et ils n'assument pas.

— Bon, dit Josie. J'imagine qu'ils ont quand même une trace de l'existence de Maggie Smith, la femme qui s'occupait du foyer où vivait Belinda ?

— Oui. C'est notre seule piste, à ce stade. Il se trouve que Maggie Smith s'est mariée à la fin des années 1990, a quitté ses fonctions, et est devenue Maggie Lane. Avec son mari, ils ont parcouru le pays en camping-car jusqu'à ce qu'il meure d'une crise cardiaque.

— C'était dans son dossier personnel ? s'étonna Noah.

— Non, je tiens ça d'une des employées des services sociaux. Bruits de couloir. Elle venait d'être embauchée quand Maggie est partie pour se marier. Cela faisait trente ans qu'elle était à la tête du foyer, alors vous vous doutez que c'était le sujet de conversation principal au bureau.

— Quel âge avait Maggie quand elle s'est mariée ? demanda Josie.

— La soixantaine. C'est aussi pour ça que tout le monde en parlait. Elle a attendu toute sa vie de pouvoir se marier et, moins de dix ans plus tard, son mari est décédé. C'est terrible.

— Elle a quitté son poste à la fin des années 1990. C'était il y a vingt ans. Ce qui signifie qu'elle a plus de quatre-vingts ans aujourd'hui, récapitula Josie. Est-ce que... est-ce qu'elle est toujours en vie ?

— Oui, dit Gretchen. Elle réside à la maison de retraite de Rockview Ridge, ici, à Denton.

20
JOSIE – SIX ANS

Josie se cacha sous les couvertures. Elle se recroquevilla, se fit la plus petite possible. Les cris fendaient l'air, traversant la fine couche de bois pour frapper son petit lit. Encore une fois, Josie aurait tant aimé avoir Wolfie.

— C'est aussi ma fille, Belinda, dit son père derrière la porte.

— Et alors ? Tu vas la prendre et te barrer ? En me laissant ici toute seule ?

— Je t'ai déjà dit la semaine dernière que ça ne marchait pas.

La voix de sa mère se mua en un cri strident.

— Eh ben vas-y, barre-toi !

Un bruit sourd contre la porte. Josie se recroquevilla encore, le front pressé contre ses genoux.

— Je prends ma fille avec moi.

— Elle n'est pas à toi ! C'est la mienne !

— C'est ça, oui.

Il y eut de nouveaux bruits, puis un gros *boum* et ce qui ressemblait à du verre qui se brise. Et enfin, la voix de sa mère, pleine de venin, exactement comme à l'hôpital quand elle avait agrippé le visage de Josie :

— Je le répète, tu ne la prendras pas. Elle reste ici, avec moi.

— Tu as perdu ton droit à être sa mère quand tu lui as lacéré la joue avec un couteau. Tu crois que je ne sais pas ce que tu as fait ? Vingt-sept points de suture, espèce de tarée sadique !

— Tu ne peux rien prouver. Allez, casse-toi. Et sans elle.

— Laisse-moi passer, Belinda.

— Tu crois vraiment que je vais te laisser partir avec la seule chose que j'ai ?

— Absolument. Tu as de gros problèmes mentaux, Belinda. Josie n'est pas en sécurité ici. Je l'emmène chez ma mère.

— Ben tiens, cours chez ta maman, t'as raison.

Josie entendit un froissement puis un bruit étouffé.

— Je ne veux pas te faire de mal, mais je n'hésiterai pas, si c'est pour protéger Josie. Je l'emmène. Laisse-moi passer.

Sa mère éclata de rire, et Josie se raidit. Encore des bruits de casse. Quand la voix de son père résonna de nouveau, son ton avait changé.

— Belinda... D'où tu sors ça ?

— Tu ne me la prendras pas, Eli.

— On va en discuter, OK ?

Nouvel éclat de rire de sa mère. Josie crut qu'elle allait se faire dessus. Elle se concentra pour se retenir. Sa mère allait être folle de rage si elle mouillait son lit.

— Ah, tu veux parler, maintenant ?

— Pas ici, répondit son père. Allons faire un tour dehors, d'accord ? On va discuter.

— On peut discuter autant que tu veux, ça ne changera rien. Tu ne la prendras pas.

21

Juchée sur une colline rocailleuse en marge de la ville, Rockview Ridge était la seule et unique maison de retraite médicalisée de Denton. La grand-mère de Josie, Lisette Matson, y vivait depuis maintenant plusieurs années. Elle était le seul membre de sa famille à être encore en vie (en dehors de sa mère), et c'était aussi sa meilleure amie. Josie lui rendait régulièrement visite et savait exactement où la trouver à cette heure de la journée. Elle la repéra à l'instant où elle entra dans la cafétéria. Le déjeuner était terminé, mais quelques résidents s'attardaient pour lire le journal, regarder la chaîne de télévision locale ou, comme Lisette, jouer aux cartes. Elle leva la tête et sourit en faisant signe à Josie d'approcher.

— Tu ne viens jamais aussi tôt, d'habitude, dit-elle à Josie qui se penchait pour l'embrasser.

— Je sais. Là, c'est pour le boulot.

Elle s'assit face à sa grand-mère qui jouait au solitaire. Lisette posa une carte sur l'une des piles et dit :

— J'imagine que tu n'as pas le temps de faire une partie ?

— Non, désolée, mamie. J'ai quelques questions à te poser, par contre.

Lisette fronça les sourcils.

— Tout va bien ? Que se passe-t-il ?

Josie tendit la main au-dessus de la table pour prendre celle de Lisette.

— Ne t'inquiète pas. Personne n'a disparu, personne n'a été tué. Enfin... pas tout à fait.

Elle raconta à Lisette la découverte des ossements de la vraie Belinda Rose derrière le parc de mobile homes.

— On pense que ma mère a volé l'identité de cette fille. J'ai besoin que tu me racontes tout ce dont tu te souviens à son sujet.

Lentement, Lisette rassembla les cartes et commença à les mélanger.

— Josie, souffla-t-elle.

L'intonation de sa voix l'emplit de terreur. C'était la même que le jour où elle l'avait surprise en train de boire de l'alcool à seize ans, ou encore quand elle avait découvert qu'elle et Ray avaient des relations sexuelles. Cette intonation, c'était un avertissement, sa façon de dire : « Je ne peux pas t'empêcher de t'engager sur ce chemin, mais promets-moi d'être prudente. »

— Mamie, répondit-elle doucement. Si ma mère a fait quelque chose à cette fille, je dois le savoir.

Lisette ne la regardait toujours pas.

— Il vaut mieux laisser cette femme dans ton passé, Josie. Tu as oublié à quel point ça a été dur de nous débarrasser d'elle ?

— Bien sûr que non, je n'ai pas oublié. Crois-moi, si j'avais le choix, je m'enfuirais le plus loin possible d'elle. Je me fiche même de savoir qu'elle n'est pas celle qu'elle prétendait être... Mais j'ai un meurtre sur les bras, et elle a un lien avec la victime.

Lisette cessa de mélanger ses cartes et les tapa contre la table pour reformer un paquet homogène. Josie crut voir ses yeux s'embuer.

— Mamie, s'il te plaît.

Soudain, les doigts de Lisette se refermèrent sur l'avant-bras de Josie avec une force et une violence étonnantes pour ses quatre-vingt-cinq ans. Les yeux grands ouverts, la voix grave, elle se pencha vers sa petite-fille.

— Tu penses que je ne sais pas toutes les choses qu'elle t'a faites, Josie ?

Cette dernière résista à l'envie de retirer son bras.

— Arrête, hoqueta-t-elle.

— Je sais, Josie. Je sais tout ce qu'elle a fait.

— S'il te plaît, mamie, arrête.

— C'est pour ça que je me suis tant battue pour toi. C'est pour ça que j'ai fait les choses que j'ai faites. Ne l'oublie pas.

Josie avait le souffle coupé. Les doigts de Lisette s'enfoncèrent davantage dans son bras, elle aurait juré pouvoir sentir des hématomes se former sous sa peau.

— J'aurais dû la tuer quand j'en avais la possibilité.

— Mamie !

Josie regarda autour d'elles, mais personne ne leur prêtait attention. Gretchen, qui l'avait accompagnée à la maison de retraite, se trouvait toujours devant le comptoir de l'accueil où elle demandait des renseignements sur Maggie Lane.

— Je l'aurais fait, insista Lisette. Je voulais le faire, crois-moi. Ç'aurait été la meilleure décision, pour nous tous, mais j'avais trop peur de me faire prendre et que tu te retrouves sans personne.

Josie desserra un à un les doigts de sa grand-mère et reposa sa main sur la table.

— C'est du passé, mamie. C'est toi-même qui l'as dit. Je ne cherche pas à ressusciter tout ça, mais je dois résoudre cette enquête.

— Tu ne peux pas t'en charger, Josie. Garde tes distances. Tu as plein d'agents dans ton équipe, demande-leur de s'en occuper.

— Et ce sont eux qui viendront ici te poser les questions que je m'apprête à te poser. Je suis cheffe de police, je te rappelle. Alors oui, je ne suis pas obligée de diriger toute l'enquête, mais c'est mon travail de contrôler ce que font mes équipiers. Raconte-moi simplement ce dont tu te souviens.

— Et tu me promets de te tenir éloignée d'elle ? fit Lisette.

— Autant que possible.

La vieille dame garda la tête baissée.

— Je n'en sais pas vraiment plus que toi, je le crains. Ton père l'a ramenée quelques fois à la maison, au début, et nous a dit qu'elle s'appelait Belinda Rose. Nous n'avions aucune raison d'en douter.

— Et son passé ? Est-ce qu'il lui arrivait d'évoquer sa famille ou sa ville d'origine ?

Lisette garda le silence un moment et, en la voyant examiner le plafond, Josie comprit qu'elle fouillait dans sa mémoire pour en déterrer des bribes de souvenirs.

— Elle n'avait pas de famille. C'est ce qu'elle disait. Elle a grandi en foyer. Je m'en souviens parce que, sur le moment, j'avais eu de la peine pour elle. Elle était plutôt jolie, ta mère. Quand je l'ai rencontrée, elle était jeune, et je me rappelle m'être demandé pourquoi aucune famille n'avait voulu adopter une petite fille si belle et si mignonne. Maintenant, on sait toutes les deux pourquoi. Malheureusement.

— Il me semble l'avoir entendue raconter que sa famille était morte, dit Josie.

Lisette haussa les épaules.

— Elle racontait un tas de choses, elle avait différentes versions. À ton père et moi, elle a dit qu'elle avait grandi en foyer. Mais quand elle est partie, j'ai discuté avec l'avocat qui l'avait représentée pour la garde. Il m'a dit qu'il ne savait même pas par où commencer les recherches pour la retrouver puisqu'elle lui avait assuré que toute sa famille avait péri dans un incendie.

— Elle n'a jamais dit d'où elle venait ?

— De Bellewood. Elle aurait grandi là-bas, mais aurait été déplacée de foyer en foyer dans tout l'État.

— Est-ce qu'elle avait des amis ? Un travail ?

— Elle ne m'a jamais présenté d'ami. Elle a travaillé comme femme de ménage, ça, je m'en souviens.

— Elle était salariée ou elle travaillait à son compte ?

— Je ne sais plus. Je ne lui ai jamais posé la question. Elle a arrêté après ta naissance, de toute façon.

— Où est-ce qu'ils se sont rencontrés, avec mon père ?

Lisette eut un sourire triste.

— À ton avis ? Dans un bar, évidemment. Il y en avait un près du parc à mobile homes, mais il a été rasé il y a bien longtemps.

— Le mobile home dans lequel on vivait... Il était à qui ?

— À ton père. Enfin, il le louait au gérant du parc. À sa mort, elle s'est contentée de payer le loyer à sa place. Après son départ, le propriétaire m'a demandé de prendre en charge les frais de réparation de tout ce qui avait été abîmé dans le mobile home, étant donné que le bail était toujours au nom d'Eli.

— Tu sais si elle vivait aussi dans le parc ? Avant de rencontrer papa, je veux dire ?

— Je n'en ai pas la moindre idée, ma chérie. Mais je ne crois pas. Ton père disait qu'il y avait beaucoup de trafic de drogue, là-bas. Il avait toujours peur pour toi. Je voulais qu'il revienne vivre avec moi après ta naissance, mais il disait que ta mère ne le permettrait jamais. Bref, je pense qu'elle fréquentait ce bar car elle y connaissait des gens qui habitaient dans le parc ou qui y allaient pour se droguer.

Josie soupira. Le bar dont parlait sa grand-mère n'existait plus et le trafic de drogue qui gangrenait le parc avait été éradiqué par le chef Harris. Josie pouvait toujours demander une enquête de voisinage, mais il était peu probable qu'ils obtiennent des informations utiles seize ans après les faits. De plus, à l'époque où elle avait rencontré son père, sa mère se faisait appeler Belinda Rose depuis plus d'un an.

— Mamie, est-ce que tu as des photos d'elle ?

Lisette demeura impassible un moment.

— Je ne crois pas. Ta mère n'aimait pas qu'on la prenne en photo et, il y a trente ans, on n'avait pas tous un téléphone. On ne passait pas notre temps à prendre des photos. On avait bien un appareil argentique, avec une pellicule qu'il fallait ensuite faire développer, mais ça coûtait cher et...

— Mamie, la coupa Josie pour tenter de recentrer la conversation.

Lisette sourit.

— Je vais te donner mes albums de photos, tu pourras regarder dedans.

Gretchen apparut à l'entrée de la cafétéria. Elle salua Lisette d'un signe de tête, laquelle lui répondit avec la main.

— J'imagine que tu ne vas pas passer la journée à discuter avec moi, n'est-ce pas ? demanda-t-elle à sa petite-fille.

— Eh non, mamie... Tu connais Maggie Lane ?

— Je vois qui c'est, elle ne sort pas souvent de sa chambre. Elle a fait un AVC il y a quelques années et, depuis, elle préfère rester seule. Grâce à la thérapie, elle a retrouvé la parole et son cerveau n'a pas de séquelles, mais elle a du mal à se déplacer, maintenant. Elle n'a toujours parlé que de son mari, mort il y a plusieurs années. Elle a encore toute sa tête, mais je pense qu'elle fait partie de ces gens qui attendent la mort. Tu veux que je te montre où est sa chambre ?

22

JOSIE – SIX ANS

Sa mère vint la réveiller en la secouant et lui pinça l'épaule si fort que la douleur irradia dans tout son bras.

— JoJo, chuchota-t-elle. Debout.

Josie se raidit. Lentement, elle s'assit dans son lit, puis regarda sa mère. Ses cheveux noirs flottaient autour de sa tête. Elle appelait ça des frisottis. Ils n'apparaissaient que quand il pleuvait. De longues traînées noires lui barraient les joues. Elle pleurait.

Il y avait un problème. Un gros problème.

— Maman ?

Le sourire de sa mère, doux et gentil, la terrifia encore plus que si elle avait de nouveau plaqué le couteau contre son visage.

— Où... où est papa ?

Sa mère lui prit la main.

— Mon bébé, je suis tellement désolée... Ton papa a fait quelque chose de très grave ce soir.

Josie la regarda sans comprendre. Elle espéra soudain que sa mère ne poursuivrait pas. Chaque mot était comme une pointe enfoncée dans sa peau.

— Ton papa nous a quittées ce soir, JoJo. Il est parti à tout jamais. Tu sais ce que ça veut dire, quand quelqu'un meurt ?

Josie ne répondit pas, mais elle savait, à peu près. Elle savait que, quand les gens mouraient, ils allaient dans un endroit appelé « paradis ». C'est ce que lui avaient expliqué son papa et sa mamie. Le paradis était un lieu vraiment formidable, sauf que, là-bas, on ne pouvait plus voir sa famille.

23

Maggie Lane était frêle et voûtée. Ses longs cheveux gris étaient tirés en arrière pour former une queue-de-cheval. Josie savait que cette dame en fauteuil roulant avait le même âge que sa grand-mère, mais le temps avait été moins clément avec elle. Le visage de Maggie semblait deux fois plus ridé que celui de Lisette, ses doigts noueux étaient constamment repliés vers ses paumes, et ses pieds inertes, chaussés de baskets blanches, étaient tournés vers l'intérieur.

Maggie leva la tête quand Josie et Gretchen entrèrent dans la pièce, et Lisette fit demi-tour avec son déambulateur pour retourner à la cafétéria.

— Madame Lane, dit Gretchen.

Maggie les dévisagea tour à tour de ses yeux chassieux. Son fauteuil roulant était installé entre son lit et une petite commode. Gretchen s'installa dans le fauteuil inclinable, Josie resta debout. Elles se présentèrent, puis Gretchen expliqua qu'elles étaient ici pour évoquer une jeune fille dont elle avait eu la garde.

— La garde ? répéta-t-elle d'une voix rêche, peut-être abîmée par la cigarette.

— Une fille qui vivait avec vous dans le foyer de Powell Street, à Bellewood, précisa Gretchen. Ça remonte à la fin des années 1970, début des années 1980. Elle s'appelait Belinda Rose. Née un 15 octobre.

— Je me souviens de Belli. C'est comme ça que je l'appelais. Une gentille petite. Jusqu'à ce qu'elle entre dans l'adolescence. Après, elle est devenue infernale.

Gretchen et Josie échangèrent un regard.

— Combien de temps est-elle restée chez vous ? demanda Josie.

Maggie fut prise d'une quinte de toux qui la secoua des pieds à la tête. Josie était sur le point d'appeler quelqu'un lorsque la vieille dame reprit son récit.

— Quand Belli est arrivée, elle avait à peu près cinq ans. Elle avait fait plusieurs familles d'accueil avant ça, certaines voulaient même l'adopter, mais ça n'a jamais fonctionné. L'un de ses pères adoptifs potentiels avait une idée particulière de la façon dont on éduque une fille, si vous voyez ce que je veux dire.

Josie sentit son estomac se nouer.

— Alors elle avait cinq ans à son arrivée, répéta Gretchen. Est-ce qu'on vous a donné des informations sur ses parents ? Pour quelle raison a-t-elle été placée en famille d'accueil ?

— On ne nous dit pas grand-chose en général mais, si je me souviens bien, elle était l'enfant d'un couple d'adolescents qui n'étaient pas prêts à devenir parents. À l'époque, avoir un enfant quand on était soi-même encore un enfant, c'était... mal vu. Un certain nombre d'enfants nous ont donc été confiés parce que leurs parents étaient trop jeunes.

— Comment était-elle ?

Maggie sourit, ce qui fit légèrement glisser son dentier. Elle referma la bouche pour le remettre en place. Puis elle répondit :

— Mignonne. Elle était vraiment mignonne. Toujours prête à m'aider dans mon travail ou à rendre service aux autres filles.

On pouvait toujours compter sur elle pour le ménage ou les corvées de ce genre. Elle était affectueuse, aussi. La plupart de ces filles avaient grandi sans la moindre affection, et n'en voulaient donc pas ou n'étaient pas capables d'en donner. Certaines avaient vraiment eu un passé compliqué. Elles n'avaient jamais connu de caresse innocente, si vous voyez ce que je veux dire.

— Vous avez dit que Belinda était une gentille fille avant de devenir adolescente, reprit Gretchen. Que s'est-il passé à ce moment-là ?

Maggie haussa les épaules. Josie crut à une nouvelle quinte de toux, mais la vieille dame se contenta finalement d'une longue expiration.

— Je ne sais pas exactement. Il arrive parfois que les filles tournent mal à partir d'un certain âge. Elle a commencé à avoir de mauvaises notes au lycée, à rentrer après le couvre-feu, à boire et à fumer. La police l'a arrêtée plusieurs fois alors qu'elle buvait dans le bois avec d'autres jeunes.

Dans cette partie de la Pennsylvanie, c'était comme si chaque lycée possédait son bois où les ados se retrouvaient pour se soûler, se droguer, fumer ou juste sécher les cours. Quand Josie était lycéenne, ils se retrouvaient tous aux Stacks, un endroit où de gros rochers étaient tombés de la montagne.

— Elle était scolarisée à Bellewood ? demanda Josie.

— Comme toutes mes filles, confirma Maggie.

— Est-ce que vous vous souvenez des gens qu'elle fréquentait ? demanda Gretchen.

— J'avais largement de quoi faire avec mes propres filles, se défendit Maggie. Je n'avais pas le temps de surveiller leurs amis.

— Et parmi les filles du foyer ? interrogea Josie. Y en avait-il dont elle était plus proche que d'autres ?

Les poumons de Maggie se mirent de nouveau à siffler. Elle leva une main et il lui fallut quelques secondes pour reprendre son souffle avant de répondre :

— Pas vraiment. Elle était plutôt solitaire. Elle partageait sa chambre avec Angie... Oh, Seigneur, je ne me souviens plus de son nom de famille, mais elle est partie se marier après l'université et s'est installée du côté de Philadelphie. Belli était plus proche d'Angie que de toutes les autres filles.

Si Angie avait fréquenté l'université, s'était mariée et avait emménagé à Philadelphie, alors il ne pouvait s'agir de la mère de Josie. Ils iraient néanmoins l'interroger, au cas où elle pourrait leur apprendre quelque chose sur Belinda ou ses éventuels amis.

— Je suis sûre qu'on pourra retrouver sa trace grâce aux archives, dit Josie. Ça va vraiment nous aider.

— À quoi ressemblait Belinda ? demanda Gretchen.

— Ma Belli était petite et ronde, les cheveux blonds et bouclés. Quelle horreur à coiffer !

— Combien de temps est-elle restée avec vous ?

— J'étais censée la garder au foyer jusqu'à ses dix-huit ans, mais elle a fait plusieurs fugues.

Josie et Gretchen échangèrent un regard.

— Quand a-t-elle fugué ? demanda Josie.

Maggie reposa sa tête contre le dossier et poussa un soupir fatigué. Elle était livide. Cet interrogatoire l'épuisait.

— Une première fois pendant plusieurs mois, quand elle avait quinze ou seize ans. Je ne me souviens plus exactement. J'étais tellement en colère ! Quelqu'un au lycée lui avait trouvé un petit boulot au palais de justice, elle devait classer des dossiers et répondre au téléphone quelques heures par semaine. Elle s'en sortait très bien au début, et elle gagnait un peu d'argent. Elle avait arrêté de sécher les cours et, globalement, ne s'attirait plus d'ennuis. En revanche, elle s'était mise à se battre à longueur de temps avec mes autres filles.

— À quel sujet ? demanda Gretchen.

Nouveau haussement d'épaules.

— Qui sait ? Pourquoi les adolescentes se disputent-elles ? Il y avait toujours des querelles autour de leurs affaires – unetelle a utilisé la brosse de celle-ci, unetelle a emprunté le pull de celle-là... Les autres filles ont commencé à dire que Belli se sentait supérieure parce qu'elle avait un travail. Des gamineries. Et puis elles se sont mises à se moquer d'elle parce qu'elle avait grossi. Elle mangeait tout ce qui lui tombait sous la main. Je ne pouvais plus suivre ! Je ne recevais pas beaucoup d'argent pour m'occuper de mes filles. Je devais me débrouiller avec le peu que me donnait l'État pour toutes les nourrir. Le ton est monté un jour où je lui ai reproché de vider mes placards. Elle s'est mise à pleurer et s'est enfuie. Elle est revenue quelques mois plus tard.

— Est-ce qu'elle avait encore de l'embonpoint, à son retour ? demanda Josie.

— Un peu. Mais elle s'était quand même calmée.

Josie devina ce que Gretchen était en train d'écrire dans son bloc-notes. Belinda Rose avait soudainement grossi et avait commencé à manger énormément après avoir travaillé quelque temps au palais de justice. Elle avait fugué puis était revenue, plus mince, et moins gourmande. Cela n'avait peut-être pas été une évidence pour Maggie, mais Josie savait exactement ce qui était arrivé.

— Madame Lane, Belinda a-t-elle eu des... soucis de santé ?

— Comment ça, des soucis de santé ?

— Je ne sais pas, n'importe quoi.

Gretchen posa la main sur le frêle avant-bras de Maggie.

— Madame Lane, nous avons des raisons de penser que Belinda aurait pu avoir un enfant à un moment donné.

Maggie la dévisagea sans comprendre. Puis elle éclata de rire.

— Vous vous trompez, assura-t-elle. Belli n'a jamais eu de bébé.

Clairement, Maggie n'avait rien su de cette grossesse, il était donc inutile de continuer de l'interroger à ce sujet.

— Vous avez signalé sa disparition ? questionna Gretchen.

— Évidemment. Je n'avais pas le choix. La police ne l'a jamais retrouvée. Et puis un jour, elle est réapparue.

— Vous a-t-elle dit où elle était allée ?

— Non, et je n'avais pas le temps de lui tirer les vers du nez. J'avais beaucoup de filles à charge et, au cas où vous ne le sauriez pas, gérer des adolescentes, ce n'est pas une sinécure.

— Madame Lane, pouvez-vous essayer de vous rappeler exactement quand c'est arrivé ? intervint Josie. Avait-elle quinze ans, seize ans ?

— Seize. Elle venait d'avoir seize ans.

— C'était donc à l'automne ? conclut Gretchen.

Maggie réfléchit un moment.

— Oui, sans doute. Il faisait très froid. Je m'en souviens à cause de tous les radiateurs qu'on avait installés partout dans la maison. J'avais peur qu'une de mes filles provoque un incendie. C'était juste avant Noël. Elles avaient toutes hâte d'être en vacances, mais les vacances de Noël, c'est compliqué, quand on est en foyer. Beaucoup d'entre elles étaient déprimées, c'est une période où les disputes sont encore plus nombreuses. C'est malheureux, mais je dois avouer que, la première fois que Belli a fugué, j'étais plutôt soulagée.

À l'automne 1982, juste après son seizième anniversaire, Belinda Rose avait donc fugué pour accoucher avant de revenir sans que personne ne se doute de rien.

— Et... savez-vous si elle avait un petit ami ? demanda Gretchen. Un garçon qu'elle fréquentait plus qu'un autre ou qui semblait l'intéresser ?

— Elle avait quelqu'un au lycée. Comment s'appelait-il, déjà... Lonnie ou Lyle, quelque chose comme ça. Son nom de famille était aussi un prénom.

Josie réprima un grognement.

— Lloyd Todd ?

— Oui, c'est ça ! Ils sont restés ensemble au moins un an.

Josie savait que Lloyd Todd avait grandi à Bellewood. Il avait déménagé à Denton pour monter son entreprise : c'était une ville bien plus importante que Bellewood, ce qui lui permettait de toucher un maximum de clients, que ce soit pour la construction ou pour la drogue.

Gretchen griffonna quelques mots.

— Ça, c'était donc la première fois. Quand a-t-elle fugué ensuite ?

— Deux années après cela. Elle allait avoir dix-huit ans moins de six mois plus tard. On se demandait ce qu'elle allait devenir une fois majeure. Elle voulait rester avec moi, mais je lui ai dit que ce n'était pas possible. C'était autour de Pâques, je m'en souviens. Elle est allée travailler au palais de justice après le lycée, comme d'habitude. Elle rentrait généralement vers 19 heures mais, cette fois, elle n'est jamais revenue. Là aussi, j'ai appelé la police.

— Nous avons vérifié dans les dossiers de tout le comté : elle n'apparaît sur aucune liste de personnes disparues.

— Ah, mais c'est parce qu'elle n'a pas disparu, ma chère. Elle m'a envoyé une carte postale quelques mois après son départ. Son dix-huitième anniversaire était passé, elle était donc libre de faire ce qu'elle voulait. Par contre, elle ne m'a jamais donné son adresse et n'est jamais venue récupérer ses affaires.

Josie sentit un frisson lui parcourir l'échine.

— D'où a été postée la carte ?

— De Philadelphie. Elle s'excusait d'être partie si brusquement, mais disait avoir rencontré un homme qu'elle s'apprêtait à épouser. Elle me remerciait pour tout.

— Vous n'auriez pas conservé cette carte postale, à tout hasard ? tenta Gretchen.

Maggie rit.

— Oh, ma petite, dès que je me suis mariée, je me suis débarrassée de tout ce qui me rattachait à ma vie d'avant. Nous avons parcouru le pays en camping-car. Il n'y avait pas beaucoup de place pour la nostalgie. Mais je l'ai apportée au commissariat pour que les enquêteurs puissent clore le dossier.

24

JOSIE – SEPT ANS

Josie se réveilla en sursaut, couverte de sueur. Après quelques secondes de terreur durant lesquelles elle ne savait plus où elle se trouvait, le brouillard se dissipa. Elle était chez mamie, dans le lit de mamie. Depuis la mort de son père, c'est ici qu'elle habitait. Elle avait sa propre chambre, mais elle préférait ne pas dormir seule. Josie s'assit et chercha sa grand-mère à tâtons. Elle n'était pas là.

— Mamie ? appela-t-elle.

Pas de réponse. Prise de peur, Josie descendit du lit et marcha sur la pointe des pieds le long du couloir, en direction du rai de lumière qui filtrait sous la porte de la salle de bains. En s'approchant, elle entendit sa grand-mère pousser un cri de lamentation, si aigu qu'elle en eut la chair de poule. Elle se figea, incapable de savoir si elle devait frapper à la porte ou l'appeler. La pression dans sa poitrine augmenta, et elle fila se remettre au lit, où elle tira les couvertures par-dessus sa tête. Elle aurait tant aimé que son père revienne du paradis, mais elle savait au plus profond d'elle-même qu'elle ne le reverrait jamais.

Elle se demandait si Wolfie était avec lui au paradis quand elle entendit des bruits de pas dans le couloir. Elle ferma les yeux et fit semblant de dormir. Josie ne bougea pas d'un pouce quand mamie se recoucha et la serra fort dans ses bras.

Quand elle se réveilla le lendemain matin, il faisait jour et mamie avait de nouveau disparu. Josie perçut des voix au rez-de-chaussée. Elle sauta du lit et se jucha en haut de l'escalier pour écouter.

La voix qu'elle entendit lui glaça le sang.

— Elle est à moi. Tu ne l'auras jamais, Lisette.

— S'il te plaît, Belinda, répondit sa mamie. Elle est heureuse, ici. Je prendrai soin d'elle.

— Plutôt mourir, rétorqua sa mère avant de hurler : JoJo ! Viens ici !

Lentement, comme si elle avançait dans des sables mouvants, Josie descendit l'escalier. Sa mère lui sourit. Pas d'une manière effrayante comme souvent quand elle s'apprêtait à être méchante, plutôt à la manière des rares fois où elle était gentille, comme le jour où elle lui avait donné le livre de coloriage. Elle s'agenouilla pour être au même niveau que sa fille et écarta doucement ses cheveux de ses yeux.

— JoJo, tu veux rentrer à la maison avec maman, hein ?

Josie ne savait pas quoi dire. Elle ne voulait pas quitter mamie, mais elle aimait quand sa mère était gentille avec elle. Comme elle ne répondait pas, sa mère continua :

— Tu me manques, JoJo. Tu n'as pas envie de rentrer avec moi ? On fera du coloriage, des jeux et des trucs de filles toutes les deux. Qu'est-ce que tu en dis ?

Josie regarda le visage tendu de mamie.

— JoJo ? insista sa mère.

Elle avait envie de faire toutes ces choses avec sa mère. Elles pourraient jouer à cache-cache, et peut-être se vernir les ongles. L'une des amies de Josie à l'école faisait des journées « spa » avec sa mère, où elles s'amusaient à se maquiller et à se coiffer. Josie en rêvait !

Josie hocha la tête et, avant qu'elle ait eu le temps de

comprendre, sa mère la poussait sur le siège passager de sa Chevette bleue et claquait la porte sur elle. Josie tourna la tête vers sa grand-mère qui, les larmes aux yeux, lui faisait signe de la main depuis le porche. La mère de Josie prit place derrière le volant et fit démarrer la voiture.

— Maman, dit Josie. J'ai oublié mes vêtements et ma couverture.

— La ferme, JoJo.

25

Il leur fallut près de quatre heures pour mettre la main sur le dossier de Belinda Rose. C'était un véritable miracle que le petit commissariat de Bellewood l'ait conservé. Ils avaient eu l'amabilité de laisser Josie, Noah et Gretchen fouiller leur salle d'archives poussiéreuse et pleine de vieux dossiers classés. C'était comme s'ils n'avaient jamais rien jeté.

— Heureusement qu'ils existent, ces petits commissariats, commenta Noah tout en manipulant des boîtes pour que Josie et Gretchen y jettent un œil.

Josie commençait à perdre espoir quand elle se retrouva avec le bon dossier entre les mains. L'encre sur le papier jauni était si décolorée qu'elle eut toutes les peines à déchiffrer le nom qui y était inscrit, mais c'était bien cela : « Belinda Rose. »

Après avoir signé les formulaires d'usage, ils repartirent tous les trois avec le dossier sous le bras. Gretchen ne cessait d'éternuer à cause de la poussière. Josie avait les yeux qui piquaient. Ils firent presque tout le trajet jusqu'à Denton les vitres baissées, laissant l'air frais du mois de mars chasser le passé pendant quelques instants.

Une fois rentrés au commissariat, ils étalèrent le contenu du dossier sur le bureau de Josie. Il n'y avait pas grand-chose dedans, et les procès-verbaux, décolorés, avaient été tapés sur une vieille machine à écrire. Ils n'apprirent rien de plus que ce que Maggie Lane leur avait déjà raconté. Josie nota les noms des policiers qui avaient enregistré les deux déclarations de disparition. Un rapide coup de fil à leurs collègues de Bellewood lui apprit qu'ils avaient tous deux pris leur retraite depuis longtemps.

— Là, dit Noah en extirpant une vieille photographie en couleur de la pile.

On y voyait une adolescente costaude dans le petit jardin devant le foyer. Les rayons du soleil mettaient en valeur ses boucles blondes serrées, et elle plissait les yeux en souriant. Une robe informe à motif fleuri recouvrait son large ventre et s'arrêtait à mi-cuisses. Josie repéra une bretelle de sac à dos sur une épaule, et elle tenait un sac en kraft entre ses mains.

— Jour de rentrée scolaire, dit Gretchen.

Josie prit la photo des mains de Noah et la retourna. Quelqu'un avait inscrit « Septembre 1982 » au verso.

— Elle était enceinte, sur cette photo, déclara Josie. Si nous ne nous sommes pas trompés dans la chronologie des événements.

— Est-ce qu'il y a une autre photo ? demanda Gretchen en fouillant dans le dossier. Qui date d'avant sa deuxième fugue ?

Josie en trouva une, accrochée avec un trombone à une seconde série de procès-verbaux, rédigés plus d'un an après les premiers. Sur ce cliché, Belinda descendait une volée de marches dans ce que Josie imagina être le foyer – l'arrière-plan ne montrait qu'un lambris en bois sombre et une moquette grise miteuse. Cette fois, Belinda semblait avoir été prise sur le vif, sans poser. La différence entre les deux clichés était considérable. Belinda semblait deux fois plus mince sur celui-ci. Ses cheveux étaient toujours les mêmes, de petites bouclettes blondes qui lui arrivaient aux épaules, amenant une étincelle de vie dans cet environnement si terne. Des yeux bleus brillants, un sourire discret. Elle était vêtue d'un jean slim et du même coupe-vent que celui que la docteure Feist avait exhumé avec son corps. Sous le col de la veste, on devinait un petit boîtier doré en forme de cœur.

— Regardez ça, montra Josie à ses collègues. On ne l'a pas retrouvé dans la tombe.

— Peut-être qu'elle ne le portait pas le jour de sa mort, suggéra Gretchen.

— Elle était en famille d'accueil. C'est un joli pendentif, argumenta Josie.

— C'était peut-être du toc, contra Noah.

— Elle pouvait y tenir malgré tout, insista Josie.

Elle n'avait pas grandi en famille d'accueil, mais sa situation personnelle n'avait pas été plus enviable ; pas avant le départ de sa mère, en tout cas. Elle n'avait jamais eu de bijoux avant ses dix-huit ans, quand Ray lui avait offert un diamant pour lequel il avait économisé pendant des mois. Elle l'avait porté tous les jours pendant ses années à l'université. Elle l'avait encore.

— Gretchen, dit Josie, prenez une photo avec votre téléphone et retournez voir Maggie Lane à la maison de retraite quand on aura terminé. Elle nous a dit que Belinda n'avait pas récupéré ses affaires après sa seconde disparition. Vous voulez bien lui demander si ce pendentif en faisait partie ?

— C'est comme si c'était fait, répondit Gretchen en s'exécutant.

— Elle date de quand, cette photo ? demanda Noah.

— De mars 1984.

— Maggie nous a dit qu'elle avait disparu aux alentours de Pâques 1984, rappela Gretchen en ouvrant le navigateur internet sur son téléphone. Cette année-là, Pâques tombait le 22 avril.

— La déposition de Maggie Lane est datée du 26 avril 1984, nota Josie.

— Nous pouvons donc estimer la date du meurtre, dit Noah. C'est arrivé le 26 avril 1984, ou après.

— Certes, mais ça ne nous dit pas qui a fait ça, temporisa Josie. J'ai vu passer les noms des personnes interrogées à l'époque. Attendez... (Elle sélectionna une autre feuille de papier.) Voilà. Ils ont interrogé Lloyd Todd et son frère, Damon. Lloyd raconte qu'ils sortaient ensemble par intermittence depuis début 1983. Ils se sont séparés autour de Noël 1983. Il l'avait vue au lycée dans la journée, et elle avait l'air d'aller bien. Il avait un entraînement d'athlétisme ce soir-là. Ça a été confirmé par son père et son frère, qui étaient tous les deux au stade avec lui.

— Ce sera impossible de parler à Lloyd Todd, remarqua Gretchen. Il a été incarcéré à la prison du comté en attendant son procès et ça m'étonnerait qu'il accepte de rencontrer un flic sans la présence de son avocat.

Josie hocha la tête.

— Il est probable qu'il refuse même de nous parler tout court. Essayons avec son frère, alors. Si les collègues de Bellewood ont jugé utile de l'interroger à l'époque, il peut peut-être nous aider.

— Il y a aussi les noms des personnes avec qui elle travaillait au palais de justice, fit remarquer Gretchen après avoir noté le nom du frère.

— Recherchez-les aussi, dit Josie. Peut-être que quelqu'un saura nous dire avec qui elle passait son temps. Renseignez-vous aussi auprès des services sociaux pour voir s'ils ont une liste des filles qui vivaient chez Maggie Lane à la même période que Belinda. Je veux des noms et des photos si vous y parvenez. Je voudrais qu'on parvienne à avoir une idée aussi précise que possible de ce qu'était la vie de cette fille les mois qui ont précédé son assassinat.

À ce moment-là, Noah sortit la carte postale du dossier. On y voyait la Liberty Bell, symbole de l'indépendance américaine, surmontée des mots « *Greetings from Philadelphia* » en lettres rouges. Il la tendit à Josie, qui la retourna. À la vue de l'écriture au verso, son sang se glaça.

Maggie,

Je suis désolée d'être partie sans prévenir. J'ai rencontré un homme merveilleux. On est amoureux ! Nous voilà maintenant à Philadelphie, où nous allons bientôt nous marier ! Ne t'inquiète pas pour moi. Merci pour tout !

Belinda

Elle était datée du lendemain du dix-huitième anniversaire de Belinda, avait été postée de Philadelphie, et avait été écrite par la mère de Josie.

26

JOSIE – SEPT ANS

Josie ne se rappelait pas avoir déjà eu aussi faim. Cela faisait des jours que sa mère n'était pas sortie de sa chambre. Son ventre lui donnait l'impression de vouloir se replier sur lui-même. Elle ferma les yeux et pressa ses mains l'une contre l'autre en chuchotant :

— Mon Dieu, faites que mon papa revienne, et Wolfie aussi, et faites que je puisse revoir ma mamie, et aussi donnez-nous à manger à moi et ma maman.

Alors qu'elle terminait sa phrase, elle entendit des voix devant sa porte. Sa mère et un homme ; ce devait être Needle. Elle n'arrivait pas à comprendre ce qu'ils disaient, mais elle les entendit passer dans le couloir pour aller s'enfermer dans la chambre de sa mère.

C'est alors que l'odeur arriva à ses narines. De la pizza. Pas d'erreur possible, et c'était ce qu'elle préférait. L'odeur la fit saliver. Sans un bruit, elle ouvrit la porte de sa chambre et se faufila dans le couloir. Ses pieds légers étaient silencieux sur la moquette usée du couloir et du salon.

La grande boîte blanche était posée sur la table de la

cuisine. Il en émanait un parfum absolument délicieux. Le ventre de Josie fit un bruit si tonitruant qu'elle crut que sa mère et Needle l'avaient entendu. Heureusement, cela n'avait pas l'air d'être le cas. Elle grimpa sur une chaise et ouvrit la boîte. Après un coup d'œil derrière elle pour s'assurer qu'ils étaient toujours dans la chambre, elle attrapa une part qui lui sembla plus grosse qu'elle, et croqua dedans. Elle mangea jusqu'à en avoir la nausée et la tête qui tournait, mais elle se sentait rassasiée pour la première fois depuis des semaines.

Elle attaquait sa troisième part quand on lui asséna un coup à l'arrière de la tête qui la fit tomber de la chaise sur laquelle elle était accroupie.

— Belinda ! s'exclama Needle alors que sa mère la tirait par le bras pour la faire sortir de la cuisine.

— Qui t'a donné l'autorisation de manger cette pizza ?

Josie ne répondit pas. Elle avait la gorge nouée. Elle sentit les larmes lui monter aux yeux et se concentra du mieux qu'elle put pour les refouler.

— Belinda, répéta Needle. Arrête.

— La ferme, toi, le coupa-t-elle.

La porte du placard, plein de manteaux accrochés à des cintres au-dessus d'un vieux bout de moquette marron poussiéreuse, s'ouvrit devant Josie. Ça sentait le tabac et le moisi.

— Non ! Maman, non ! hurla Josie.

Sa mère la poussa à l'intérieur.

— Ta gueule.

La moquette était rêche contre la joue de la fillette.

— Maman, tu avais promis, hoqueta-t-elle, incapable de retenir ses larmes plus longtemps. Tu avais promis que si je ne disais rien, tu ne m'enfermerais plus dans le placard. Maman !

— Belinda, c'est qu'une gamine, s'interposa Needle.

Sa mère le pointa du doigt et vociféra :

— Toi, reste en dehors de ça.

— Maman, s'il te plaît !

Puis la porte se referma brutalement, et l'obscurité se fit autour d'elle.

27

— Vous êtes sûre que c'est l'écriture de votre mère ? demanda Noah.

Josie sentait la migraine arriver. Comme elle ne répondait pas, il reprit :

— Vous avez un échantillon ? Un papier sur lequel elle aurait écrit, qu'on puisse comparer ?

— Je n'ai pas besoin d'un échantillon.

— Vous n'avez jamais imité la signature de vos parents quand vous étiez ado, lieutenant Fraley ? demanda Gretchen.

Il la regarda sans comprendre.

— Hein ? Non, pourquoi j'aurais fait ça ?

Gretchen secoua la tête, dépitée.

— Bien, dit-elle gravement, je vois que l'on a face à nous un véritable modèle de vertu.

Malgré elle, Josie éclata d'un rire sonore, heureuse que sa collègue soit parvenue à alléger la tension dans la pièce. Mais Noah semblait ne toujours pas comprendre.

— Pardon ?

— Vous vous fichez de nous, pas vrai ? Vous ne savez pas imiter la signature d'au moins un de vos parents ? insista Josie.

— Mais non ! Qu'est-ce que...

Gretchen ne le laissa pas terminer sa phrase. Elle se leva et lui colla son bloc-notes sous les yeux. Elle y avait écrit, dans deux écritures totalement différentes, « Agnes Palmer » et « Fred Palmer ».

— Ce sont les signatures de mes grands-parents, expliqua-t-elle. Je vivais chez eux quand j'étais au lycée. Comment croyez-vous que j'ai pu sécher sans problème dix-sept jours de cours, en terminale ?

Noah secoua la tête, un petit sourire aux lèvres.

— Vous étiez vraiment une élève brillante, alors.

Gretchen lui mit un coup de bloc-notes sur l'épaule, hilare.

Josie récupéra une feuille de papier dans l'imprimante sur le coin de son bureau et y inscrivit le nom qu'elle avait toujours considéré comme celui de sa mère : « Belinda Rose. »

Gretchen et Noah étudièrent la signature. Elle était quasiment identique à celle sur la carte postale.

— J'ai commencé à sécher les cours à l'âge de douze ans, raconta-t-elle. Ma mère n'était pas souvent là et, de toute façon, elle se fichait pas mal du collège, des rendez-vous médicaux et de tout ce qui me concernait de près ou de loin. Ça m'a bien aidée de savoir imiter sa signature, avant qu'elle parte. Après, je suis allée vivre chez ma grand-mère et, quand elle m'a surprise en train d'essayer d'apprendre à écrire comme elle, j'ai été privée de sortie pendant une semaine.

La bonne humeur s'était évaporée. Josie ne leva pas les yeux vers ses deux agents. Sa migraine venait de prendre une tout autre ampleur, elle sentait son sang marteler sa tête au rythme de son cœur.

— On dirait que ma mère vient de passer de simple suspecte potentielle à suspecte principale.

28

JOSIE – HUIT ANS

Josie tambourina contre la porte du placard.

— Maman, s'il te plaît ! Je dois finir mes devoirs !

Elle entendit un objet glisser sur la moquette du salon, puis un choc contre la porte. Josie bondit en arrière. Le trait de lumière sous la porte avait disparu. Les dernières fois qu'elle l'avait enfermée là, sa mère avait bloqué la porte en calant devant une des chaises du salon pour l'empêcher de sortir.

Josie ne voyait plus rien. Le battement de son cœur sembla emplir tout ce minuscule espace. Elle se laissa tomber par terre et se roula en boule, tentant désespérément de penser à des choses positives qui la rendaient heureuse, comme aller chez sa grand-mère ou à l'école. Mais aussitôt, les larmes lui montèrent aux yeux : sa maîtresse allait être tellement déçue en voyant qu'elle n'avait pas fait ses exercices. C'était tellement injuste. Elle n'avait rien fait de mal. En rentrant de l'école ce soir-là, elle s'était immédiatement installée pour travailler, et sa mère avait surgi comme une furie pour l'enfermer dans le placard comme un vieux manteau.

Quand Josie perçut la voix étouffée d'un homme, elle comprit soudain ce qui se tramait. Sa mère recevait l'un de ses amis spéciaux. Josie devait toujours se cacher dans le placard dans ces cas-là. De la fumée à l'odeur sucrée s'infiltra sous la porte et lui fit tourner la tête. L'homme parlait fort et semblait en colère.

— Je t'avais dit que t'avais intérêt à avoir mon fric, Belinda. Alors, il est où, mon fric ?

Ce n'était pas Needle. Josie avait déjà entendu cette voix, mais elle n'avait jamais vu l'homme à qui elle appartenait.

— Calme-toi, je t'ai dit que c'était bon, pour l'argent.

— Je crois pas, non. Si c'était bon, tu l'aurais avec toi, et moi j'aurais pas besoin d'attendre. Tu crois quoi ? Que je vais te fournir gratos ? T'as combien sur toi ? Tu peux me donner combien, là, maintenant ?

Elle entendit des bruits de froissement, des tiroirs qu'on ouvrait et refermait, des objets qu'on renversait.

— Je n'ai que 7 dollars, dit finalement sa mère.

Un bruit plus fort retentit, Josie entendit sa mère crier. Quand elle reprit la parole, sa voix semblait étrangement étranglée.

— A... attends... On va... trouver un arrangement, je t'assure.

— Ah ouais ? Quel genre ? Je partirai pas d'ici sans que tu m'aies filé ce que tu me dois.

— Tu sais quoi... J'ai pas d'argent, mais il y a d'autres choses que je peux faire pour payer ma dette.

— Ah oui ? Comme quoi ?

— J'ai une fille. Tu peux l'emmener au fond. Tu peux faire ce que tu veux avec elle.

— Comment ça, une fille ?

— À ton avis ? Une gamine, quoi. Tu peux l'avoir. Je vais lui parler. Elle fera tout ce que tu voudras.

— Quel âge ?

Sa mère ne répondit pas.

— Attends, reprit l'homme. Tu veux dire la petite mioche, là, avec les cheveux noirs comme toi ?

— J'ai qu'une seule enfant, répondit-elle.

Le silence s'éternisa. Josie savait que c'était d'elle qu'ils parlaient, mais ne voyait pas où ils voulaient en venir.

Quand l'homme reprit la parole, il semblait écœuré. L'espace d'un instant, son ton rappela à Josie la façon dont son père parlait à sa mère, avant qu'il s'en aille au paradis.

— Tu te moques de moi ? Tu te fous de moi, hein ? Tu me prends pour qui ? Un putain de pervers ?

— Non, non, j'ai pas dit ça.

— Je touche pas aux enfants, moi. C'est immonde. T'es complètement tarée, tu le sais, ça ? Rends-moi ma came.

Josie entendit des bruits sourds, des grognements, puis sa mère, haletante, supplia :

— Non, s'il te plaît, je vais payer. Attends. (Nouveaux froissements, puis une fermeture Éclair qu'on dézippe, et l'homme prit une profonde inspiration.) Je vais m'occuper du paiement moi-même.

— Vous n'avez pas trouvé une seule photo de votre mère dans les albums de votre grand-mère ? s'étonna Gretchen.

Assise sur le siège passager de la Chevrolet Cruze de Gretchen, Josie regardait droit devant elle.

— J'ai trouvé deux clichés où elle apparaît de profil, à côté de mon père, mais c'est tout. Sur les deux, elle a la tête tournée, ça ne nous avancera pas. Ma grand-mère ne l'a jamais appréciée et ne s'est jamais entendue avec elle, je ne suis donc pas surprise qu'elle n'ait pas de photos d'elle.

— On dirait que beaucoup de monde ne s'entendait pas avec elle, remarqua Gretchen.

Les quartiers ouvriers de Denton laissèrent la place aux habitations plus cossues. Ils arrivaient dans le quartier de la maire, où les maisons s'élevaient, majestueuses, au milieu de gigantesques pelouses méticuleusement tondues. Apparemment, Damon Todd avait lui aussi quitté Bellewood pour Denton après le lycée, et s'en sortait bien professionnellement. Il n'avait fallu qu'une journée à Gretchen pour le localiser et, quand elle lui avait téléphoné, il avait consenti à la rencontrer à la condition que l'entretien n'ait aucun rapport avec ce dont son frère était accusé.

Comme Josie gardait le silence, Gretchen continua :

— Patronne, je sais que vous n'avez pas envie de parler d'elle, et je n'ai pas besoin de savoir... ce qu'elle vous a fait subir, mais je fais partie des agents qui mènent cette enquête. Ça m'aiderait d'avoir une meilleure idée de la personne qu'elle était.

Josie savait qu'elle avait raison. C'était le genre de questions qu'on posait aux membres de la famille lors d'une enquête. Il était essentiel de savoir à qui on avait affaire et à quoi s'attendre le jour où l'on retrouverait cette personne.

Gretchen se gara devant une grande villa blanche de style colonial bordée de bougainvilliers. Elle coupa le moteur, se tourna sur son siège et commença à soulever son polo.

— Qu'est-ce que vous faites ? s'étonna Josie.

Gretchen, la quarantaine, était plutôt ronde. Elle laissa apparaître ses kilos en trop en remontant son polo jusqu'à sa poitrine.

— Gretchen, souffla Josie, légèrement inquiète. Je ne crois pas que...

Elle ne termina pas sa phrase. Elle venait de voir les cicatrices qui quadrillaient l'abdomen de sa collègue, certaines fines et argentées, d'autres violacées et épaisses comme des cordes.

— Laparotomie exploratrice, expliqua Gretchen. Vous connaissez le syndrome de Münchhausen par procuration ?

Josie déglutit.

— C'est quand les parents rendent leurs enfants malades pour attirer l'attention et la compassion d'autrui ?

Gretchen sourit et remit son haut en place sous la ceinture de son pantalon.

— Oui, exactement.

— Votre... C'est votre mère qui vous a fait ça ?

— Non, ce sont les différents médecins qu'elle m'a

emmenée voir au fil des ans. Ma mère les a convaincus que j'en avais besoin.

— Je suis vraiment désolée, répondit Josie, sonnée comme après un coup de poing.

Gretchen était très secrète. Cela faisait presque un an qu'elle était dans son équipe, et pourtant personne ne savait rien d'elle. La plupart du temps, elle portait une veste en cuir élimé qui, combinée à sa coupe à la garçonne, lui donnait des airs de motarde mais, pour autant que Josie sache, elle n'avait même pas de moto. Cette veste cachait de toute évidence une histoire, mais aucun de ses collègues n'avait jamais osé poser de questions à ce sujet. Josie comprenait ce besoin de protéger sa vie privée ; elle était pareille. Gretchen avait toujours été efficace au travail, et personne n'avait jamais jugé utile d'être indiscret.

— Je comprends que vous ayez du mal à en parler, dit Gretchen. Ce n'est pas facile de montrer ses cicatrices. Même quand ces cicatrices se trouvent ici. (Elle tapota sa tempe.) Ou ici. (Elle désigna cette fois son cœur.) Mais je m'y connais un peu en mères toxiques.

— Comment... Quand est-ce que votre mère a arrêté ?

— Quand elle a tué ma sœur, asséna Gretchen. Depuis, elle est en prison. À Muncy. Numéro d'écrou : OY9877.

Josie resta silencieuse. La porte d'entrée de la villa s'ouvrit et un homme élancé d'une quarantaine d'années aux cheveux poivre et sel s'avança vers la voiture.

— Peut-être que ma mère va l'y rejoindre, conclut Josie en ouvrant sa portière.

Elles retrouvèrent Damon Todd à mi-chemin de l'allée devant sa maison et firent les présentations. Il présentait bien pour son âge : mince, bronzé, avenant. Tout le contraire de son frère, costaud et nerveux. Il portait un polo bleu et un pantalon kaki décontracté, comme s'il s'apprêtait à partir jouer au golf. Il les invita à entrer et les guida dans un grand vestibule où étaient entreposés des sacs de sport.

Damon sourit d'un air penaud.

— Désolé. J'ai trois adolescents, tous sportifs, et maintenant j'accueille en plus les enfants de Lloyd. Ils ont tendance à balancer leurs affaires par terre dans l'entrée quand ils arrivent à la maison.

À gauche du vestibule se trouvait la salle de séjour. Une bonne partie du parquet en bois massif était dissimulée sous le canapé gris en forme de U qui faisait face à un gigantesque écran de télévision. Josie compta trois consoles de jeux vidéo différentes dans le meuble sous la télévision. Des bouquets de fleurs artificielles trônaient sur la table basse et deux guéridons assortis étaient disposés de part et d'autre de la pièce. Entre cela et les lourds rideaux gris plissés, il était évident qu'il y avait une femme dans cette maison. Josie avait appris grâce aux recherches de Gretchen que Damon, devenu physiothérapeute, collaborait étroitement avec les étudiants athlètes du campus de Denton.

— Alors, dit Damon en prenant place sur le canapé, vous êtes ici pour parler de Belinda Rose. Je me suis toujours demandé ce qu'elle était devenue.

— J'ai le regret de vous apprendre qu'elle a été assassinée, déclara Gretchen en s'asseyant en face de lui.

Damon pâlit.

— Quoi ? Quand... Comment ça ?

— Nous pensons qu'elle a été tuée la nuit de sa disparition ou peu de temps après, intervint Josie, qui était restée debout. Le 26 avril 1984.

— Sa disparition ? Au lycée, la rumeur courait qu'elle avait rencontré quelqu'un et qu'ils étaient tous les deux partis s'installer à Philadelphie. Comment savez-vous qu'elle a été assassinée ?

— Les restes de son corps ont récemment été découverts dans le bois derrière le parc de mobile homes, répondit Josie.

— Mon Dieu, fit-il en se prenant la tête entre les mains. Je ne sais pas quoi dire.

Elles lui laissèrent le temps de reprendre ses esprits. Il inspira plusieurs fois, puis leva les yeux.

— Quel est le rapport avec moi ?

— Nous essayons de nous faire une idée précise de la vie de Belinda avant sa mort : quelles étaient ses fréquentations, comment elle était, dans quels endroits elle se rendait, ce genre de choses, expliqua Gretchen.

— Je vois. On ne se connaissait pas si bien que ça.

— Sa mère adoptive nous a dit qu'elle était sortie avec votre frère, dit Josie. Lloyd a fait une déclaration en ce sens au commissariat après sa disparition, et vous-même l'avez confirmé.

— Je n'aurais jamais dit ça, et Lloyd non plus. C'est ce qu'ont dû en déduire les policiers. Comme tout le monde à l'époque. Vraiment, tout le monde partait du principe que c'était le cas.

— Pour quelle raison les gens partaient du principe que Belinda et Lloyd sortaient ensemble ? s'interrogea Gretchen.

— Et pourquoi est-ce que Lloyd ne démentait pas ? ajouta Josie.

Damon glissa ses mains entre ses genoux.

— Eh bien, elle a passé beaucoup de temps chez nous en première.

— Mais elle et Lloyd n'étaient pas ensemble ? demanda Gretchen.

— Non, pas eux.

— Qui, alors ? Vous et Belinda ?

Sa bouche se tordit.

— J'imagine que ça n'a plus d'importance maintenant, marmonna-t-il, presque pour lui-même.

— Qu'est-ce qui n'a plus d'importance, monsieur Todd ? insista Josie.

— Belinda avait une relation avec notre père.

Prononcer ces mots semblait lui avoir demandé un tel effort qu'il en avait le souffle court. Gretchen et Josie échangèrent un regard. Puis cette dernière répéta :

— Votre père ?

— Il est mort désormais, précisa Damon. D'un cancer du pancréas, il y a quelques années. Il était professeur d'algèbre au lycée. Ma mère est partie juste avant que j'entre en troisième, on n'était plus que tous les trois : moi, Lloyd et papa. Il donnait des cours particuliers à Belinda, le soir, et ils se sont... rapprochés.

— C'est une manière de voir les choses, dit Gretchen en commençant à prendre des notes. Quand est-ce que ça a commencé ?

— À la fin de mon année de seconde, juste avant l'été.

— En 1983 ?

— C'est ça. C'était l'été avant sa disparition.

— Vous est-il arrivé, à vous ou à Lloyd, de parler avec elle ou votre père de ce qui se passait entre eux ? demanda Josie.

— On a essayé. On était tous les deux dégoûtés par ce qu'il faisait. On n'était déjà pas prêts à accepter qu'il fréquente une nouvelle femme, alors une fille du lycée... Lloyd était fou. J'ai cru qu'un jour ils en viendraient aux mains, mais mon père a été très clair : il ne comptait pas arrêter de la voir. Alors Lloyd a fini par laisser tomber. Ils ne se sont pas adressé la parole pendant longtemps. J'ai essayé de raisonner papa, mais il m'a répondu que je comprendrais plus tard. Il disait qu'on avait tout à fait le droit de lui en vouloir. La seule chose qu'il nous demandait, c'était de n'en parler à personne, car il risquait de perdre son travail et de finir en prison.

Gretchen et Josie le dévisageaient. Il leva les mains en signe d'impuissance.

— Je sais, je sais, c'est horrible. Quand j'y repense aujourd'-hui, je me rends compte à quel point c'était mal. Mais Lloyd et moi étions jeunes. Notre père était tout ce qui nous restait. S'il avait été condamné, on se serait retrouvés seuls. Je pense que c'est pour cette raison que Lloyd a cessé de revenir à la charge. Il répétait qu'ils finiraient bien par arrêter de se fréquenter et que, même si la situation était insupportable, c'était toujours mieux que d'envoyer notre père en prison. Alors j'ai... suivi le mouvement.

— Et Belinda ? demanda Gretchen. Vous lui avez parlé de sa relation avec votre père ?

— Oui, plusieurs fois. Elle me répondait qu'elle ne voulait pas arrêter de le voir et me demandait de n'en parler à personne. D'après elle, Lloyd avait déjà accepté. Comme je vous l'ai dit, le plus important pour mon frère, c'était d'éviter la prison à notre père. Il était dans la même classe que Belinda donc, quand les gens se sont aperçus qu'elle passait beaucoup de temps chez nous, ils en ont naturellement conclu que c'était pour voir mon frère, et on ne les a pas contredits. Au lycée, elle racontait qu'il y avait quelque chose entre elle et Lloyd, et lui ne niait pas. Elle le suivait partout et, même s'il l'ignorait la plupart du temps, c'était suffisant pour que tout le monde pense qu'ils étaient ensemble. Je ne sais pas si vous êtes au courant, mais... Vous n'allez peut-être pas me croire, mais elle avait des crocs. Seulement en haut. Ça n'était pas si visible mais, au lycée, quasiment tout le monde le savait.

— C'était écrit dans le rapport d'autopsie, confirma Josie. Des dents surnuméraires.

— C'est comme ça que ça s'appelle ? Désolé. Je ne voulais pas lui manquer de respect. Si j'en parle, c'est parce qu'à cause de ça, beaucoup d'élèves se moquaient d'elle. Elle avait peu d'amis – aucun, à vrai dire – et, à partir du moment où Lloyd n'a pas nié qu'ils étaient ensemble et qu'il l'a laissée le suivre partout, plus personne ne l'a embêtée. Parfois, je me dis qu'elle n'avait pas envie de fréquenter les garçons de son âge parce qu'ils passaient leur temps à la harceler. Elle ne l'a jamais dit, c'est simplement une interprétation personnelle. Je lui ai dit qu'elle ferait mieux de sortir avec quelqu'un de son âge, mais elle a répondu que...

Il s'interrompit et regarda au loin.

— Qu'a-t-elle répondu ? insista Josie.

— Elle a répondu qu'elle aimait les hommes mûrs... Qu'ils étaient plus attentionnés, plus raffinés, et qu'ils la traitaient mieux. À l'entendre, ce n'était pas la première fois qu'elle avait une relation avec un homme plus âgé.

Gretchen leva un instant son stylo de son bloc-notes.

— A-t-elle donné des noms ?

— Non. J'ai pensé qu'elle bluffait, qu'elle disait ça pour se rendre intéressante.

— Est-ce que votre père offrait des cadeaux à Belinda ? Des bijoux, ce genre de choses ? demanda Josie.

— Non. Il n'aurait jamais fait ça. Il avait tellement peur qu'on découvre son secret. Les gens savaient qu'il était célibataire : si on l'avait surpris en train d'acheter des bijoux, ça aurait jasé. Elle portait toujours un petit médaillon autour du cou, mais ce n'est pas mon père qui le lui avait offert.

— Vraiment ? s'étonna Josie. Est-ce qu'elle a dit de qui elle le tenait ?

— Je ne lui ai jamais posé la question, et elle n'en parlait jamais. Lloyd ne s'intéressait pas suffisamment à elle pour le lui demander. Certaines filles du lycée ont tenté d'en savoir plus, mais elle restait évasive, racontait qu'il lui avait été offert par quelqu'un de spécial. Je me suis souvent demandé si elle ne se l'était pas acheté elle-même. Belinda était une gentille fille, mais elle aimait qu'on la remarque et plus elle jouait les mystérieuses, plus on la remarquait.

— Monsieur Todd, dit Josie, Belinda a-t-elle un jour évoqué sa grossesse ou sa maternité ?

Il ouvrit de grands yeux.

— Quoi ? Non. Jamais.

Josie savait que Belinda avait commencé à fréquenter le

père de Damon Todd quatre ou cinq mois après son accouchement, mais cela valait le coup de voir si elle en avait parlé à Damon. Belinda avait-elle caché sa grossesse à tout le monde ? N'avait-elle pas eu le moindre ami à qui se confier ? Quelqu'un savait-il ce qui était advenu du bébé ?

Gretchen reprit l'interrogatoire.

— Que s'est-il passé entre Belinda et votre père ?

— Oh, ça n'a pas duré. Leur histoire s'est terminée avant la nouvelle année.

— Qui a rompu ?

— C'est elle. Mon père était dévasté. Je pense qu'il l'aimait vraiment beaucoup. Elle aurait eu dix-huit ans l'automne suivant. Ils auraient pu assumer leur relation... C'est en tout cas ce que mon père disait. Il a continué de parler d'elle pendant des mois. Et puis, au printemps, des rumeurs ont commencé à circuler en ville, disant qu'elle avait rencontré un type à Philadelphie et qu'ils allaient se marier. Je n'ai jamais vu mon père aussi déprimé. Enfin... sauf quand ma mère est partie.

— D'où venaient ces rumeurs ? demanda Josie.

— L'une des filles qui vivaient avec elle au foyer était dans sa classe et, quand leur mère adoptive a reçu une carte de Belinda, c'est devenu leur unique sujet de conversation La rumeur a fini par s'ébruiter et, un jour, mon père a surpris des conversations pendant son cours.

— Vous souvenez-vous du nom des filles qui vivaient dans ce foyer ?

Il en énuméra quelques-uns. Des prénoms si communs qu'il serait impossible de retrouver ces personnes. Mais d'ici quelques jours, les services sociaux leur enverraient la liste des résidentes du foyer, ce qui leur permettrait de voir si certains noms concordaient avec ceux dont Damon se souvenait.

— Vous nous avez dit qu'elle avait peu d'amis, mais vous rappelez-vous de personnes vraiment proches avec qui elle passait du temps ? Les adolescentes en ont au moins une, en général.

— Je suis désolé, mais non, je ne vois pas. Elle n'était pas populaire au lycée, elle n'y avait pas vraiment d'amis, en dehors des filles du foyer. Si elle avait des amis en dehors du lycée, je n'étais pas au courant. Elle avait un petit boulot au palais de justice, peut-être qu'elle s'était fait des connaissances là-bas ? Comme je vous l'ai dit, elle fréquentait mon père. C'était bizarre. On les couvrait, mais on ne peut pas vraiment dire qu'elle et moi étions amis. Vous pouvez toujours jeter un œil aux *yearbooks*. Toutes les filles du foyer étaient scolarisées à Bellewood High.

Josie avait envie de se mettre des claques. Comment n'avait-elle pas pensé à ces livres édités chaque année, recensant les photos et les coordonnées de tous les élèves ?

— Les *yearbooks*... répéta-t-elle. Est-ce que le lycée aurait encore ceux des années 1980 ?

— Aucune idée mais, si vous voulez, je peux déjà vous donner ceux de mon père. Il en a conservé un exemplaire pour chacune de ses années d'enseignement. Ils sont dans le garage avec un tas d'autres affaires à lui. Je ne savais pas quoi en faire. Je ne me voyais pas les jeter.

Gretchen se leva.

— Merci, monsieur Todd, ils nous seraient très utiles, c'est certain.

— Alors ils sont à vous. Ma femme sera ravie de s'en débarrasser.

30

JOSIE – NEUF ANS

À l'aide d'une craie bleue, Josie traçait des carrés sur le trottoir devant la maison de sa grand-mère. Tout le monde jouait à la marelle à l'école, mais elle n'en avait jamais dessiné une elle-même. Elle avait poussé des cris de joie quand sa grand-mère lui avait offert une boîte de craies. Il y avait quatre couleurs : bleu, rose, jaune et vert. Josie préférait le bleu, ce fut donc celle qu'elle utilisa en premier. Une fois son œuvre achevée, elle se plaça à une extrémité et commença à sauter.

— Josie, l'appela sa grand-mère depuis la porte d'entrée. Il est temps de se préparer.

La fillette rangea consciencieusement la craie dans sa boîte en carton puis remonta l'allée en sautillant.

— Lave-toi les mains, ordonna Lisette.

Josie courut à la cuisine et s'exécuta.

— Tu crois que je vais tomber, mamie ?

Lisette sourit en attrapant leurs deux vestes dans le placard de l'entrée.

— Sans doute. C'est normal de tomber, la première fois qu'on fait du patin à roulettes. C'est même inévitable.

Josie se sécha les mains sur le torchon à vaisselle et se précipita vers sa grand-mère pour enfiler sa veste.

— C'est loin, la piste de roller ?

— Non, c'est à environ dix minutes d'ici, répondit-elle en attrapant son portefeuille et ses clés.

— Tu n'as pas oublié le cadeau ?

Lisette s'empara d'un joli paquet brillant posé sur la table de l'entrée.

— Bien sûr que non, ma chérie.

— J'ai tellement hâte ! Je n'avais jamais été invitée à un anniversaire avant aujourd'hui. Et encore moins à un anniversaire en patins à roulettes !

Lisette rayonnait. Elle savait que Josie trépignait d'impatience depuis deux semaines à l'idée de se rendre à cette fête. Elles ne parlaient plus que de cela.

Son sourire s'évanouit à la seconde où elle franchit le pas de la porte. La mère de Josie se tenait là, cigarette à la main, vêtue d'un jean déchiré et d'un t-shirt bleu taché qui pendait d'une de ses épaules. Elle avait les joues creusées, ses longs cheveux noirs étaient ternes. Elle leur adressa un faux sourire, et Josie sentit un frisson courir le long de son échine.

31

Josie et Gretchen transportèrent plusieurs cartons de *yearbooks* du lycée de Bellewood High jusqu'au bureau de Josie au commissariat. Josie se plongea ensuite dans les années 1981 à 1985, espérant repérer le visage de sa mère au milieu de ces centaines de photos.

— Je n'ai rien trouvé, lança-t-elle quand Noah apparut.

Il prit un siège face à elle.

— Alors elle n'était pas dans le même lycée que Belinda Rose. Il faut encore vérifier les filles du foyer. J'ai organisé une rencontre avec une dame du palais de justice qui travaillait là-bas en même temps que Belinda.

Avec un soupir, Josie ferma le dernier album et fit tourner son fauteuil pour regarder par la fenêtre. La nuit était tombée, ce qui signifiait qu'il était temps de rentrer chez elle, de retrouver sa maison vide, sa bouteille de Wild Turkey et les souvenirs ravivés d'une mère dont la meilleure action envers sa fille avait été de l'abandonner.

— Ça va, patronne ? s'enquit Noah.

Elle reprit position face à lui et lui offrit un léger sourire.

— Ça va, mentit-elle. Vous avez du nouveau ?

— D'après Maggie Lane, le collier de Belinda n'était pas dans les affaires laissées au foyer. Elle ne sait pas qui le lui a offert, mais Belinda aurait commencé à le porter autour de Noël après sa première fugue. J'ai déjà envoyé quelqu'un pour fouiller de nouveau la scène de crime : rien.

— Intéressant, dit Josie. Peut-être qu'on en apprendra plus auprès des filles avec qui elle a grandi une fois qu'on les aura retrouvées.

— Espérons.

Noah fit ensuite un geste en direction de la fenêtre sombre derrière elle.

— Il commence à se faire tard, patronne.

— Je sais.

Il était toujours si attentionné envers elle. Elle l'aurait bien invité à prendre un verre, mais elle s'y refusa. Deux ans plus tôt, elle avait trouvé une solution simple à cette sensation paralysante de peur et d'anxiété : le sexe. Deux ans plus tôt, elle avait un fiancé avec qui il était facile de faire l'amour, sans se prendre la tête. Cela l'apaisait. Son corps était en manque de cette sensation physique qui masquerait la noirceur qui envahissait son esprit. Elle savait que Noah ne dirait pas non, tout comme elle savait que c'était une mauvaise idée. Mais elle repoussa cette pensée ; inutile de rendre sa vie encore plus compliquée. Elle se leva et chercha ses clés dans la pile d'albums.

— Je vais rentrer chez moi. À demain ? J'aimerais être là quand vous interrogerez la dame du palais de justice.

— Pas de souci.

Josie quitta le commissariat. Elle roula à travers les rues calmes de Denton, obnubilée par la bouteille de Wild Turkey qui l'attendait sur son réfrigérateur – le meilleur des réconforts après le sexe. Mais quand elle se gara dans son allée, elle sut immédiatement qu'il se passait quelque chose d'anormal. Les fenêtres de sa chambre, éclairées, brillaient d'une lumière dorée dans l'obscurité.

Il y avait quelqu'un dans sa maison.

32

JOSIE – NEUF ANS

— Belinda, dit Lisette d'une voix qui semblait peu naturelle. Que fais-tu ici ?

— À ton avis ? Je suis venue récupérer ma fille.

Josie recula pour se cacher derrière sa grand-mère.

— Comme ça, sans prévenir ? Tu l'as abandonnée ici, Belinda, sans un mot. C'était il y a des mois. Elle a quasiment passé l'année scolaire chez moi !

Sa mère leva les yeux au ciel.

— Et alors ? C'est ma gamine. (Elle tendit la main vers Josie.) Viens, JoJo, on y va.

— Ces allers-retours incessants ne sont pas bons pour Josie. Elle a besoin de stabilité.

— Tu veux bien la fermer, Lisette, pour une fois ? Personne t'a demandé ton avis.

— Tu n'as pas besoin de me demander mon avis, répliqua Lisette d'une voix tremblante de rage. Tu abandonnes cette enfant sur le pas de ma porte chaque fois que tu en as marre de t'en occuper. J'ai donc mon mot à dire. Je suis sa grand-mère. Je l'aime. Je veux qu'elle reste ici.

— Et moi, je suis sa mère. Et je fais ce que je veux. Allez, viens, JoJo. On y va, j'ai dit.

Lisette resta immobile, son corps faisant barrage entre Josie et sa mère.

— Elle est bien, ici. Elle a de meilleures notes à l'école, elle est heureuse. Elle s'est fait des amis. Laisse-la rester.

— Bordel de merde, Lisette. Rends-moi ma gosse.

— Écoute-moi. Laisse-la juste finir l'année scolaire chez moi.

— J'ai dit non. Maintenant, je récupère ma fille et on rentre chez nous.

— S'il te plaît...

— Arrête d'insister, connasse, ça va mal finir. Je peux faire en sorte que tu ne la revoies plus jamais.

C'est à ce moment-là que Josie comprit qu'elle n'irait pas faire du patin à roulettes. Il était arrivé que sa mère fasse ce que Lisette lui demandait, mais c'était extrêmement rare. Josie savait que, cette fois-ci, sa mère remporterait la bataille. L'incandescence dans son regard bleu foncé et la manière dont elle se tenait, son corps raide, en disaient long sur ses intentions. Josie se voyait déjà de retour dans ce vieux mobile home puant et son placard sombre. Elle allait de nouveau mourir de faim et entendre le bruit que faisaient les amis spéciaux de sa mère en entrant et sortant de chez elles à n'importe quelle heure. Quelle idiote elle avait été d'avoir imaginé qu'elle pourrait être comme les autres enfants... et qu'elle pourrait avoir de vrais amis. Tous ses camarades ne parleraient que de cette fête d'anniversaire, sauf elle. Enfin, elle et Ray, le garçon qui était toujours gentil avec elle. Elle serait encore mise à l'écart, et sa grand-mère ne serait même pas là pour la consoler. Elle refoula les larmes qui lui montaient aux yeux. Lisette posa une main sur son bras, mais Josie savait que cela ne changerait rien.

— D'accord, dit Lisette. Très bien. Récupère-la, mais laisse-la au moins aller à l'anniversaire de son amie. On était sur le point de partir. J'ai même acheté un cadeau. Il n'y en a que pour quelques heures. Je l'emmène, je vais la chercher et je la dépose chez toi après.

Sa mère poussa Lisette et agrippa le bras de Josie pour la tirer brutalement hors de la maison.

— Qu'est-ce que j'en ai à foutre de l'anniversaire de ces gamins à la con. Allons-y, JoJo. Et toi, Lisette, je sais pas pour qui tu te prends, depuis quand c'est toi qui décides de quoi que ce soit au sujet de ma fille ? Tu ne l'auras jamais. Je te laisserai jamais l'avoir. Rentre-toi bien ça dans le crâne.

33

Après avoir signalé un cambriolage en cours, Josie se gara de l'autre côté de la rue sous le grand chêne d'un voisin. Elle alla chercher son gilet pare-balles dans le coffre de sa voiture, l'enfila et vérifia son Glock. Elle fit ensuite deux fois le tour de la maison, sans un bruit, tapie dans l'obscurité. Elle connaissait l'emplacement de ses détecteurs de mouvements et les évita soigneusement. Il ne lui fallut qu'un tour pour comprendre que la personne qui était entrée chez elle l'avait fait en cassant la vitre de l'une des fenêtres de la cuisine.

Elle sentit la colère monter en elle, attisée par l'anxiété. Qui était dans sa maison ? Pour faire quoi ? Le simple fait que des étrangers puissent se trouver dans son espace intime, toucher ses objets, semblait déjà être un sacrilège. Elle avait acheté cette maison avec son propre argent après avoir quitté Ray. Elle était spacieuse, avec beaucoup de fenêtres pour laisser entrer le soleil : tout le contraire du cercueil sur roues dans lequel elle avait grandi. Elle n'avait que des bons souvenirs, dans cette maison. C'était son lieu sûr au milieu d'un monde qui n'avait de cesse de l'horrifier. C'était son sanctuaire. Ou plutôt, ça l'avait été. Jusqu'à ce soir.

Elle fut tirée de ses pensées par l'arrivée de deux voitures de patrouille, suivies de près par Noah au volant de son véhicule personnel. Déjà protégé par son gilet, il courut vers elle tout en vérifiant son arme et fit signe à ses collègues en uniforme de les rejoindre.

— Il y a deux points d'entrée : devant et derrière, expliqua Josie. La moustiquaire à l'arrière est fermée de l'intérieur, il est donc impossible de pénétrer par là dans la maison. Pas discrètement, en tout cas. Ils sont entrés en cassant une vitre dans la cuisine. Je ne sais pas combien ils sont ni s'ils sont armés. Je n'ai rien entendu. Soyez extrêmement prudents, s'il vous plaît.

Elle leur tendit un trousseau de clés, que Noah saisit.

— On va passer par la porte de devant. Le lieutenant Fraley et moi d'un côté, et deux d'entre vous pour le second binôme. Les autres, vous restez à l'extérieur en surveillance. Lieutenant, vous avez de quoi écrire ?

Noah sortit de sa poche arrière un petit carnet de notes plié. Un des autres agents lui tendit un stylo. Elle griffonna un plan grossier de sa maison.

— C'est ici que la lumière est allumée, indiqua-t-elle en montrant le carré qui représentait sa chambre. Fraley et moi, on passe par là, vous deux, vous allez par là ; on commence par faire le tour du rez-de-chaussée avant de monter à l'étage et de suivre ce couloir.

Tout le monde hocha la tête.

L'adrénaline emplit les veines de Josie quand elle et Noah se faufilèrent jusqu'à la porte d'entrée, suivis par deux de leurs collègues en uniforme. Elle avait vécu cette situation des dizaines de fois auparavant, mais jamais dans sa propre maison. La peur prit de nouveau le dessus dans son esprit.

— Patronne.

Le chuchotement de Noah interrompit ses pensées. Elle devait rester concentrée. Ce n'était qu'une maison comme une autre, avec des cambrioleurs à l'intérieur. Elle serra l'épaule de

Noah d'une main, et il enfonça la clé dans la serrure de la porte d'entrée qui s'ouvrit sans un bruit. Ils pénétrèrent dans la maison, et les deux binômes se séparèrent pour faire le tour du rez-de-chaussée avant de se retrouver en bas de l'escalier : rien à signaler, il n'y avait personne à ce niveau.

Alors qu'ils montaient l'escalier, Josie perçut des voix. Ils étaient deux, apparemment. Noah dut arriver à la même conclusion puisqu'il tendit la main en levant l'index et le majeur avant de désigner la dernière porte au fond du couloir, celle de la chambre de Josie, entourée d'un trait de lumière.

Les voix qui provenaient de la pièce étaient masculines.

— Bon, il va revenir ou pas, sérieux ?

— Nan, il a dit qu'il avait ce qu'il lui fallait. On a juste à foutre le bordel, et on se barre. De toute façon, il a dit qu'elle était jamais chez elle.

Trois pièces vides les séparaient de la chambre à coucher principale : la salle de bains, la chambre d'amis et une pièce pleine d'équipement de surveillance que Josie utilisait comme bureau. Ils vérifièrent chacune des pièces subrepticement avec leurs lampes torches, mais toutes étaient plongées dans le noir et inoccupées. Quand Noah atteignit enfin la chambre de Josie, il s'arrêta, imité par les autres derrière lui. Josie leur donna le signal et ils entrèrent d'un coup, arme au poing, en hurlant : « On ne bouge plus ! Police ! Mains en l'air ! Couchez-vous sur le ventre ! »

Deux adolescents en survêtement et sweater à capuche se figèrent, stupéfaits. L'un d'eux était debout sur son lit, une bombe de peinture rouge à la main. Au-dessus de la tête de lit, il avait tagué les lettres P, U et T. Josie devina que la lettre manquante devait être un E. L'autre garçon avait vidé par terre le contenu de tous les tiroirs de sa commode. Il leva les mains immédiatement. Son complice lâcha son aérosol et bondit du lit pour s'étaler tête la première sur la moquette. Quelques secondes plus tard, ils étaient menottés, prêts à partir pour le commissariat. Les policiers leur lurent leurs droits et les fouillèrent, mais ne trouvèrent aucun objet appartenant à Josie sur eux.

— Oh, mec, fit le tagueur alors qu'un policier le poussait dans le couloir. Je me suis cogné la tête, alors tout doux, OK ?

L'officier ne répondit pas, et la voix de l'autre garçon intimant à son ami de la fermer s'atténua tandis qu'ils étaient emmenés hors de la maison. Josie resta là, son arme pendant au bout de son bras, à étudier chaque centimètre carré de la pièce. Le mot « SALOPE » avait été tagué sur un autre mur. La plupart des oreillers étaient éventrés, leur rembourrage disséminé aux quatre coins de la chambre. Ses vêtements avaient été sortis de la penderie et éparpillés un peu partout. Son tapis et son dessus-de-lit étaient maculés d'empreintes de chaussures boueuses. Le miroir au-dessus de la commode était en miettes. Les tables de chevet étaient renversées, les lampes fracassées mais toujours allumées, ce qui dessinait de mystérieuses ombres sur cette scène de destruction. Sa boîte à bijoux, sur la commode, avait été mise en pièces.

Josie s'approcha et fouilla les débris.

— C'est pas vrai, murmura-t-elle.

Noah posa une main sur son épaule.

— Patronne, dit-il, je pense qu'on devrait faire venir la scientifique. Vous avez entendu comme moi, tout à l'heure, non ? Il y avait une troisième personne. Vous pourrez revenir après pour vérifier ce qui a été volé.

— Mes bijoux, souffla-t-elle.

Elle n'en avait pas beaucoup, mais elle avait amassé une petite collection de paires de boucles d'oreilles, de colliers et de bracelets au fil des années. Des cadeaux de sa grand-mère, de Ray et de Luke, son fiancé, à l'époque où ils étaient encore ensemble. Elle s'en était aussi acheté certains elle-même en diverses occasions. Elle n'y était pas particulièrement attachée, mais trois de ses bijoux avaient une grande valeur sentimentale.

— Mon alliance, croassa-t-elle. La bague de fiançailles que Luke m'avait offerte et le diamant que m'avait acheté Ray à la fin du lycée. Ils ont disparu.

Elle ne parvenait pas à détourner son regard des éclats de bois sombre qui parsemaient le dessus de sa commode. Cette boîte à bijoux n'était même pas fermée à clé. Les cambrioleurs n'avaient aucune raison de la casser. Pourquoi tout ravager comme cela ? Le reste de la maison était intact. Pourquoi s'étaient-ils acharnés sur la pièce qu'elle aimait le plus chez elle ? Qu'avaient-ils fait de ses bijoux ?

— Petits enfoirés, lâcha-t-elle, puis elle leva les yeux vers Noah.

Il affichait une expression gênée. Elle comprit qu'il aurait voulu la réconforter, mais il avait du boulot. Et il savait qu'elle voudrait que le boulot passe avant tout. Elle rengaina son arme mais ne bougea pas, concentrée sur le visage de son collègue pour ne pas voir les détritus tout autour d'elle. Doucement, il la prit par le coude et la guida hors de la pièce.

— On va tirer tout ça au clair, lui promit-il en descendant l'escalier, sa bouche si proche de son oreille qu'elle sentit son souffle dans ses cheveux. Je le promets.

JOSIE – DIX ANS

Leurs pas résonnaient bruyamment dans les couloirs du palais de justice du comté. Josie marchait derrière sa mère, l'air frais s'engouffrant sous la jupe marron qu'elle lui avait fait revêtir. Elle s'arrêta devant une fontaine à eau et but avidement quelques gorgées avant que sa mère ne puisse la gifler et lui dire de se dépêcher. Mais rien ne vint. Elles étaient en public, dans un palais de justice où tout se voulait formel et officiel, où tout était froid et où les adultes vous regardaient comme si vous étiez un insecte.

— JoJo, dit sa mère avec un sourire. Allons-y, ma puce.

Josie savait qu'elle était la seule à entendre le côté tranchant des paroles de sa mère. Elle la suivit jusqu'à deux larges portes en bois qui s'ouvraient sur une gigantesque pièce aux murs couverts d'étagères et de plus de livres que Josie en avait jamais vus. Un bureau massif était disposé au milieu, avec plusieurs chaises séparées en deux groupes : sa grand-mère était assise d'un côté, en compagnie d'un homme que Josie ne connaissait pas.

La fillette suivit sa mère qui pénétra dans la salle. Sa grand-mère vint à sa rencontre et la serra dans ses bras malgré le regard furieux que lui lança sa mère.

— Souviens-toi de ce que je t'ai dit, chuchota Lisette à l'oreille de sa petite-fille avant de la relâcher.

Comment aurait-elle pu oublier ?

Quelques mois plus tôt (après la fête d'anniversaire ratée), sa grand-mère avait décidé de demander purement et simplement la garde de Josie. Il y avait eu un tas de rendez-vous et de réunions interminables, plein d'adultes ennuyeux lui avaient posé des questions auxquelles elle ne pouvait répondre avec honnêteté. Elle avait même rencontré un psychologue. Évidemment, ce que tous ces gens ignoraient, c'était que, chaque fois qu'elle se retrouvait obligée de parler avec eux, cela mettait sa mère dans une rage folle qui la rendait plus cruelle encore que d'habitude, dès que personne n'était plus là pour le voir. Elle faisait attention à ne pas laisser de marques sur le corps de Josie, mais elle n'en avait pas besoin : elle savait à quel point le placard terrifiait sa fille. Si celle-ci parvenait à surmonter ces périodes d'enfermement dans le noir de plus en plus longues, c'était uniquement grâce au sac à dos que Ray lui avait donné pour qu'elle le cache dans le placard. Il contenait une lampe de poche, des piles, un exemplaire corné du premier *Harry Potter*, une figurine Stretch Armstrong et quelques barres de céréales. Lorsqu'elle restait enfermée des nuits entières à grelotter de froid et de peur dans sa chemise de nuit, Josie se plaisait à imaginer que Ray était avec elle.

Le seul point positif dans cette bataille judiciaire, c'était que sa mère était obligée de la laisser passer de courts moments avec sa grand-mère. C'était purement stratégique. Josie avait entendu son avocat raconter que, dans le cadre de sa demande au juge, Lisette avait décrit sa mère comme une femme déraisonnable, mesquine et haineuse. D'après lui, accorder à Josie quelques heures avec sa grand-mère permettrait de discréditer ses dires. Malheureusement, la plupart de ces moments étaient consacrés à se faire tirer les vers du nez concernant ce que sa mère lui faisait subir. Quand Lisette avait pris conscience que Josie ne se confierait jamais à ce sujet, elle avait cherché à la convaincre que si elle racontait ce qui se passait vraiment chez elle, elle pourrait vivre avec elle pour toujours : « C'est très important, Josie. Tu dois dire au juge ce que ta mère te fait. Si tu es courageuse et que tu dis la vérité, toute ta vie va changer. Je sais que tu as peur d'elle mais, je t'assure, il ne faut pas avoir peur. Je peux t'aider. Je peux te protéger, mais seulement si tu dis la vérité. »

Pourtant, Josie savait que personne ne pouvait rien pour elle. Ni son père au paradis, ni sa grand-mère, ni ses professeurs, ni le psychologue qu'elle avait rencontré, et certainement pas le juge qui venait d'entrer dans la pièce et serrait la main à tout le monde.

Josie s'assit à côté de sa mère, balançant nerveusement ses jambes. Elle glissa la main dans la poche de son cardigan et referma les doigts autour de la figurine Disney. Il s'agissait d'une des trois bonnes fées de *La Belle au bois dormant* que Ray lui avait offerte la veille, quand ils s'étaient retrouvés dans le bois derrière chez eux.

« Garde-la, avait-il dit. Peut-être qu'une vraie bonne fée viendra pour te sauver. »

Le poing serré sur la figurine, elle se concentra sur la douleur qui irradiait dans sa main plutôt que sur les adultes qui parlaient d'elle avec leurs voix sérieuses comme si elle n'était pas là. Personne n'avait le moindre pouvoir sur sa mère. Elle avait beau n'avoir que dix ans, Josie n'était pas idiote.

— Mademoiselle Matson, déclara le juge. Josie Matson.

Sa mère se pencha, effleura doucement le bras de Josie et vint lui siffler sa menace à l'oreille :

— Sois une gentille petite fille, JoJo. Allez.

Josie fixait l'écran de télésurveillance, sa tasse de café oubliée sur son bureau. Elle observait cet adolescent, l'un des deux cambrioleurs arrêtés chez elle. Engourdie, épuisée, elle se repassait en boucle les images de sa chambre sens dessus dessous, de la fenêtre brisée, choquée par le fait que des étrangers soient entrés dans sa maison et aient profané son sanctuaire. La porte s'ouvrit dans un grincement et Gretchen entra, un nouveau dossier entre les mains.

— Lui, c'est Austin Jacks. Dix-neuf ans. Il est sorti de Denton East l'an dernier et n'a pas fait grand-chose de sa vie depuis. Travaille à mi-temps dans un fast-food. A été arrêté l'an dernier en possession d'équipement lié à la consommation de stupéfiants, mais l'affaire a été classée.

— Pas de lien avec Lloyd Todd ?

— Nous n'en avons pas trouvé.

— Et l'autre ?

— Ian Colton. Il est mineur. Seize ans. On attend ses parents pour l'interroger. Il est scolarisé à Denton East. Pas de casier. Pas d'arrestation. Il travaille avec Jacks. C'est comme ça qu'ils se sont rencontrés.

Josie doutait qu'ils puissent tirer grand-chose du plus jeune. Quand ses parents arriveraient, il y avait de grandes chances qu'ils fassent appel à un avocat, lequel accepterait que son client soit interrogé par Josie et son équipe, mais qui lui ordonnerait ensuite de ne répondre à aucune question. C'était systématique.

— Notre meilleure chance d'apprendre qui d'autre était dans le coup, c'est ce gamin, dit Josie à Gretchen en se tournant vers l'écran.

À l'image, Austin Jacks ne tenait pas en place. Il tapait des pieds par terre dans un rythme décousu, se rongeait l'ongle du pouce pendant qu'avec son autre main il frottait ses cheveux blonds, courts comme le duvet d'une peau de pêche.

— Noah s'en occupe, répondit Gretchen en tirant une chaise pour s'asseoir près de Josie.

Le garçon était au comble de l'agitation quand Noah entra dans la salle d'un pas nonchalant quinze minutes plus tard. Il fit glisser un paquet de cigarettes sur la table, qu'Austin attrapa. Un briquet apparut dans la main de Noah ; il alluma la cigarette du garçon avant de s'adosser au mur. Austin tira avidement plusieurs bouffées de fumée et ferma brièvement les yeux de plaisir. Ses mouvements incontrôlés se calmèrent – un peu.

Noah lui lut de nouveau ses droits, et Austin confirma qu'il avait compris. Il ne demanda pas d'avocat, Noah put donc entrer directement dans le vif du sujet.

— Est-ce que tu sais à qui appartient la maison dans laquelle tu as été arrêté ?

Le garçon haussa les épaules.

— Je sais pas. Un genre de policière. Qu'est-ce que j'en ai à foutre.

— Pourquoi étais-tu là-bas ?

Il recracha sa fumée en direction de Noah.

— À ton avis ? Pas besoin d'être un génie pour le deviner.

— Toi et Ian étiez là-bas pour cambrioler le domicile d'un

genre de policière, et pourtant on n'a rien retrouvé lui appartenant sur vous, quand on vous a arrêtés. Comment tu expliques ça ?

Son regard passait d'un côté à l'autre de la salle, évitant toujours Noah.

— Vous nous avez chopés avant qu'on ait le temps de prendre quoi que ce soit.

Noah s'approcha de la table.

— Ses bijoux ont disparu.

Les jambes d'Austin firent un bond sous la table.

— Je sais pas quoi te dire.

— Qui d'autre était avec toi ?

Nouveau haussement d'épaules.

— Vous le savez, vous l'avez arrêté aussi.

Noah posa ses deux mains à plat sur la table et se pencha vers l'adolescent.

— On sait qu'il y avait une troisième personne, Austin. Il est venu, il a récupéré les bijoux, et il vous a laissés sur place, toi et Ian, pour que vous cassiez tout. C'est qui ?

Un sourire ténu passa sur le visage d'Austin avant de disparaître aussitôt. Il posa sa cigarette dans le cendrier que Noah lui avait rapporté et plaça ses mains, l'une dans l'autre, sur ses genoux.

— Je vois pas de quoi tu parles.

Noah soupira.

— Très bien. On va récupérer les empreintes sur la fenêtre de la cuisine. Ce ne sera pas long. À moins que ton copain Ian nous fasse gagner du temps en lâchant le morceau en premier. Il est mort de trouille, le pauvre. Je suis sûr que lui et ses parents seront contents d'obtenir une remise de peine en échange d'infos sur ce troisième homme… et en te foutant tout sur le dos.

Noah tourna alors les talons et quitta la pièce, laissant un Austin bouche bée et bien pâle sous ses boutons d'acné derrière lui.

Dix minutes plus tard, il venait se placer sous la caméra de surveillance et faisait de grands signes avec les bras.

— Hé, mec, reviens, appela-t-il. J'ai un truc à te dire.

36

JOSIE – DIX ANS

Josie resta pétrifiée jusqu'à ce qu'une main la pousse vers le bureau du juge ; elle s'avança, touchant presque le bois du meuble.

— Jeune fille, dit-il. Je vais maintenant te poser quelques questions, auxquelles je veux que tu répondes aussi honnête-ment que possible, tu comprends ?

Josie hocha la tête. Elle sentait le regard de sa mère lui brûler le dos comme un faisceau laser. Cette dernière avait eu beau afficher un sourire de façade, Josie avait perçu cette lueur étrange dans ses yeux. Toutes deux savaient pertinemment que, quoi que dise le juge, Josie repartirait avec sa mère à l'issue de l'audition. La fillette avait également conscience que ce qu'elle s'apprêtait à dire pouvait soit améliorer les choses pour elle, soit les empirer de façon dramatique.

Alors, elle mentit.

À chaque mensonge qui glissait de ses lèvres, l'expression de Lisette se décomposait un peu plus. La culpabilité avait un goût amer dans la gorge de Josie, elle évita donc de croiser le regard de sa grand-mère, se concentrant plutôt sur le visage de sa mère, qui jubilait un peu plus à chaque démenti.

Comme prévu, le juge déclara que Josie retournerait vivre avec sa mère, mais que Lisette aurait un droit de visite. Avant qu'elles quittent le bureau du juge, cette dernière enlaça sa petite-fille, et Josie sentit les lèvres de sa grand-mère contre son oreille.

— Je n'abandonnerai pas, Josie. Je trouverai un moyen de te libérer. Je te le promets.

Quand Lisette relâcha son étreinte, Josie lui adressa un sourire courageux. Refoulant ses larmes, elle enfonça la pointe du chapeau de la bonne fée dans la paume de sa main.

— Ça va aller, mamie, souffla-t-elle.

Encore un mensonge.

37

Noah laissa Austin Jacks patienter, rongé par le stress. Josie s'attendait à le voir essayer d'escalader les murs lorsque la porte s'ouvrit enfin et que Noah passa la tête dans l'entre-bâillement.

— C'est toi qui hurles comme ça ? demanda-t-il.

— Oui, c'est moi, répondit Austin, debout sous la caméra. Il y a personne qui me surveille ?

— On est un peu occupés, monsieur Jacks. On se charge en priorité des témoins qui ont des infos à nous donner. Comme ton ami Ian. Qu'est-ce que tu veux ? Besoin d'aller aux toilettes ?

— Vous avez parlé avec Ian ?

— C'est en cours, oui, confirma Noah en faisant mine de repartir.

— Il vous a dit, pour le gars sous le pont ?

Noah s'engouffra dans la brèche.

— Oui, mais il a dit qu'il ne connaissait pas son nom.

— Parce qu'on ne l'a jamais su, répliqua Austin. Tout le monde le connaît comme le gars sous le pont, c'est tout.

Il n'y avait que deux ponts à Denton pour traverser le fleuve

Susquehanna, et un seul suffisamment grand pour que les sans-abri et les dealers s'y réfugient loin des regards.

— Austin, reprit Noah patiemment, il n'y a pas qu'un seul gars qui vit sous ce pont. Tu es au courant qu'on y fait une descente toutes les semaines ?

Le garçon passa les deux mains dans ses cheveux.

— Je peux le décrire. Vous pouvez peut-être faire venir quelqu'un, je sais pas, un artiste ou quoi, et je vais lui dire à quoi ressemble ce mec pour qu'il fasse un portrait. Comme à la télé.

À côté de Josie, Gretchen éclata de rire. Tout le monde s'imaginait que les commissariats fonctionnaient dans la vraie vie comme à la télé, mais faire venir un dessinateur coûtait cher. Très cher. Ils n'avaient pas les moyens d'y avoir recours pour un simple cambriolage, même si celui-ci avait eu lieu chez la cheffe de police.

Noah entra finalement dans la salle d'interrogatoire, referma la porte derrière lui et fit signe à Austin de se rasseoir. Il était si agité qu'il ne tenait pas en place.

— Et si tu commençais par me dire tout ce que tu sais de ce gars ? Ce serait un bon point de départ, dit Noah.

Austin rongea ses ongles sales.

— J'aurai quoi en échange ? Vous pouvez m'arranger le coup avec le procureur ?

— On pourrait envisager une réduction de peine, oui.

— Une réduction de peine ? s'étrangla Austin. Sérieux. Je suis sûr que vous pouvez me faire sortir d'ici. J'ai rien fait en plus. Enfin, c'était pas mon idée, quoi.

Noah se renfonça dans son siège, parfaitement détendu.

— Je ne peux pas faire mieux qu'une réduction de peine, Austin. Ce n'est pas de mon ressort. Tu dois savoir que la policière que vous avez cambriolée, c'est Josie Quinn.

Austin resta bouche bée.

— La cheffe de police ? La meuf sexy qui passe tout le temps à la télé, là ?

— On n'a qu'une seule cheffe de police.

— Merde.

— Tu comprends mieux mon problème ? J'aimerais bien t'aider, mais je suis coincé. À moins, bien sûr, que tu puisses nous donner des infos sur Lloyd Todd ou ses associés.

Austin fronça les sourcils.

— Qui ?

— Lloyd Todd, répéta lentement Noah.

— Le gros dealer de drogue que vous avez coffré le mois dernier ? Le mec de Todd's Home Construction ?

Noah confirma d'un signe de tête.

— J'ai rien à voir avec Lloyd Todd, moi. Jamais eu affaire à lui.

Noah pianota sur la table, comme s'il s'ennuyait.

— Même pas un mec qui bosse avec lui ? Ils sont un peu sur les dents depuis qu'on a arrêté leur patron. Est-ce que quelqu'un de son gang t'a demandé de faire ce coup ?

Austin secoua la tête.

— Non, mec. Je te jure, j'ai toujours gardé mes distances avec Lloyd Todd. Je veux pas d'histoires, moi. Un jour, j'aimerais bien aller à la fac, tout ça. Les mecs qui bossent pour lui sont carrément sous contrôle.

— Oui, on est au courant. Et le gars sous le pont, alors ? Il bosse pour Lloyd Todd ?

— Je crois pas. Je l'ai jamais vu avec un des mecs de Todd. Il est tout seul là-bas, je suis presque sûr.

— Qu'est-ce que tu peux me dire d'autre sur lui ?

Austin se frotta les joues jusqu'à faire rosir sa peau. Puis il déclara :

— Réduction de peine, t'as dit, hein ? Qu'est-ce que tu veux savoir ?

— Réduction de peine, confirma Noah. Dis-moi tout ce que tu sais.

— Il est vieux. Genre, vraiment vieux.

— Tu dirais qu'il a quel âge ?

— Je sais pas, au moins cinquante ou soixante ans.

Près de Josie, Gretchen laissa échapper un long soupir.

— Ravie d'apprendre que cinquante ans, c'est « genre, vraiment vieux »...

Josie pouffa.

— Il est super maigre, continua Austin. Il est tout le temps défoncé. Vous savez bien que Todd bosse pas avec des camés. T'as intérêt à être au taquet si tu veux taffer pour lui. Je crois que ce gars vit sous ce pont, vraiment tout le temps. Il a toujours sa veste verte, même l'été.

Noah plissa les yeux.

— Je croyais que tu le connaissais à peine. Tu m'as l'air d'être bien au courant, pourtant.

Austin s'affala sur sa chaise.

— Sans déconner, mec, t'essaies de me faire avouer quoi ? Ouais, Ian et moi, on passe pas mal de temps du côté du fleuve. Et alors ?

— Pour acheter de la drogue, compléta Noah.

— C'est pas ce que j'ai dit. Tu me poses des questions sur ce mec, je te dis ce que je sais, c'est tout.

— OK. Donc cinquante ou soixante ans, maigre, veste verte...

— Cheveux gris tout pourris, et il porte des bottes de travail qui ont l'air d'avoir au moins vingt ans.

— Tu ne connais pas son nom ?

— Les gens qu'on croise là-bas... On leur demande pas leur nom, tu vois ?

— Très bien. Quel était son rôle dans ton cambriolage ?

— Mon cambriolage ? Attends, ça a jamais été *mon* cambriolage. J'ai jamais voulu voler la cheffe de police ou quoi, c'était son idée à lui.

— Qui, lui ?

— Le mec sous le pont. On lui achète des trucs, des fois, tu vois ?

— Quel genre de trucs ? demanda Noah.

— Bah, des trucs, quoi ! Tu veux vraiment savoir ? Si je te le dis, tu vas pas ajouter ça à la liste, hein ?

Noah soupira.

— Tout ce qui m'intéresse, c'est le cambriolage. Je me fiche des « trucs » que tu achètes à ce mec, d'accord ?

— OK, OK. Bon, c'est arrivé qu'on lui prenne de l'herbe, des pilules, des trucs, moi et Ian, et on avait un peu de retard dans le paiement, alors le mec nous a dit que si on faisait un truc pour lui, il nous refilerait un peu de came et effacerait notre dette.

— C'est lui qui a fait cette proposition ?

— Oui. Il a dit que ce serait pas compliqué. Il venait avec nous, nous faisait entrer dans la maison, et après on devait piquer quelques trucs et foutre le bazar. Mais il y avait rien, là-bas. Le mec a pas trouvé ce qu'il cherchait. Il voulait pas d'appareils électroniques ou de trucs comme ça. Il nous a dit de fouiller la chambre pour récupérer des bijoux et du cash, alors c'est ce qu'on a fait.

— Qui a fourni la bombe de peinture ?

— C'est lui qui nous l'a donnée. Il nous a dit d'écrire un truc bien salace sur les murs.

— Alors « pute » et « salope », c'était votre idée ?

Austin rougit.

— Non, non, c'est pas nous. On la connaissait même pas, l'autre... euh... la cheffe. Je lui ai demandé ce qu'il voulait dire par « truc salace » et il m'a répondu d'écrire des trucs du genre « pute » ou « salope ». Il a dit : « Les garces n'aiment pas qu'on les traite de putes ou de salopes. »

— Les femmes n'aiment pas non plus qu'on les traite de garces, souligna Noah.

— Ben oui, je sais bien...

— Quel progressiste... ironisa Gretchen à côté de Josie.

— Et cet homme vous a expliqué pourquoi il voulait que toi et Ian fassiez tout ça ? continua Noah.

— Non. On s'est dit qu'il s'était pris la tête avec cette meuf. Il nous a quand même dit qu'elle était policière et vivait seule, parce qu'on n'avait pas trop envie d'entrer dans une maison et de nous retrouver face à quelqu'un ou à un gros chien. Il a dit qu'elle passait sa vie au boulot. Il est venu avec nous et, dès qu'on a trouvé les bijoux, il est parti. Il nous a dit de revenir le voir une fois qu'on aurait fini. Ian lui a demandé de rester, parce que si on se faisait choper, on allait tout nous mettre sur le dos, du coup il a dit qu'il repasserait peut-être plus tard, mais je savais que c'étaient des conneries.

Noah croisa les bras.

— Où est-ce que vous étiez censés le retrouver ?

— Bah sous le pont, évidemment.

Josie secoua la tête.

— Mais qu'il est con...

— C'est pour ça que le type l'a choisi, acquiesça Gretchen.

— Vous pensez qu'il nous ment ? demanda Josie. Au sujet de cet homme sous le pont ?

— Nous savons d'après ce que vous avez entendu que quelqu'un d'autre est impliqué. Difficile de savoir s'ils protègent cette personne ou s'il dit vrai avec cette histoire de dealer. Il n'y a qu'une manière de le savoir.

— Il ne sera pas sous le pont, contra Josie.

— Sans doute pas. Mais c'est un bon point de départ. Je vais aller y faire un tour avec quelques collègues en uniforme. Je vous tiens au courant.

38

JOSIE – ONZE ANS

Garée devant le mobile home, la petite Chevrolet Chevette de sa mère ressemblait à un jouet abandonné. Le châssis était affaissé, le pneu avant droit était à plat. Le pare-chocs portait des marques de peinture rouge à l'endroit où sa mère était rentrée dans une Ford Mustang rutilante en repartant du magasin où elle avait acheté de l'alcool. C'était arrivé deux jours plus tôt, mais Josie avait encore mal à la nuque.

Elle était en train de faire ses devoirs sur la table de la cuisine. Des fractions. Josie détestait les fractions. Elle avait commencé à les aborder l'année précédente, et elle était toujours incapable de comprendre comment cela fonctionnait. Sa mère faisait les cent pas de la cuisine au salon et du salon à la cuisine, s'arrêtant chaque fois qu'elle passait devant la porte d'entrée pour regarder sa voiture abîmée et jurer.

Josie entendit un véhicule cahoter sur le gros nid-de-poule deux maisons plus bas, puis la fameuse Ford Mustang rouge vint se garer à côté de la Chevette. Depuis la fenêtre de la cuisine, Josie vit que sa carrosserie était impeccable, à l'exception d'une large trace sans peinture qui s'étendait sur tout son côté gauche. Un homme en descendit et jeta sa cigarette dans l'herbe tout en s'avançant vers leur mobile home. Il était grand et mince, assez vieux, mais pas aussi vieux que la mamie de Josie. Des mèches de cheveux d'un brun terne dépassaient de sa casquette bleue usée. Les manches de son t-shirt blanc avaient été arrachées, révélant des bras musclés avec des tatouages noirs que Josie ne parvenait pas à identifier clairement. Sous un nez long et bulbeux, une large moustache trônait au-dessus de sa lèvre supérieure. De vieilles taches maculaient son jean délavé, et l'une de ses bottes était trouée au niveau des orteils.

Quand il frappa à la porte, le son se réverbéra dans tout le mobile home. Sa mère se figea entre la cuisine et le salon. Elle plaça son index devant sa bouche pour indiquer à Josie de ne pas faire de bruit. Elles attendirent sans bouger tandis que l'homme continuait de tambouriner de plus en plus fort. Plusieurs minutes s'écoulèrent. Puis il se mit à hurler :

— Je sais que t'es là ! Ouvre cette porte. Tu vas pas t'en sortir comme ça. Tu as foncé dans ma voiture et tu t'es barrée !

Encore des coups. Encore des cris.

— Je sais qui tu es, Belinda Rose. La vendeuse du magasin où tu te fournis te connaît. Elle m'a parlé de toi. Sors d'ici, ou j'appelle les flics !

Après cette menace, la mère de Josie esquissa quelques pas prudents vers la porte.

— Eh merde, marmonna-t-elle.

— Tu as dix secondes, brailla l'homme. Si dans dix secondes t'es pas sortie, je m'en vais, et je reviens avec les flics.

La mère de Josie ouvrit la porte.

— OK, OK. Je suis là.

— Et tu comptes me faire poireauter dehors ou me laisser entrer ? Vu comment tu as défoncé ma voiture, tu peux bien m'offrir un verre.

Sa mère leva les yeux au ciel et s'écarta pour le laisser passer.

— Elle est pas défoncée, ta voiture, souffla-t-elle.

L'homme s'arrêta au milieu du salon et regarda autour de lui, jusqu'à tomber sur Josie. Il lui fit un grand sourire.

— Salut, ma jolie.

Josie lui fit un vague signe de la main. Sa mère se dirigea vers l'égouttoir et saisit un verre dans lequel elle versa un peu de la vodka qu'elle avait achetée à la boutique. Elle le tendit à l'homme qui le vida cul sec avant de le lui rendre. Elle le dévisagea.

— Qu'est-ce que tu veux ?

Il sourit de nouveau.

— À ton avis ? J'ai besoin de refaire la carrosserie, et c'est toi qui vas payer.

— Ah oui ? Et comment ? J'ai même pas d'assurance.

Il éclata de rire, ses yeux passant de Josie à sa mère.

— Évidemment.

— Ça coûte combien de faire repeindre une voiture ? demanda sa mère.

— Pour une telle beauté ? Au moins 500 dollars.

— Tu te fous de moi ? Pour un coup de peinture ?

— On parle d'une Ford Mustang GT de 1965. C'est une voiture de collection. J'ai mis des années à la restaurer.

La mère de Josie soupira et leva les mains en l'air.

— J'ai pas 500 dollars. Reviens dans une semaine, j'aurai peut-être ce qu'il faut.

L'homme s'avança vers le canapé et s'assit.

— Je fais pas crédit. Et comme je t'ai dit, si je pars, je reviens avec les flics.

Sa mère le suivit, se plaça debout entre ses jambes et baissa les yeux vers lui.

— Les flics, ça résout rien du tout. Arrête de vouloir les mêler à ça. C'est entre toi et moi.

Il étira ses bras sur le dossier du canapé et lui sourit comme s'ils étaient amis de longue date.

— Oh, vraiment ?

Comme Josie l'avait pressenti, l'homme que leur avait décrit Austin Jacks n'était pas sous le pont. Gretchen avait trouvé quelques personnes qui le connaissaient sous le nom de Zeke. Ils n'iraient pas bien loin avec ça... Josie ne connaissait pas de Zeke, et elle n'avait pas la moindre idée de ce que lui voulait ce dealer de drogue, surtout s'il ne travaillait pas pour Lloyd Todd, comme l'avait affirmé Austin. Elle laissa Noah au commissariat avec les adolescents et retourna chez elle pour évaluer les dégâts et commencer à ranger. Une fois rentrée, elle fit le tour du rez-de-chaussée, lentement, en allumant les lumières sur son passage. Tout était exactement comme elle l'avait laissé : rien ne montrait que quelqu'un était passé par là. Mais Josie le savait, elle. La maison lui semblait différente, un peu plus vide, un peu plus froide, comme s'il manquait quelque chose. Quelque chose qu'elle n'était pas certaine de pouvoir retrouver.

Elle hésita avant d'appuyer sur l'interrupteur de la cuisine, consciente que la vue de la fenêtre brisée raviverait cette sensation de malaise et de rage qu'elle avait refoulée depuis que les deux adolescents avaient quitté les lieux menottés. Pendant tout le trajet jusqu'ici, elle s'était inquiétée de cette vitre cassée, qui laissait sa maison ouverte et vulnérable. Tant qu'elle ne serait pas réparée, n'importe qui pouvait se glisser à l'intérieur en toute discrétion. Sans parler de ce que cela allait lui coûter.

Lorsqu'elle alluma enfin la lumière, Josie eut le souffle coupé. Sur la fenêtre, une planche large et épaisse avait été installée à la place de la vitre absente. Ce n'était pas du ressort des policiers de Denton de nettoyer les scènes de crime, et certainement pas de couvrir les fenêtres de planches, mais ses équipiers l'avaient fait pour elle. Elle s'approcha pour s'assurer que la réparation était solide. Des larmes de gratitude brûlèrent ses yeux épuisés quand, en forçant sur la planche, elle constata qu'elle ne bougeait pas. Elle se précipita à l'étage, montant les marches quatre à quatre. Sa chambre avait été rangée, les tables de chevet avaient été redressées et les lampes remises en place. Le garnissage de ses oreillers avait disparu, et les taies déchirées étaient pliées proprement au pied de son lit. Quelqu'un avait retiré les draps boueux et les avait eux aussi pliés. Même les débris de sa boîte à bijoux avaient été rassemblés sur le dessus de sa commode. Elle s'approcha et constata que tous les tiroirs avaient été remis en place, et que ses vêtements étaient de nouveau pliés et rangés à l'intérieur. Elle étudia la moquette : quelqu'un avait passé l'aspirateur. Plusieurs objets n'étaient pas à leur place, mais tout dans la pièce était propre et rangé. Seulement, les lettres rouges qui recouvraient les murs gâchaient tout.

Elle se laissa tomber sur le lit et ferma les yeux pour retenir ses larmes. Dans la poche de sa veste, son téléphone fit un petit *ding*. C'était un message de Noah :

Je suis dehors. Je peux entrer ?

Il attendait sur le pas de sa porte, un sac en papier à la main d'où s'échappait une délicieuse odeur de sandwichs aux boulettes de viande.

— Vous n'avez pas mangé, dit-il en passant à côté d'elle.

Il montra le sac tout en se dirigeant vers la cuisine.

— Tout ce que j'ai pu trouver, c'est des sandwichs de l'épicerie près de l'université. J'imagine qu'on va le regretter, mais bon...

Josie jeta un œil au micro-ondes et vit qu'il était presque 3 heures du matin.

— Noah, souffla-t-elle. Vous n'étiez pas obligé...

— Je pense que vous devriez vous installer chez moi pour un jour ou deux, juste le temps de tout remettre en ordre ici.

Il vida le contenu du sac sur la table de la cuisine sans la regarder. L'odeur assaillit ses narines, et son estomac se mit à protester. Il avait raison. Elle n'avait pas mangé. Elle mourait de faim.

— Ce n'est pas nécessaire, lui répondit-elle.

Ils s'installèrent et commencèrent à manger. En temps normal, Josie savait qu'elle n'aurait sans doute pas apprécié un sandwich de supérette mais, à ce moment précis, elle eut le sentiment qu'elle n'avait jamais rien goûté de meilleur que ces boulettes couvertes de fromage fondu et de sauce. Noah attendit qu'elle ait le ventre plein pour revenir à la charge.

— Vous pouvez prendre mon lit, je dormirai sur le canapé.

— Ça va aller, insista Josie.

Il haussa un sourcil.

— Vous êtes en train de me dire que vous allez réussir à dormir ici cette nuit ?

Un point pour lui.

— J'avais prévu de venir avec vous, demain, pour votre entretien au palais de justice dans le cadre de l'affaire Belinda Rose, dit-elle.

— Alors vous avez clairement besoin de dormir. Venez chez moi... Au moins pour cette nuit.

40

JOSIE – ONZE ANS

Josie observa le langage corporel de sa mère changer. Elle s'était relâchée et affichait ce sourire factice qu'elle utilisait souvent avec ses amis spéciaux quand elle n'avait pas de quoi payer pour les seringues ou les pilules. Elle s'approcha de l'homme, ses jambes effleurant l'intérieur des siennes.

— Je pense qu'on devrait pouvoir trouver un arrangement, tu crois pas ?

— Comment ça ? demanda-t-il. Un genre d'échange ?

La mère de Josie tendit le bras et vint toucher la boucle de sa ceinture.

— Quelque chose comme ça. Je fais quelque chose pour toi et on oublie cette histoire de peinture. Comme ça on est quittes.

Il s'esclaffa.

— Quittes ?

Elle s'installa à califourchon sur lui. Il la saisit par les hanches, mais il regardait par-dessus son épaule, vers la table de la cuisine où Josie était restée paralysée. Sa mère suivit son regard, puis elle se retourna vers lui et fit pivoter sa tête d'un doigt pour ramener son attention sur elle.

— On va aller dans la pièce du fond, décida-t-elle.

Les mains de l'homme glissèrent le long du dos de sa mère, puis lui empoignèrent les fesses. Il se pencha vers elle et lui chuchota quelque chose à l'oreille. Un éclat de rire échappa à sa mère, mais il continua de chuchoter. Ils eurent une longue conversation sans que Josie comprenne de quoi ils parlaient. Puis sa mère se releva, partit rincer un verre et le remplit de vodka. Josie attendait qu'ils aient tous deux disparu pour se remettre à ses fractions mais, soudain, le verre de vodka apparut dans son champ de vision. Sa mère le fit glisser sur la table jusqu'à ce qu'il soit sous son nez. Toujours assis sur le canapé, l'homme avait un sourire jusqu'aux oreilles.

— JoJo, dit sa mère. Bois ça.

Josie leva les yeux vers elle.

— Maman, je ne bois pas d'alcool. Je n'ai pas le droit.

Sa mère tapota son index contre le rebord du verre. Josie sentait que l'homme ne la quittait pas des yeux. Elle tourna la tête vers lui mais, cette fois, son sourire était différent : affamé, voire un peu avide. La fillette sentit son cœur s'emballer. Elle eut l'impression que la pièce se refermait sur elle.

— Je suis ta mère, donc tu fais ce que je dis. Alors tu vas boire ça, et après tu vas suivre ce gentil monsieur dans la pièce du fond.

— La... la pièce du fond ? bégaya Josie.

Sa mère leva les yeux au ciel.

— Oui, la pièce du fond. Vous pouvez utiliser ma chambre.

— L'utiliser ?

Elle rapprocha encore le verre, et du liquide vint asperger les devoirs de Josie. Elle baissa la voix.

— Ne pose pas de questions, JoJo. Tu vas dans la pièce du fond avec ce monsieur et tu fais ce qu'il te demande, compris ?

La vodka empestait tellement que Josie eut un haut-le-cœur.

— Putain, JoJo... râla sa mère.

Elle partit chercher une brique de jus d'orange dans le réfrigérateur et en versa un peu dans le verre pour diluer la vodka. Même ainsi, l'alcool lui brûla la bouche, la gorge, l'œsophage, et sa langue se retrouva bizarrement engourdie.

Dès qu'elle eut terminé le premier, la mère de Josie lui servit un deuxième verre. Quand elle attrapa sa fille par le bras pour la faire descendre de sa chaise, la pièce tourna. Josie était incapable de mettre un pied devant l'autre. Elle n'aurait su dire si c'était à cause de la vodka ou de la façon dont l'homme la regardait. La chambre de sa mère semblait à la fois si loin et bien trop proche.

Elle n'avait pas envie de faire tout ce que lui demanderait cet homme. La panique l'envahit quand elle comprit qu'il voudrait sans doute faire les choses dégoûtantes que sa mère faisait avec les hommes. Josie y avait assisté de nombreuses fois. Il arrivait que sa mère soit trop soûle ou trop défoncée pour penser à enfermer Josie dans le placard ou à aller dans sa chambre avec ses amis spéciaux. À plusieurs reprises, il était arrivé que Josie soit assise à la table de la cuisine quand ils commençaient à se déshabiller. Personne ne la remarquait, et elle avait trop peur pour courir se réfugier dans sa chambre, au risque d'attirer l'attention. Les choses que ces hommes faisaient à sa mère avaient l'air de faire mal et peur.

— Maman, je n'ai pas envie, s'étrangla Josie.

— La ferme, JoJo.

Sa mère la poussa vers le couloir. Elle trébucha, tendit les bras pour tenter de se retenir aux murs lambrissés. L'homme la suivit.

Josie sentit sa main dans ses cheveux, et elle sursauta. Son rire était chaud dans sa nuque.

— Détends-toi, ma petite chérie. Tu vas voir, tu vas aimer.

Elle sentit la nausée enfler. La vodka et le jus d'orange menaçaient de remonter. Il était si proche. Trop proche. La chaleur de son corps l'enveloppait. Les larmes lui brouillaient la vue. La main de l'homme quitta son cou et suivit sa colonne vertébrale, jusqu'à ce qu'un de ses doigts vienne se glisser sous l'élastique de sa culotte en coton.

Elle trébucha de nouveau et sa culotte, coincée autour de son doigt, glissa légèrement. L'homme laissa échapper un sifflement approbateur.

— Je sens qu'on va bien s'amuser, dit-il, et le cœur de Josie se mit à tambouriner si fort dans sa poitrine que c'en était douloureux.

Elle ferma les yeux lorsqu'ils arrivèrent devant la chambre.

Soudain, la porte d'entrée du mobile home s'ouvrit derrière elle et l'homme recula d'un bond en retirant sa main. Elle se retourna et aperçut Needle. Immobile, son regard passa de sa mère à Josie, figée sur place. Ses yeux sombres et perçants s'étrécirent quand ils tombèrent sur l'homme dans le couloir.

— C'est quoi, ce bordel ? demanda-t-il.

Tous les regards se tournèrent vers la mère de Josie. Pendant une fraction de seconde, Josie crut voir de la peur passer dans ses yeux. Mais cela fut rapidement remplacé par la colère. Elle s'avança vers Needle.

— Rien qui te concerne.

Needle ne bougea pas.

— C'est qui, lui ?

— Ça te regarde pas, putain. T'as apporté quoi ?

Needle l'ignora.

— JoJo, appela-t-il.

Josie ne répondit rien. Sa peur, mêlée aux effets de la vodka, la rendait muette. Elle ne put que le regarder d'un air suppliant.

— Hé, s'agaça sa mère. Je t'ai dit de te mêler de…

— Ta gueule, la coupa Needle en tendant une main vers Josie. Viens, JoJo. Viens ici.

Tant bien que mal, les pieds de Josie se précipitèrent vers lui. Il plaça sa main sur sa tête et désigna la porte d'entrée du menton.

— Va jouer dehors.

— Espèce de fils de pute, gronda sa mère.

Mais Needle l'ignora et poussa Josie vers l'extérieur.

Elle n'eut pas besoin de se le faire dire deux fois. Elle manqua tomber dans l'air froid, puis courut vers le bois aussi vite que ses jambes le lui permettaient.

41

Josie émergea d'un sommeil profond dans un environnement inconnu. Murs bleu clair, commode à quatre tiroirs couverte d'éraflures et surmontée d'objets masculins : un rasoir électrique, de l'eau de Cologne, un portefeuille noir. Et puis il y avait l'odeur. Pas désagréable. Juste différente. C'était l'odeur de Noah, se rendit-elle compte. Alors que le brouillard se dissipait dans son esprit, elle s'assit dans le lit et tendit l'oreille. Il lui semblait entendre du bruit au rez-de-chaussée. Elle avait bien dormi, si on considérait qu'elle était dans un lit inconnu et ne s'était pas encore remise de l'intrusion dans sa maison.

Elle remarqua que la pièce était beaucoup moins lumineuse que sa chambre. Le mobilier était purement utilitaire, bien que Noah ait tout de même agrémenté le rez-de-chaussée de nouveaux meubles et appareils modernes depuis la dernière fois qu'elle était venue, six mois auparavant. L'ensemble gardait un côté « inachevé », comme un studio d'étudiant, mais c'était bien plus accueillant et confortable.

On frappa à la porte. Avant que Josie ait pu répondre, Noah entra, une tasse de café fumant entre les mains. Il se figea en la voyant.

— Oh, désolé. J'aurais dû attendre que vous répondiez pour ouvrir... Désolé, vraiment.

Il commença à faire demi-tour, mais Josie se leva et lui prit la tasse des mains.

— Mais non, ne vous inquiétez pas, le rassura-t-elle. Vraiment. Merci.

Debout là en train de boire son café, elle se demanda soudain de quoi elle avait l'air, vêtue du vieux t-shirt élimé « Denton Police District » de Ray et d'un survêtement usé. Elle déposa la tasse sur la table de chevet et se recoiffa grossièrement. Sous ses doigts, elle sentit un gros nœud au niveau de sa nuque.

— Je crois que j'aurais besoin d'une douche, dit-elle.

Elle s'avança pour passer à côté de lui et il se décala pour lui laisser la place, mais tous deux bougèrent du même côté. Cette danse étrange continua quand ils essayèrent simultanément de s'éviter, ne réussissant qu'à se rentrer dedans. L'odeur entêtante de l'après-rasage de Noah emplit les narines de Josie. Elle aurait aimé avoir eu l'occasion de se brosser les dents avant leur première conversation de la journée.

— Pardon, dit-il finalement en sortant de la pièce avant de désigner une porte sur sa gauche. La salle de bains est par là.

Josie lui fit un petit sourire.

— Ça marche. Merci.

Elle se doucha, se lava les dents et s'habilla rapidement. Dans la cuisine, Noah prépara un petit déjeuner à base d'œufs et de bacon qu'ils mangèrent en silence. Ce n'est que lorsqu'ils partirent rejoindre Gretchen pour interroger l'ancienne employée du palais de justice que le malaise entre eux se dissipa. Sur la route vers le domicile d'Alona Ortiz, greffière retraitée du tribunal de district qui avait travaillé avec Belinda Rose, Josie s'employa à ne pas repenser à ce qui était arrivé chez elle la veille.

Mme Ortiz vivait dans une maison en briques non loin du

palais de justice, dans le centre de Bellewood. Le porche était encombré de plantes en pot et de jouets. Quand la propriétaire apparut, un châle en crochet enroulé autour de ses épaules voûtées, elle sourit.

— Mes petits-enfants sont de vraies tornades, expliqua-t-elle. Venez, entrez, asseyez-vous.

Son salon débordait lui aussi de plantes et de jouets : des cubes de couleurs vives, des peluches élimées, une boîte à outils en plastique et un coffre plein de robes roses et violettes ainsi que plusieurs tiares pailletées. Gretchen échangeait des civilités avec l'ancienne greffière pendant que Josie et Noah s'installaient sur son canapé bordeaux. Mme Ortiz prit place dans un fauteuil inclinable face à eux et cala des mèches de cheveux gris, qu'elle avait aux épaules, derrière ses oreilles. Josie savait qu'elle avait la soixantaine, mais elle semblait plus jeune, avec sa peau olivâtre plutôt lisse, à l'exception des rides qui encadraient sa bouche.

— Si vous vous déplacez à trois, c'est que ça doit être important, remarqua-t-elle. Qu'est devenue Belinda ? Est-ce qu'elle a des problèmes ?

— Je suis désolée de vous l'apprendre, madame Ortiz, répondit Gretchen, mais nous pensons que Belinda a été tuée en 1984, possiblement le jour de sa disparition. Nous avons trouvé les restes de son corps à Denton la semaine dernière.

Le sourire de Mme Ortiz s'effaça. Elle baissa ses yeux marron vers le sol.

— Quelle horreur, dit-elle gravement.

— Pourriez-vous nous dire ce que vous savez de Belinda et de son travail au palais de justice ? demanda Josie.

Mme Ortiz s'enfonça dans son fauteuil et posa les mains sur son ventre.

— C'était il y a si longtemps... Mais je ne vous aurais pas dit de venir si je ne me souvenais pas d'elle. Difficile d'oublier ces boucles blondes. Mais si elle m'a marquée, c'est surtout parce que c'était une sacrée charmeuse. Il y en a eu, des histoires, au bureau, quand elle travaillait là-bas.

— Qu'est-ce qu'elle faisait exactement comme travail ? demanda Noah.

— Oh, vous savez, ça consistait surtout à ranger des dossiers, préparer le courrier et s'assurer qu'il y avait du café pour tout le monde. Elle n'était employée qu'à mi-temps. Moi, je travaillais comme greffière avec une autre femme. Nous étions allées ensemble au lycée pour trouver un ou deux étudiants qui pourraient nous donner un coup de main. Nous avons reçu plusieurs candidatures, mais c'est Belinda que nous avons choisie. Elle était tellement joyeuse. Son travail a toujours été irréprochable. Enfin, elle n'était pas d'une fiabilité à toute épreuve. Je n'étais pas vraiment d'avis de la reprendre, quand elle est revenue après avoir disparu quelques mois, mais on avait besoin d'aide, et elle travaillait bien. Comme je vous l'ai dit, ce n'était pas son travail, le problème.

— Vous voulez dire que vous aviez d'autres problèmes avec elle ? interrogea Josie.

— Pas juste moi. Certains juges, assistants du procureur et avocats ne travaillaient pas dans l'enceinte du palais de justice. Ils avaient leurs propres employées, et elles n'appréciaient pas la manière dont Belinda flirtait avec leurs responsables.

— Les employées étaient toutes des femmes ? s'étonna Noah.

— On parle du début des années 1980, mon garçon. À cette époque, les juges et les avocats étaient des hommes, et le personnel était féminin. Donc oui, leurs employées étaient toutes des femmes. Je pense que la plupart d'entre elles étaient simplement jalouses. Belinda était une jeune fille pleine de vie, et on peut dire qu'elle ne passait pas inaperçue auprès des hommes.

— A-t-elle eu des aventures avec certains de ces hommes ? demanda Josie.

— C'était une adolescente, dit Mme Ortiz en fronçant les sourcils, comme si cela suffisait à exclure la possibilité qu'elle ait eu une relation avec eux.

— Bien, alors, est-ce qu'elle semblait flirter avec quelqu'un en particulier ? Plus qu'avec les autres ? demanda Gretchen.

— Je crois qu'elle aimait bien le juge Bowen.

Ce nom semblait vaguement familier à Josie, mais elle ne parvenait pas à le remettre.

Gretchen inscrivit quelques mots dans son bloc-notes.

— Et comment le juge Bowen se comportait-il face à cet intérêt de sa part ?

— Oh ! il était ravi. Évidemment, il devait rester prudent, il était marié à une femme plus jeune que lui qui travaillait elle aussi au palais de justice, comme secrétaire. La façon dont ils se comportaient l'un avec l'autre a provoqué un paquet de disputes, au début, et puis finalement Mme Bowen s'est liée d'amitié avec Belinda. Elles avaient quasiment le même âge.

— Le même âge ? rebondit Josie.

— Mme Bowen n'avait que vingt ans. On a frôlé le scandale, quand elle et le juge se sont mariés. Il avait quinze ans de plus qu'elle ! Mais elle était majeure, et ils semblaient amoureux.

— Quel âge avait Mme Bowen quand ils se sont mariés ? demanda Noah.

— Dix-huit ans.

Noah regarda Josie. Elle savait ce qu'il pensait : si la fille avait dix-huit ans quand le juge l'avait épousée, il était fort probable que leur relation ait débuté avant qu'elle soit majeure. Ce qui signifiait qu'il avait une prédilection pour les jeunes filles. Belinda était tombée enceinte peu de temps après avoir commencé à travailler au palais de justice. Ce n'était sans doute pas une coïncidence.

— Quel était le prénom de Mme Bowen ? demanda Gretchen.

— Sophia.

— Et les Bowen n'ont jamais divorcé ? questionna Noah.

Mme Ortiz secoua la tête.

— Non, leur mariage a duré jusqu'à la mort du juge Bowen. D'un cancer. C'était il y a dix ans. Leurs enfants étaient déjà grands, Dieu merci. Ils ont eu deux garçons.

— Vous souvenez-vous de la grossesse de Belinda ? intervint Gretchen, recentrant la conversation sur le sujet qui les intéressait.

— Sa grossesse ? s'étonna-t-elle. Belinda n'a jamais été enceinte. C'était une enfant.

Josie se demanda si Belinda avait été particulièrement douée pour dissimuler sa grossesse, ou si les adultes qu'elle côtoyait n'avaient aucune conscience des choses. Mme Ortiz lui semblait un brin naïve, mais Josie devait admettre qu'avec ce qu'elle voyait jour après jour dans le cadre de son travail, elle n'avait plus le même regard.

— Vous avez dit que Belinda était amie avec Sophia Bowen, reprit Josie. Avait-elle d'autres amis ? Quelqu'un à qui elle aurait pu se confier ?

Mme Ortiz tapota son menton en prenant le temps de réfléchir.

— Il y avait bien une jeune fille, elle travaillait comme femme de ménage. Mince, comment est-ce qu'elle s'appelait ? (Elle fit la moue. Plusieurs secondes s'écoulèrent. Elle soupira.) Je ne me souviens pas de son nom. Elle travaillait pour l'entreprise de ménage qui venait nettoyer les locaux l'après-midi et le soir. En fait, ces trois-là s'entendaient comme larrons en foire, maintenant que j'y pense. Je les surprenais régulièrement en train de fumer des cigarettes et de rire à propos de tout et n'importe quoi. Personne n'aurait rien remarqué si ça n'avait été que

Belinda et la femme de ménage, mais Sophia... Disons que ce n'est pas vraiment le comportement que les gens attendaient de la femme d'un juge. Je lui ai dit plusieurs fois de cesser de se comporter comme une ado qui faisait l'école buissonnière.

— Vous souvenez-vous du nom de cette entreprise de ménage ? demanda Josie.

— Pas du tout.

— Et cette fille qui y travaillait et passait du temps avec Belinda et Sophia ? reprit Noah. Elle ressemblait à quoi ?

— Elle était très jolie. Elle avait de longs cheveux noirs. Ils lui arrivaient presque en bas du dos. Les yeux bleus. Très mince. Mais pas comme Sophia. Non, cette fille était maigre comme un clou.

— Quel âge avait-elle ?

— Je ne sais pas exactement, mais elle était jeune. La vingtaine, je dirais.

Josie sentit que Noah l'observait. Il fallait que sa mère ait été suffisamment jeune pour se faire passer pour une fille de dix-huit ans quand elle avait volé l'identité de Belinda. Elle avait les yeux bleus, les cheveux noirs, et les avait toujours portés jusqu'en bas du dos. À quatorze ans, Josie pesait plus lourd que sa mère. Comme elle l'avait compris plus tard, c'était la conséquence de sa consommation de drogues, lesquelles étaient globalement les seules substances qui entraient dans son organisme. L'alimentation n'avait jamais été une priorité, dans leur mobile home. Josie jeta un regard appuyé à son collègue. Cette description pouvait correspondre à celle de sa mère. Il hocha la tête presque imperceptiblement.

— Vous vous souvenez de la personne qui gérait cette entreprise de nettoyage ? demanda-t-il. Ou du nom d'autres employés ?

Mme Ortiz secoua la tête.

— Désolée, je ne m'en souviens pas. Ils ont mis la clé sous la porte il y a des années. Peut-être qu'un de vos collègues saurait vous en dire plus ? Ils avaient plusieurs équipes, chacune affiliée à différents bâtiments mais, si vous avez juste besoin du nom de l'entreprise, vous devriez pouvoir le retrouver : tous les services de police du comté avaient un contrat avec eux, au début des années 1980.

42

— Une entreprise de nettoyage ? Dans les années 1980 ?

Le sergent Dan Lamay passa une main dans ses cheveux gris clairsemés et secoua lentement la tête. Il prit le temps de réfléchir pendant que Josie, Gretchen et Noah le dévisageaient. Il était le plus âgé des policiers en poste, et le seul qui était déjà là dans les années 1980. Au cours de sa carrière, il avait assisté à l'arrivée et au départ de quatre chefs de police et à un énorme scandale. Proche de la retraite, il avait un genou abîmé et une bedaine qui distendait chaque jour un peu plus sa chemise d'uniforme. Mais Josie savait qu'entre sa femme qui se battait contre un cancer et sa fille qui étudiait à l'université, il avait besoin d'un salaire en plus des prestations de santé, c'est pourquoi elle le gardait pour se charger de l'accueil.

— Tout ce que vous pourriez vous rappeler nous aiderait, insista Josie.

— Je suis désolé. Je ne me souviens pas. Je ne me souviens même pas qu'on ait fait appel à une agence de ménage à l'époque. J'étais sur le terrain. Je sortais tout juste de l'école. Je ne passais pas beaucoup de temps au bureau.

— Merci quand même, sergent, soupira Josie.

Lamay marcha d'un pas lourd vers la porte mais s'arrêta avant de la franchir.

— Patronne, je parie qu'on a des traces de tout ça là-haut. J'ai dû y monter l'an dernier pour retrouver le dossier d'une vieille affaire. J'ai vu des archives qui remontaient aux années 1970. Et pas que des dossiers d'affaires classées, il y avait aussi des factures, des choses comme ça.

— Allons voir, répondit Josie en bondissant de sa chaise.

———

Le deuxième étage du commissariat de Denton ne servait presque jamais. Ce vieux bâtiment n'était pas équipé d'ascenseur, et personne n'avait spécialement envie de monter un deuxième escalier, si bien que ce niveau était surtout utilisé pour stocker les archives. Josie ne s'y était rendue que quelques fois, généralement pour aider les femmes de l'association du patrimoine à ranger les décorations de Noël dans un des placards. Elle n'avait jamais prêté attention aux boîtes d'archives qui encombraient les couloirs – ou, plus exactement, elle n'avait jamais remarqué à quel point elles étaient nombreuses.

Elle, Noah et Gretchen se tenaient face à une pile de cartons.

— C'est encore pire que les archives de Bellewood, murmura Gretchen.

— Ce n'est pas aux normes incendie, si ? fit Noah.

— Comment peut-on avoir autant de dossiers et d'archives ? demanda Josie.

Ils longèrent le couloir, et Josie ouvrit la porte de la première pièce. Sur tous les murs couraient des étagères remplies de boîtes d'archives couvertes de plusieurs centimètres de poussière.

— Le chef Harris ne jetait jamais rien, dit Noah.

— Tout comme ses prédécesseurs, apparemment, compléta Josie.

Gretchen éternua.

— Je pense qu'aucun d'eux n'avait le temps de trier tout ça et de se débarrasser des vieilleries, expliqua Noah.

Josie soupira.

— Bon, je ne vais pas demander à qui que ce soit de faire des heures supplémentaires pour mettre de l'ordre là-dedans, c'est certain, mais ce serait bien de charger deux agents de s'y attaquer petit à petit quand ils ont un peu de temps.

— C'est comme si c'était fait, dit Noah.

— Maintenant, au boulot.

Ils se séparèrent, prenant chacun une pièce, en quête de factures et de contrats datant du milieu des années 1980. Une heure plus tard, Josie avait mal au dos à force de se plier en deux au-dessus des cartons pour en fouiller le contenu, quand elle entendit Gretchen dans le couloir.

— Trouvé !

Josie et Noah la rejoignirent. Elle traînait derrière elle une vieille boîte d'archives blanche.

— Là-dedans, dit-elle en essuyant la transpiration qui lui coulait du front. Handy Helpers Cleaning Service. Cette agence était chargée du nettoyage du bâtiment en dehors des heures de service en 1981, 1982 et 1983, apparemment. Je n'ai pas trouvé de détails sur les employés, juste les contrats entre l'agence et le département de police. Et il n'y a rien au-delà de 1983. Ce doit être dans un autre carton.

— Ça ira, dit Josie. Prenez déjà ce que vous avez trouvé. Le plus important, c'est le nom du directeur de l'agence. Je doute qu'ils gardent des archives de plus de trente ans, mais le gérant se souviendra peut-être de ma mère, ou pourrait nous orienter vers quelqu'un qui s'en souvient.

43

— Non mais c'est une blague ? lâcha Josie en regardant tour à tour Gretchen et Noah, debout devant son bureau comme deux écoliers se faisant remonter les bretelles par le directeur.

— Je suis désolé, regretta Noah. La société Handy Helpers Cleaning Service a fermé en 1984, à la mort de son gérant. Accident de voiture. Peu de temps après la disparition de Belinda.

— J'ai discuté avec des membres de sa famille, un neveu et une nièce. Personne n'a conservé les papiers de l'entreprise, ajouta Gretchen.

— Il n'y a donc aucune trace du personnel employé, déplora Josie.

— Désolé, patronne, s'excusa de nouveau Noah.

— Il nous reste la femme du juge, Sophia Bowen, dit Gretchen. Si elle fréquentait Belinda et la femme de ménage, elle peut peut-être nous mettre sur une piste. Elle a accepté de nous rencontrer dans la journée, et elle habite désormais à Denton.

Josie prit le temps de réfléchir. Elle comptait interroger Sophia Bowen sans tarder, mais elle avait vraiment espéré pouvoir se baser sur des éléments plus solides que de simples souvenirs grâce aux archives de l'agence de ménage. Un prénom et un nom. Une date de naissance. Un numéro de Sécurité sociale. N'importe quoi qui aurait pu leur donner l'identité de la mère de Josie avant qu'elle ne vole la vie de Belinda Rose.

— J'irai avec vous, décida Josie. Où en êtes-vous concernant la liste des filles qui vivaient chez Maggie Lane en même temps que Belinda ?

— Ça, c'est la bonne nouvelle, dit Gretchen en lui tendant une liasse de papiers. J'ai la liste complète, et Angie est en chemin pour venir nous parler.

La déception qu'avait ressentie Josie quelques minutes plus tôt se transforma en espoir.

— Génial.

— Il y avait quatorze filles qui vivaient dans le foyer de Maggie Lane quand Belinda y était, expliqua Gretchen en l'aidant à étaler les feuilles sur son bureau. On peut en éliminer deux d'office, qui ont été adoptées avant que Belinda ait dix ans. Trois d'entre elles sont décédées. Une est en prison. Deux ont changé de foyer avant que Belinda ait l'âge d'entrer au lycée. Cela nous en laisse six, dont Angie Dobson – c'est le nom de son mari –, qui ne devrait pas tarder à arriver.

Gretchen désigna le portrait d'une femme d'une petite cinquantaine d'années, avec de longs cheveux bruns qui commençaient à grisonner. La photo semblait provenir d'un réseau social. Dessus, Angie Dobson était sur une plage au coucher du soleil, souriante et bronzée, une robe sans manches hawaïenne enveloppant ses rondeurs et sous laquelle on apercevait les bretelles de son maillot de bain.

— Elle vit près de Philadelphie, mais sa fille est étudiante ici, et elle est venue lui rendre visite. Elle était dans la même classe que Belinda.

— Et les autres ? demanda Josie en étudiant chacune des photos.

La plupart étaient issues de réseaux sociaux, mais il y avait aussi une photo d'identité judiciaire et les portraits des trois femmes qui étaient décédées, accompagnés de leurs notices nécrologiques. Elles avaient toutes dans les quarante, cinquante ans. Et aucune ne ressemblait à sa mère.

— J'ai parlé avec chacune d'entre elles, dit Gretchen. Elles n'avaient pas grand-chose à me raconter. Belinda était indépendante. La plupart des filles ne l'aimaient pas parce qu'elle semblait être la préférée de Mme Lane. Elles m'ont confirmé qu'elle avait pris du poids peu de temps après avoir commencé à travailler au palais de justice, qu'elle avait fugué et que quand elle était revenue, trois mois plus tard, elle passait son temps chez Lloyd Todd. Quelques-unes m'ont confié qu'elles s'étaient demandé si elle n'était pas enceinte, sans en être sûres. Personne ne se rappelle l'avoir entendue dire où elle était partie pendant sa fugue. Deux d'entre elles m'ont dit qu'elles pensaient qu'elle avait quelques amies au palais de justice, sans pouvoir me donner de noms. Aucune d'entre elles ne se souvient du nom d'aucun de ses amis, sauf Lloyd et Damon Todd.

— Donc, en ce qui concerne les filles du foyer, cette Angie est notre dernier espoir, conclut Josie.

— Oui, acquiesça Gretchen, espérons qu'elle nous apprenne quelque chose de plus que les autres.

— Et puis, si Belinda ne s'est vraiment confiée à personne au sein du foyer, il nous reste encore la femme du juge Bowen, ajouta Noah.

44

Angela Dobson s'installa à la table de la salle de conférences pendant que Gretchen ouvrait son précieux bloc-notes. Ses cheveux étaient plus gris que sur la photo Facebook. Quand elle souriait, des pattes d'oie apparaissaient au coin de ses yeux marron. Elle portait un sweater décoré de papillons multicolores et un jean.

— Je me suis toujours demandé ce qui était arrivé à Belinda, dit-elle à Josie et Gretchen. C'est tellement triste. Je n'ai jamais cru à cette histoire de mariage avec le prince charmant, mais de là à imaginer qu'elle était morte... Assassinée, en plus ! C'est terrible. Comment... comment c'est arrivé ?

Les deux policières échangèrent un regard.

— Je suis désolée, madame Dobson, répondit Josie. Nous n'avons pas le droit de divulguer les détails de notre enquête pour le moment.

— Je comprends. Ça finira bien par se savoir à un moment donné.

Noah arriva, chargé de gobelets de café pressés entre ses mains. Il les distribua puis sortit des sucres, des dosettes de lait et des touillettes en plastique de ses poches. Angie lui sourit.

— Ça, c'est mon genre d'homme.

Sans toucher à son café, Gretchen commença l'interrogatoire.

— À quel point connaissiez-vous Belinda ?

Angie fit tomber trois sucres dans son gobelet et remua.

— Assez bien, je dirais. On avait le même âge. On n'avait qu'un mois d'écart. Mais je suis arrivée au foyer deux ans après Belli. C'est comme ça que Maggie l'appelait. Elle vous l'a dit ?

— Oui, elle nous l'a dit, répondit Josie.

— C'était la seule à avoir un surnom. Maggie ne l'admettra jamais, mais on était toutes persuadées qu'elle était sa favorite. Maggie était vraiment une chouette femme, mais elle n'a jamais caché sa préférence pour sa précieuse Belli.

— Maggie nous a dit que Belli était assez difficile à l'adolescence, en revanche, fit remarquer Noah.

— Oh, oui, comme nous toutes. C'est juste que Belinda se faisait attraper plus souvent.

— Est-ce que vous passiez beaucoup de temps avec elle ? demanda Gretchen.

— Au foyer, oui, mais c'est tout. Quand elle a commencé à travailler au palais de justice, elle n'était jamais à la maison.

— Est-ce que Belinda vous a parlé de sa grossesse ? demanda Josie.

Elle s'attendait à ce que son interlocutrice soit surprise voire choquée, mais cette dernière se contenta de rire.

— Elle n'a parlé à personne de sa grossesse.

— Vous étiez au courant ? s'étonna Noah.

— Disons que je m'en doutais. Elle ne l'a jamais avoué ouvertement, mais elle n'a jamais nié non plus. Une nuit, je l'ai surprise en train de dévaliser le frigo, et elle m'a demandé de ne rien dire à Maggie. J'ai répondu : « Je ne lui dirai pas que tu as piqué de la nourriture, mais ce sera le dernier de tes soucis quand elle va découvrir que tu es enceinte », et elle n'a pas démenti. Aucune réaction. Elle est simplement repartie se coucher. C'est comme ça que j'ai su que j'avais vu juste.

— Avez-vous évoqué à un moment donné l'identité du père ou ce qu'elle prévoyait de faire de ce bébé ? demanda Gretchen.

— Non, pas aussi directement, en tout cas. Je l'ai prise à part plusieurs fois, je lui ai dit que si elle voulait en parler, elle pouvait compter sur moi, que je ne dirais rien à Maggie, mais elle a toujours décliné.

— Vous avez remarqué qu'elle était enceinte, reprit Josie. Comment se fait-il que personne d'autre ne s'en soit aperçu ?

Angie haussa les épaules et but une gorgée de café.

— Belinda faisait partie de ces femmes qui grossissent de partout quand elles sont enceintes. Son ventre n'était pas spécialement proéminent, on avait juste l'impression qu'elle avait pris du poids. Si j'ai deviné son secret, c'est uniquement parce qu'on dormait dans la même chambre et qu'elle passait son temps à vomir dans notre poubelle. En plus, dans la famille d'accueil où je vivais avant d'arriver chez Maggie, ma mère adoptive est tombée enceinte peu de temps avant mon départ. C'est d'ailleurs la raison pour laquelle j'ai fini au foyer : dès qu'elle a pu avoir son propre bébé, elle n'a plus voulu être famille d'accueil. J'imagine que je savais juste quels étaient les symptômes : les nausées matinales, le gros appétit, la prise de poids. Si nous n'avions pas partagé la même chambre, je n'aurais sans doute rien remarqué. On ne la voyait quasiment pas, au foyer. Elle travaillait tout le temps. Le matin, elle partait au lycée en même temps que nous mais ne rentrait à la maison que quand la moitié des filles étaient déjà couchées. Maggie était tellement submergée qu'elle n'avait pas le temps de se rendre compte de quoi que ce soit.

Cette dernière phrase n'avait rien d'un reproche. Même quand Angie se plaignait que Maggie avait ses préférées, son ton trahissait son affection pour sa mère adoptive.

— Vous n'avez rien dit à personne quand elle a fugué pendant l'hiver 1982 ? demanda Gretchen.

— Non, répondit Angie. Ce n'était pas mon rôle.

— Vous étiez deux filles de quinze ans, insista Noah. Votre camarade de foyer cachait une grossesse. Et vous n'avez rien dit à Maggie quand elle a disparu ? Ça ne vous a pas alarmée ?

— Écoutez, se défendit Angie, Belinda était vraiment indépendante, vous savez. Alors oui, elle a caché sa grossesse, mais elle n'avait pas l'air d'avoir des problèmes. Ce n'était pas le genre de fille pour qui on s'inquiète. Elle se débrouillait toujours. Bien sûr, Maggie se faisait du souci pour elle, mais elle avait aussi toutes les autres filles à gérer et, avant la fugue de Belinda, les disputes entre ces deux-là atteignaient des sommets. C'est triste à dire, mais le départ de Belinda a été un soulagement. Je savais qu'elle n'allait pas tarder à accoucher, alors je me suis dit qu'elle avait dû s'organiser. Et puis ce n'était pas mon secret. Quand elle est revenue, quelques mois plus tard, elle a fait comme si rien ne s'était passé.

— Lui avez-vous demandé ce qu'elle avait fait du bébé ?

— Évidemment. Elle se contentait de répondre que tout s'était passé comme prévu. Elle restait vraiment énigmatique à ce sujet.

— Elle ne vous a pas dit ce qu'était devenu le bébé ? insista Gretchen.

— Non, pas un mot.

— Elle ne vous a jamais donné le moindre indice quant à l'endroit où elle avait passé ces trois mois ? demanda encore Josie.

— Aucun. Elle a juste dit qu'elle allait bien et que tout s'était passé comme prévu.

— En admettant qu'elle ait donné naissance à un bébé en bonne santé né à terme, ça n'a pas pu se faire par les voies officielles, fit remarquer Noah. Impossible qu'elle soit allée à l'hôpital. Une mineure, placée en foyer, qui débarque à l'hôpital pour accoucher, ça aurait forcément été repéré. Et dans le cas d'une adoption, la justice serait obligatoirement intervenue.

Angie termina son café et reposa le gobelet sur la table.

— C'est vrai.

— Que pensez-vous qu'il lui est arrivé, à ce bébé ? lui demanda Gretchen.

Angie prit le temps de réfléchir avant de répondre.

— Honnêtement, je n'en sais rien. Mais Belinda a dû obtenir de l'aide. Elle est forcément restée quelque part, pendant ces trois mois. Peut-être que quelqu'un lui a pris le bébé. Vous saviez que, dans le cas d'un accouchement à domicile, il était possible de simplement remplir un formulaire n'importe quand et de l'envoyer par courrier aux services de l'État pour obtenir un certificat de naissance ?

Josie fronça les sourcils.

— Ce n'est pas à une sage-femme de s'en charger ?

— Non, les accouchements non assistés sont autorisés en Pennsylvanie. J'ai accouché de ma première fille chez moi, dans la baignoire. C'est la même chose. J'ai été suivie par un médecin pendant ma grossesse, mais c'est mon mari qui m'a aidée à accoucher. Heureusement, il n'y a pas eu de complications. Mais tout ce que j'ai eu à faire d'un point de vue administratif, c'est remplir un formulaire pour officialiser la naissance. Je ne sais pas si les lois ont évolué depuis mais, à l'époque, on avait juste besoin de faire signer à deux témoins une déclaration sur l'honneur disant que vous étiez enceinte. Rien d'insurmontable, donc.

— Vous pensez que c'est ce qui s'est passé avec le bébé de Belinda ? demanda Noah. Qu'elle aurait accouché sans assistance médicale et trouvé quelqu'un à qui le laisser ?

— C'est la meilleure des deux options, non ?

— Quelle serait la deuxième option ?

Josie sut ce qu'allait répondre Angie avant qu'elle reprenne la parole.

— Que ce bébé est mort, et que Belinda l'a enterré quelque part.

— Vous pensez qu'elle en aurait été capable ? demanda Josie.

Angie soutint son regard, la scrutant de ses yeux sombres ; un frisson traversa Josie de la tête aux pieds.

— Une ado de quinze ans, en foyer, sans ressources et au pied du mur serait capable d'à peu près n'importe quoi.

— Est-ce qu'elle avait un petit copain avant de tomber enceinte ? demanda Gretchen.

Angie secoua la tête.

— Pas à ma connaissance, non. Maggie l'aurait tuée, de toute façon. On avait interdiction de sortir avec un garçon avant d'avoir dix-sept ans. Pour la plupart, on le faisait quand même, vers treize ou quatorze ans, mais on n'en parlait pas. Ça semble évident que Belinda avait quelqu'un, sinon elle ne se serait pas retrouvée enceinte, mais je ne vois pas qui ça pouvait être.

— Elle aurait aussi pu être victime d'un viol, suggéra Gretchen.

Angie songea à cette possibilité.

— Oui, j'imagine, mais je pense vraiment qu'elle voyait quelqu'un. Elle n'avait pas l'air dévastée ou quoi que ce soit. Même si c'est vrai qu'arrivées à cet âge, la plupart d'entre nous avions déjà été agressées sexuellement à un moment ou à un autre.

Angie avait énoncé cette réalité avec un tel détachement que Josie ne savait pas si elle devait être attristée ou en admiration devant sa force et sa franchise.

— Maintenant que j'y pense, continua Angie, elle avait un joli médaillon en pendentif, quand elle est revenue après avoir accouché. Elle ne le retirait jamais et refusait de dire qui le lui avait offert. Donc, quel que soit l'endroit où elle est restée, qui que soit la personne qui l'a aidée, je ne pense pas que c'était contre son gré.

— Elle n'avait pas d'amis ? tenta Josie.

Angie fit la moue et réfléchit pendant une bonne minute.

— Pas au lycée, ça, c'est certain. Elle se faisait tout le temps embêter. Les élèves se moquaient surtout de ses dents. Vous êtes au courant, j'imagine ?

— Oui, on sait, confirma Noah.

— En première, elle a commencé à fréquenter un garçon qui s'appelait Lloyd. C'est celui qui vient d'être arrêté, je crois bien. Drôle de coïncidence, hein ?

Gretchen recentra la conversation.

— Et ses collègues de travail ?

— Ah oui, elle avait deux copines au palais de justice. L'une d'elles était la femme d'un juge, si je ne me trompe pas. L'autre travaillait là-bas aussi.

— Vous souvenez-vous de leurs noms ? demanda Josie.

— Non, désolée.

— Nous connaissons le nom de la femme du juge, lui indiqua Gretchen. Sophia Bowen. Mais on ignore qui était l'autre fille qu'elle fréquentait.

— Je sais que ça commençait par un L, mais rien de plus, précisa Angie. Linda ? Lilly ? Laura ? Quelque chose comme ça. Elle avait quelques années de plus que Belinda. Je m'en souviens parce que Belinda était en admiration devant le fait qu'elle ait son propre appartement.

— Est-ce qu'elle vous a dit où se trouvait cet appartement ? demanda Josie.

— Non. Je suis toujours partie du principe que c'était à Bellewood.

Gretchen écrivit dans son bloc-notes.

— Vous souvenez-vous de quoi que ce soit d'autre que Belinda aurait dit à son sujet ?

— Non, je suis vraiment désolée.

45

Sur la route les conduisant chez Sophia Bowen, Noah récapitula les informations qu'ils avaient en leur possession.

— Belinda commence à travailler à temps partiel au palais de justice au cours de l'année 1982. À l'automne, elle est enceinte, mais seule sa camarade de chambre s'en rend compte. Elle disparaît pendant trois mois et, quand elle revient, elle n'est plus enceinte, mais porte un joli pendentif autour du cou. Nous n'avons aucune idée de l'endroit où elle est allée, avec qui, ni de ce qui est arrivé à son bébé. D'après les informations que l'on a obtenues, elle ne s'est jamais confiée à personne à ce sujet. Elle est rentrée chez elle et a repris sa vie comme avant. Quelques mois plus tard, elle entame une relation avec un professeur, et le fils de celui-ci les couvre. Elle finit par larguer le prof et, trois ou quatre mois après, quelqu'un lui frappe la tête avec un démonte-pneu ou un objet similaire, puis l'enterre dans les bois. Six mois plus tard, la mère de notre cheffe s'installe ici, à Denton, sous son identité.

— Belinda avait beaucoup de secrets, dit Gretchen. N'importe lequel d'entre eux pourrait avoir provoqué sa mort.

— Ou aucun d'entre eux, murmura Josie.

Elle sentit que Noah l'observait.

— Qu'est-ce que vous voulez dire ?

— Je veux dire que ma mère était impulsive, voire complètement folle. Il est possible qu'aucun des éléments dont on a pu prendre connaissance au sujet de la vraie Belinda Rose n'ait de rapport avec son décès. Peut-être qu'elle a juste regardé ma mère de la mauvaise manière ce jour-là, si bien qu'elle a décidé de lui exploser la tête.

Alors que le campus de l'université de Denton défilait derrière la vitre, Josie prit conscience du silence lourd et gênant qui régnait dans la voiture. Elle se tourna vers Noah, puis vers Gretchen à l'arrière. Elle soupira.

— Vous m'avez dit que vous aviez besoin d'en savoir plus sur elle.

— D'après Angie et Mme Ortiz, elle était amie avec Belinda, reprit Noah.

Josie rit sèchement.

— Ma mère n'avait pas d'amis. Tout ce qui l'intéressait, c'était ce qu'elle pouvait obtenir des gens.

— Et pourtant, elle a de toute évidence entretenu une relation avec Belinda bien avant de lui voler son identité, nuança Gretchen. Alors en quoi Belinda aurait-elle pu lui être utile ?

Josie n'eut pas le temps de répondre : Noah venait de se garer devant une grande bâtisse avec un revêtement imitation pierre et des fenêtres arrondies agrémentées de jardinières en fer forgé. La porte d'entrée s'ouvrit avant même qu'ils soient tous sortis de la voiture, et une femme s'avança sur le seuil. Elle était petite et rondelette, joliment vêtue d'une longue jupe rouge et d'un chemisier blanc. Elle avait enroulé un foulard rouge autour de son cou, et coiffé ses fins cheveux blonds en chignon.

— Madame Bowen ? supposa Noah en tendant le bras pour lui serrer la main alors qu'ils montaient les marches.

Une fois les présentations faites, Mme Bowen les invita à

entrer. L'intérieur de la grande maison était décoré avec goût, dans des tons pastel. De nombreuses plantes en pot occupaient le vestibule et le salon, qui était spacieux et lumineux. Deux canapés capitonnés encadraient une table basse ronde avec un plateau en verre sur laquelle trônait un grand vase rempli de fleurs.

Les trois policiers s'assirent sur un canapé et Mme Bowen s'installa face à eux, les jambes croisées au niveau des chevilles et les mains serrées sur ses genoux.

— Puis-je vous offrir du thé ? Du café ? proposa-t-elle.

— Merci, ça ira, dit Gretchen, qui avait déjà dégainé bloc-notes et stylo.

Sophia baissa les yeux pendant un instant.

— Je suis vraiment désolée pour ce qui est arrivé à Belinda. Je ne l'aurais jamais imaginé. Tout le monde pensait qu'elle s'était volatilisée avec un homme.

— Où avez-vous entendu ça ? demanda Josie.

Sophia haussa les épaules.

— Je ne suis plus trop sûre. Je crois que Mme Lane est venue au palais de justice pour en informer quelqu'un. On était tous inquiets. Elle n'était plus revenue travailler. À l'époque, Malcolm et moi venions d'accueillir notre premier fils. J'avais donc arrêté de travailler, mais j'étais mise au courant de tout ce qui se passait au palais quand Malcolm rentrait le soir. Alors, en quoi puis-je vous aider, tant d'années plus tard ?

— Nous essayons juste de déterminer aussi précisément que possible à quoi ressemblait la vie de Belinda quelques semaines avant sa mort, répondit Gretchen. Les gens avec qui elle passait du temps, ce genre de choses. Alona Ortiz nous a dit que vous et Belinda étiez de bonnes amies.

— Oui, c'est vrai que nous étions assez proches. On prenait souvent notre pause cigarette ensemble, on discutait de ce qui était arrivé dans *Dynastie*.

— D'après Mme Ortiz, Belinda se montrait très charmeuse avec votre mari, intervint Noah. Était-ce un problème entre vous ?

Sophia éclata de rire et fit un grand geste de la main.

— Oh, ça ! Oui, c'est sûr, Belinda flirtait avec tout le monde. C'était sa manière d'être. Elle aimait qu'on la regarde, comme toutes les jeunes femmes de son âge. C'est vrai qu'au départ, j'étais un peu inquiète en voyant à quel point Malcolm s'intéressait à elle. Nous venions de nous marier, je manquais de confiance en moi. Ce dont je n'avais pas conscience à l'époque, c'est à quel point les filles comme Belinda avaient une vie compliquée.

— Les filles comme Belinda ? répéta Josie.

— Les enfants placés. Pas de famille ni de soutien. Elle avait sa mère adoptive, bien sûr, mais il lui manquait une figure paternelle. C'est un peu le rôle qu'avait mon Malcolm : il lui donnait des conseils, était devenu cette figure virile à laquelle elle se raccrochait. Il avait l'habitude de dire que c'était ce que devait faire un bon chrétien.

Josie se demanda intérieurement si Malcolm n'avait pas tenté de donner autre chose que des conseils à Belinda Rose, mais elle garda le silence.

— Et donc vous êtes devenue amie avec Belinda, conclut Gretchen.

Sophia acquiesça.

— Se confiait-elle à vous ?

— Oui, bien sûr.

— Vous a-t-elle parlé de son bébé ? demanda Josie.

Le sourire mesuré de Sophia se figea sur son visage.

— Son quoi ?

— Son bébé, répéta Noah.

Sophia battit des paupières tandis qu'elle s'efforçait de garder une contenance.

— Belinda n'a jamais eu de bébé.

— L'autopsie a montré qu'elle avait donné la vie avant sa mort.

— Non, insista Sophia. C'est impossible. Belinda n'a jamais été enceinte.

— Ça aurait été en 1982, lui dit Josie. Elle aurait accouché à la fin de l'année 1982.

Sophia vint placer une main manucurée contre sa poitrine.

— Mon Dieu. Je l'ignorais. Je savais qu'elle avait disparu cet hiver-là. Elle s'était beaucoup disputée avec sa mère adoptive, ça, je m'en souviens. Mais je n'ai aucun souvenir de l'avoir vue enceinte.

— Elle est revenue travailler au palais de justice, ensuite. Ne lui avez-vous jamais demandé où elle était partie ?

— Si, bien sûr que je le lui ai demandé. Tout le monde lui posait la question. Elle ne voulait pas en parler. Je n'ai pas insisté. Vous savez, elle est certainement partie chez une amie, tout simplement, mais Belinda aimait attirer l'attention.

— Oui, dit Josie, c'est ce qu'on a cru comprendre.

— En parlant d'amis, reprit Gretchen, quelles étaient ses autres fréquentations ?

— Je ne connaissais pas ses amis. Enfin, à part la fille avec qui elle partageait une chambre au foyer. J'imagine bien qu'elle avait des amis au lycée, mais je ne l'ai jamais croisée ailleurs qu'au palais de justice, donc je ne peux pas vous en dire plus.

— Il me semble qu'elle passait du temps en compagnie d'une des femmes de ménage, tout comme vous, d'ailleurs ?

Sophia leur servit de nouveau son rire carillonnant.

— Oh, les pauvres filles de Handy Helpers ?

— Pourquoi « pauvres » ? interrogea Noah.

— Eh bien, le gérant de leur boîte était du genre, euh... tactile, si vous voyez ce que je veux dire.

— Vous voulez dire qu'il harcelait sexuellement ses employées ? précisa Gretchen.

— J'imagine que c'est ainsi qu'on le qualifierait aujourd'hui. Il embauchait un tas de jeunes filles, et la rumeur disait qu'il avait les mains baladeuses. C'est pour ça qu'elles ne restaient jamais bien longtemps. Qui a envie de se faire tripoter à longueur de temps par son patron pour un salaire de misère ?

Josie ravala les remarques acerbes qui lui traversèrent l'esprit, ainsi qu'un sermon sur le fait que le salaire n'avait rien à voir là-dedans : aucune femme, bien ou mal payée, ne devrait être tripotée ou harcelée, ni sur son lieu de travail ni ailleurs. Sophia semblait avoir oublié qu'adolescente, elle avait été la secrétaire d'un juge avant de l'épouser. Au lieu de lui faire la leçon, Josie demanda :

— Aviez-vous des rapports amicaux avec l'une des jeunes femmes de l'entreprise de nettoyage ?

— Non, pas vraiment. Comme je l'ai dit, il y avait un gros turnover, elles ne restaient jamais très longtemps. En plus, elles arrivaient toujours en fin de journée, au moment où nous nous préparions à quitter le bureau.

— Mme Ortiz nous a dit que vous et Belinda étiez assez proches d'une de ces jeunes femmes, précisa Noah. Mince, les cheveux longs et noirs, les yeux bleus. Ça ne vous rappelle rien ?

— Son nom commençait peut-être par un L, ajouta Josie. Linda, Lilly ? Quelque chose comme ça ? Laura, peut-être ?

Sophia fronça les sourcils en regardant le plafond.

— Hum, oui, effectivement. Enfin, je n'étais « assez proche » d'aucune d'elles, mais c'est vrai qu'il a dû y en avoir une ou deux qui sont restées plus longtemps que les autres et avec qui j'ai un peu échangé. J'ai honte de le dire, mais je dois vous avouer que j'étais fumeuse à l'époque, et ces femmes de ménage nous accompagnaient parfois, Belinda et moi, pour griller une cigarette.

— Vous n'avez aucun souvenir d'une fille en particulier dont le prénom commencerait par un L ? demanda Gretchen.

— Il y en avait bien une, oui, Linda ou Lilly, ça doit être ça, mais je ne me souviens pas précisément d'elle. Je suis vraiment désolée.

Encore une impasse. Comment la mère de Josie avait-elle pu passer inaperçue au point que personne ne se rappelait ne serait-ce que son nom ? Était-ce une volonté de sa part ? Est-ce que quelqu'un mentait ? Est-ce que plusieurs personnes mentaient ? Et si oui, pourquoi ? Josie ne parvenait pas à comprendre pourquoi Mme Ortiz leur cacherait la vérité. Damon Todd non plus n'avait pas de raison de le faire, d'autant moins après avoir divulgué le scandaleux secret de son père. Angie Dobson avait été la plus bavarde des personnes interrogées. C'était elle qui leur avait fourni le premier véritable indice concernant l'identité réelle de sa mère, ou du moins l'identité qu'elle utilisait avant d'usurper celle de Belinda. Josie ne voyait pas non plus pourquoi Sophia Bowen leur mentirait, mais elle était certaine qu'elle n'était pas totalement honnête.

— Quand avez-vous arrêté de travailler au palais de justice ? lui demanda Josie.

— Oh, ça remonte à l'été 1983, quand nous avons accueilli notre fils aîné. Quelques années plus tard, j'ai donné naissance à mon autre fils, et je n'ai jamais eu envie d'y retourner. Ils sont adultes, maintenant, bien sûr. Andrew est devenu avocat, ici, à Denton.

C'est alors que Josie comprit pourquoi le nom Bowen lui était si familier. Andrew Bowen se rendait régulièrement au commissariat pour défendre des clients. Josie ne lui avait jamais adressé la parole, mais elle l'avait croisé à plusieurs reprises ces dernières années.

— Est-ce que votre fils est spécialisé dans le droit pénal ? demanda-t-elle.

Le sourire de Sophia s'élargit.

— Oui, absolument. Il fait un peu de droit de la famille et de droit civil, mais son domaine de prédilection, c'est le pénal. Mon autre fils est médecin. Il vit à San Francisco.

S'ensuivirent plusieurs minutes de conversation entre Sophia et Gretchen auxquelles Josie ne prêta pas attention. Elle déambulait dans la pièce, consciente que Sophia ne la quittait pas des yeux, sans comprendre pourquoi cela la rendait si nerveuse. Ils la remercièrent pour le temps qu'elle leur avait accordé, lui demandèrent de les contacter si un nouvel élément lui revenait en mémoire, et se dirigèrent vers la porte d'entrée.

C'est à ce moment-là que Josie remarqua les photos accrochées au fond du vestibule. Il y avait plusieurs clichés de deux beaux garçons, sans doute à peine plus âgés que Josie, l'un brun, l'autre blond : remise de diplômes au lycée, puis à l'université, diverses photos des deux frères en train de pratiquer un tas de sports, et même un portrait d'un des deux au sommet d'une montagne ; Josie reconnut Andrew Bowen. C'était une démonstration impressionnante des accomplissements de la progéniture apparemment parfaite de Sophia Bowen, mais ce n'était pas la raison pour laquelle Josie eut la gorge nouée. Elle fixait du regard le grand portrait qui dominait tous les autres : Sophia Bowen, alors très jeune, assise bien droite au côté de son mari, le juge Malcolm Bowen.

Noah vint se placer près d'elle.

— Qu'est-ce qui se passe, patronne ?

Josie ouvrit la bouche pour parler, incapable de prononcer un mot.

— Patronne ? répéta Noah.

— Lui, parvint-elle à articuler.

Sophia les rejoignit.

— C'est mon Malcolm, dit-elle avec amour. C'était il y a si longtemps.

Gretchen s'approcha à son tour de Josie.

— Vous connaissiez le juge Bowen ? demanda-t-elle.

— Pardon ? répondit Sophia, déstabilisée.

— Je ne le connaissais pas, mais il connaissait ma mère, finit par répondre Josie.

— Oh, vraiment ? Qui était votre mère ?

— Patronne, souffla Noah avec une pointe d'inquiétude.

Josie ignora Sophia et se tourna vers son collègue.

— Il y a eu une audience pour ma garde. Non, pas une audience, une médiation avec juste moi, ma mère, ma grand-mère, leurs avocats et le juge Bowen. J'avais neuf ou dix ans. Ma grand-mère voulait obtenir ma garde. Elle a perdu. En grande partie parce que j'ai menti au sujet de ce que ma mère me faisait subir. J'avais trop peur pour dire la vérité.

Désormais, Josie se demandait si cela aurait changé quoi que ce soit au verdict. Sa grand-mère avait poursuivi sa mère en justice sous le nom de Belinda Rose, et le juge Bowen avait connu la vraie Belinda Rose qui avait travaillé au palais de justice dans les années 1980. Josie était prête à parier que c'était lui, le père du bébé de Belinda. Il s'était forcément aperçu, en 1997, que la femme qui se tenait devant lui n'était pas Belinda Rose. Il aurait même pu la reconnaître, puisqu'elle avait fait partie du personnel d'entretien. À moins qu'il ait simplement cru qu'il existait plus d'une femme portant ce nom dans le comté ?

Josie s'efforça de se remémorer cette journée, à la recherche du moindre indice démontrant que le juge et sa mère étaient de mèche. Si c'était le cas, que c'était bien le juge Bowen qui avait mis Belinda Rose enceinte, il était possible que sa mère ait eu vent de l'affaire et l'ait fait chanter. Il y avait de nombreux juges dans le comté. Pour quelle raison cette affaire lui avait-elle été confiée ? Et pourquoi une médiation plutôt qu'une audience ?

Sophia reposa sa question :

— Qui était votre mère ?

Mais le juge était mort. Tout ce que l'on trouverait dans ses archives et sa liste de dossiers, c'était qu'une femme du nom de Belinda Rose avait obtenu la garde de sa propre fille. Josie se demanda si c'était également ce juge qui avait signé l'ordonnance de garde quand sa mère avait fini par partir pour de bon. La seule personne qui savait que sa mère n'était pas celle qu'elle prétendait être était décédée, ne laissant à Josie qu'un fantôme et plus de questions que de réponses.

— Je ne sais pas, répondit-elle. Je n'ai aucune idée de qui était ma mère.

— Elle ment.

De retour au commissariat, Josie, Noah et Gretchen étaient passés prendre de quoi manger et s'étaient installés dans la salle de conférences, où ils avaient étalé sur la table tous les documents et objets relatifs à l'affaire Belinda Rose.

— Patronne, elle a cessé de travailler au palais de justice bien avant que votre grand-mère ne demande votre garde, objecta Noah. Je doute qu'elle ait eu connaissance de cette histoire.

— À moins que Malcolm lui en ait parlé le soir, une fois rentré, dit Gretchen. Apparemment, il aimait bien raconter à sa femme tout ce qui se passait au bureau. Vous ne pensez pas qu'il aurait pu rentrer un soir et dire : « Hé, tu te souviens de cette fille qui travaillait au palais avant de disparaître un beau matin ? Eh bien je l'ai revue aujourd'hui, mais ce n'était plus la même fille. »

— Ou alors, contra Noah, il y a plus d'une Belinda Rose dans le comté. Nous ne savons même pas si Malcolm Bowen connaissait la mère de Josie du temps où elle travaillait au palais de justice. Est-ce que les hommes comme lui remarquent les assistantes et les agentes d'entretien ?

— Il a remarqué Belinda Rose, en tout cas, lâcha Josie. Je vous parie qu'il est le père du bébé.

Gretchen hocha la tête pour montrer son approbation.

— C'est aussi ce que je pense.

— Ça ne signifie pas pour autant qu'il connaissait votre mère au début des années 1980 ou se souvenait d'elle, persista Noah.

— Ma mère avait des infos sur lui. Je le sais. Il faut quand même être sacrément culottée pour retourner au palais de justice dans lequel elle faisait le ménage en utilisant le nom d'une ancienne collègue, non ?

— C'était quinze ans plus tard, tempéra Noah.

À ce moment-là, le téléphone de Josie vibra sur le plateau en verre de la table. Voyant le nom de Misty à l'écran, Josie l'attrapa et décrocha, resta silencieuse un moment puis répondit à son interlocutrice :

— Je m'en occupe. Je serai là dans une demi-heure, d'accord ?

Elle raccrocha.

— Misty a besoin de moi, expliqua-t-elle. Elle et son bébé sont malades. Elle est allée chez le médecin, mais elle doit partir travailler. Je dois récupérer les médicaments de son fils.

Noah et Gretchen ne cessaient de la dévisager, et Josie comprit que c'était parce qu'elle n'était vraiment pas du genre à quitter le commissariat en plein milieu d'une enquête, même si, en tant que cheffe, elle n'était pas tenue d'être là. Elle allait devoir apprendre à déléguer.

— Je serai de retour dans une heure. En attendant, rédigez quelques demandes de mandats. Je veux une liste de toutes les filles placées sous la garde de l'État entre 1962 et 1982 et dont le prénom est Linda, Lilly ou Laura.

— Patronne, avec tout mon respect, ça revient à chercher une aiguille dans une botte de foin, protesta Noah.

— Vous avez une meilleure idée ?

— Il n'y aurait pas quelqu'un d'autre dans l'entourage de votre mère qui pourrait nous éclairer sur qui elle était ou ce qui lui est arrivé ? demanda-t-il.

— Non, asséna Josie. Tous les gens qui la connaissaient l'auront connue sous le nom de Belinda Rose. Ça ne va pas nous aider. La plupart de ses fréquentations baignaient dans la drogue. Je ne connais pas leur nom. Je n'ai que les surnoms que je leur donnais quand j'étais petite. La plupart sont sûrement morts, aujourd'hui.

— Elle n'a jamais eu de petit ami ? Après la mort de votre père ?

À nouveau, le nom de Dexter McMann fit surface dans son esprit.

— Il y avait bien un homme, admit-elle. Mais je ne pense pas qu'il ait quoi que ce soit à nous apprendre. Il ne l'a connue que sous le nom de Belinda Rose, comme moi. Je ne sais pas ce qui lui est arrivé.

— Vous connaissez son nom ? demanda Gretchen.

— Je... je ne m'en souviens pas, mentit Josie.

Gretchen lui adressa un regard inquisiteur.

— Essayez de vous en souvenir. Il est probable qu'il ait gardé des photos de sa copine. Ça pourrait valoir le coup de lui rendre une petite visite. En attendant, on va se mettre au travail et traquer toutes les Linda, Lilly et Laura pupilles de l'État.

47

JOSIE – TREIZE ANS

Il y avait un homme dans le lit de sa mère. Cela n'avait absolument rien d'inhabituel, sauf que c'était le même homme depuis deux semaines. Il était difficile de trouver le sommeil dans le minuscule mobile home au milieu du raffut de leurs activités nocturnes énergiques mais, chaque matin, elle était réveillée, douchée, habillée, et sortie avant qu'ils se lèvent. Ils n'étaient jamais là l'après-midi et, lorsqu'ils rentraient pour dîner, Josie était déjà barricadée dans sa chambre. Le fait que des hommes passent la nuit chez elles ne lui plaisait pas, mais elle adorait les moments où sa mère avait une bonne raison pour l'ignorer.

Quand elle finit par croiser cet homme, ce fut accidentel. Restée éveillée une partie de la nuit à cause d'une gastro, et alors qu'elle sortait des toilettes pour aller chercher un verre d'eau dans la cuisine, elle lui rentra dedans. Elle tomba à la renverse et se retrouva les fesses sur le carrelage. La lumière s'alluma, Josie se cacha derrière son bras, aveuglée. Debout au-dessus d'elle se trouvait un homme extrêmement grand, plus proche de son âge que de celui de sa mère. Des mèches de cheveux bruns hirsutes retombaient sur son visage. Il ne portait qu'un boxer, et les muscles de son torse élancé saillirent quand il se pencha pour l'aider à se relever.

— Ça va ?

Elle hocha la tête, soudain pleinement consciente qu'elle devait puer le vomi.

— Ça n'a pas l'air, dit-il. Je m'appelle Dex, au fait. Ta mère m'a dit qu'elle nous présenterait, mais tu n'es jamais là.

Oh si, je suis là, pensa Josie. Tout ce que sa mère avait à faire, c'était venir frapper à la porte de sa chambre, mais Josie comprenait désormais pourquoi elle ne voulait pas qu'ils se rencontrent. Elle était incapable de quitter des yeux son ventre plat et la ligne de poils qui s'enfonçait dans son boxer. Elle avait vu Ray torse nu des dizaines de fois, mais Ray ne ressemblait pas à ça.

— Tu... tu as quel âge ?

Dex éclata de rire.

— J'ai vingt ans. Je sais, on a une sacrée différence d'âge avec ta mère, mais franchement, elle est cool, tu sais.

Josie ne prit pas la peine de répondre. Dex ne semblait pas se trouver ici à la suite d'une beuverie comme la plupart des autres. Il avait envie d'être ici, lui, ce qui en faisait soit quelqu'un de complètement stupide, soit quelqu'un d'aussi insensible que sa mère. Josie penchait plutôt pour la stupidité ; elle avait déjà vu sa mère à l'œuvre pour manipuler les hommes. Elle passa devant lui pour attraper un verre dans le meuble haut, qu'elle remplit d'eau et avala d'un trait. Ce qu'elle regretta immédiatement, puisque la nausée l'assaillit de nouveau.

— Tu es malade ? demanda-t-il.

Effectivement, ce n'était vraiment pas une flèche.

Josie tenta de s'en aller mais, avant d'avoir pu atteindre le salon, le contenu de son estomac remonta et gicla partout sur la moquette devant elle. La main sur le ventre, elle vacilla. Ce n'était que l'eau qu'elle venait de boire, et pourtant l'odeur était pestilentielle. Sa mère allait le lui faire payer.

L'instant d'après, Dex était à ses pieds et épongeait le sol avec du papier absorbant. Puis il disparut et revint avec un produit qu'il avait trouvé sous l'évier de la cuisine.

— Tu devrais aller t'allonger. Je m'en occupe.

Josie savait qu'elle aurait dû le remercier, mais elle avait peur de ne pas réussir à atteindre son lit si elle ne partait pas tout de suite. Elle courut jusqu'à sa chambre et remonta les couvertures jusqu'à son cou, laissant la nausée la submerger par vagues.

Elle ne se rappelait pas s'être endormie mais, quand elle s'éveilla, elle trouva sur sa table de chevet quatre canettes de soda au gingembre et quelques crackers. Elle s'assit, désorientée, persuadée qu'elle devait être en train de rêver. Quand elle se pencha pour saisir une des canettes, son pied buta contre un objet près du lit. Un seau. Pour qu'elle puisse vomir dedans. L'espace d'un instant, Josie se demanda si sa grand-mère était passée pendant la nuit, mais elle savait que c'était impossible. Sa mère n'autorisait jamais Lisette à pénétrer dans le mobile home. Cela ne pouvait pas non plus être sa mère, alors cela ne pouvait être que... Dex ?

Il s'écoula deux semaines avant qu'ils se recroisent, et elle ne réussit qu'à articuler un vague « merci » à cette occasion. Quand un homme était gentil avec elle, cela la rendait toujours nerveuse. Il y avait toujours un prix à payer : elle subissait la colère de sa mère, on attendait d'elle quelque chose en échange, ou pire encore. Il arrivait parfois que Dex lui propose de les rejoindre, lui et sa mère, quand ils mangeaient ou regardaient la télévision, mais elle déclinait systématiquement. Il lui proposait de les accompagner au cinéma et au restaurant, mais là encore elle refusait. Il paraissait toujours un peu déçu, mais il n'avait aucune idée de la façon dont les choses fonctionnaient dans le monde de sa mère.

Puis il commença à venir la voir quand sa mère n'était pas là. Il avait pour ainsi dire emménagé dans le mobile home et, pendant que sa mère partait faire ce qu'elle faisait pour gagner de l'argent et leur permettre d'avoir ce toit au-dessus de leurs têtes, Dex tentait de faire sortir Josie en lui proposant de l'emmener au collège à moto, en l'invitant à aller manger une glace, en lui demandant si elle avait besoin d'aide pour ses devoirs ou en insistant pour qu'elle vienne regarder la télé avec lui. Un jour, il rentra avec une douzaine de donuts et lui en offrit en précisant qu'il en avait acheté six de ses préférés, ceux en pâte à choux. D'où tenait-il cette information ? Est-ce qu'elle lui en avait parlé ?

Comme s'il avait deviné ses pensées, il expliqua :

— Les deux dernières fois que ta mère a acheté des donuts, les *French crullers* ont mystérieusement disparu. Je me suis dit que ce n'était sans doute pas un hasard.

Debout au milieu de la minuscule cuisine du mobile home, Josie sentait son ventre gargouiller à la vue des donuts.

— Écoute, lui dit-elle, j'ai déjà un petit ami, je n'ai besoin de l'aide de personne, et je peux te dire que je n'ai pas du tout envie qu'un des mecs pervers de ma mère soit « gentil » avec moi. Même pour un million de donuts, jamais je te touche, OK ? Alors laisse tomber.

Pendant un instant, il la regarda, les yeux écarquillés, bouche bée. Puis, lentement, un sourire se dessina sur son visage et il se mit à rire à s'en tenir le ventre. Josie lui adressa un regard assassin.

— Tu as un sacré culot, tu sais ? finit-il par lui dire. Il y en a eu combien, des « mecs pervers » avant que je m'installe ici ?

Josie repartit s'asseoir sur le canapé du salon, où elle avait étalé ses devoirs.

— Suffisamment.

— Je ne cherche pas à être gentil avec toi pour obtenir quelque chose en échange, et je peux te garantir que je ne suis pas un pervers.

— Ils disent tous ça, marmonna-t-elle en attrapant un crayon avant de se concentrer sur ses exercices.

Un donut enveloppé dans une serviette apparut à côté de la feuille de papier posée devant elle.

— On vit ensemble. Je sors avec ta mère. Je n'attends rien de toi. Tout ce que je veux, c'est discuter, histoire de te redonner un peu le sourire une fois de temps en temps.

— Pas la peine de jouer les papas avec moi, répliqua Josie.

— Je ne veux être le père de personne. Ta mère et moi, on s'amuse, c'est tout.

— Je suis au courant, je vous entends toutes les nuits.

Nouvel éclat de rire.

— Tu as du répondant ! Bref, fais ce que tu veux avec ces donuts. Moi, je sors. Si ça te dit, demain, je peux t'emmener au collège.

Il lui adressa un sourire et quitta le mobile home. Josie entendit sa voiture démarrer et se demanda combien de temps il ferait partie de leur vie.

48

Josie sortit de la pharmacie avec des antibiotiques dans une main, son téléphone dans l'autre. Misty n'arrêtait pas de parler, avec les hurlements de Harris en fond sonore. Josie n'avait qu'une envie : se précipiter vers lui et le serrer dans ses bras. Mais elle savait que, quand il était malade, il ne voulait que sa mère. Aller chercher ses médicaments était le mieux qu'elle puisse faire pour aider.

— J'ai aussi repris du paracétamol pour enfant, dit Josie. Je suis là dans cinq minutes.

— Génial, répondit Misty, tu me sauves la vie.

Un homme était adossé à la voiture de Josie. Elle raccrocha et s'arrêta juste devant lui. Il faisait sombre et le parking était quasiment désert, mais Josie remarqua que ses yeux noirs étincelaient sous sa casquette de base-ball. Il portait un jean délavé et une longue veste bleue sur un t-shirt en flanelle. À vue de nez, il devait avoir la quarantaine. Il avait glissé ses pouces dans sa ceinture, un pied posé à plat contre la portière côté conducteur. Il esquissa un sourire quand il vit qu'elle l'étudiait.

— Je peux vous aider ? demanda Josie.

Son sourire lui donnait la chair de poule. Elle glissa une

main à l'intérieur de sa veste et la posa sur la crosse de son arme de service.

— Eh bien, en voilà des manières, cheffe, fit-il.

— On se connaît ?

— Non, mais tu voudrais bien.

— J'en doute. Allez, laissez-moi passer. Je suis pressée.

Il fit un pas de côté et saisit la poignée de la portière, comme s'il s'apprêtait à l'ouvrir, mais Josie ne l'avait pas encore déverrouillée. Elle ne voulait pas s'approcher plus, et encore moins passer devant lui pour entrer dans son véhicule.

— Permettez ? dit-il avec une galanterie feinte.

— Je vais me débrouiller, merci.

La sensation de son arme sous sa main la rassurait, mais elle savait qu'elle devait agir prudemment : si elle se faisait prendre en train de menacer avec un flingue un type qui voulait juste l'aider à ouvrir sa portière, la maire ne lui laisserait aucune chance.

Comme l'homme ne bougeait pas, Josie reprit :

— Qu'est-ce que vous voulez ?

— Juste avoir une petite conversation avec toi, ma jolie.

— Je ne m'appelle pas « ma jolie », et je n'ai pas de temps à perdre avec ça, asséna-t-elle d'une voix ferme. Comme je vous l'ai dit, je dois y aller, quelqu'un m'attend.

— Tu pourrais être plus gentille avec un gentleman qui veut simplement t'aider, lui dit-il, sans se départir de son sourire écœurant.

Elle commençait à en avoir assez.

— Poussez-vous de là.

Le coup partit, rapide et puissant, et frôla le côté gauche de son visage alors qu'elle l'esquivait in extremis. Elle lui fonça dedans de toutes ses forces et l'écrasa contre la Ford. Josie entendit un « putain » lui échapper. Ensuite, tout se passa très vite : elle recula et sortit son Glock mais, avant de pouvoir se mettre en position, le poing de l'homme l'atteignit à la joue. Elle trébucha et tenta de rétablir son équilibre tout en levant de nouveau son arme face à lui. Rapide comme l'éclair, il lui saisit le poignet avec son autre main, l'obligeant à la lâcher. Le Glock heurta le sol et les mains de l'homme se refermèrent autour de son cou. Il la balança sur le côté, et son corps s'écrasa contre sa voiture. La douleur irradia depuis l'arrière de sa tête.

Il la maintint dans cette position, enserrant sa gorge jusqu'à ce que sa vision commence à faiblir alors qu'elle lui plantait ses ongles dans les mains.

— Tu as dit que c'était ce que tu voulais, lui souffla-t-il au visage. Alors tu vas l'avoir.

Le cœur de Josie s'arrêta, puis se mit à battre la chamade. Une des mains de l'homme quitta sa gorge et vint se placer entre ses jambes, tirant sur son jean pour le baisser. C'était l'ouverture que Josie attendait. Elle remonta un de ses coudes puis l'abattit sur l'avant-bras de son agresseur, qui relâcha sa prise. Avec son autre coude, elle visa son nez. L'homme recula en chancelant, marmonna un nouveau « putain » et se prit le visage entre les mains, qui se couvrirent de sang. Il les regarda, puis se tourna vers Josie.

— Je vois, tu veux vraiment aller jusqu'au bout, hein ? Eh bien, moi, je veux ce que je suis venu chercher.

Il se précipita vers elle, elle l'évita et saisit l'un de ses poignets avant de lui faire une clé de bras. D'un coup de pied, elle lui fit écarter les jambes et perdre l'équilibre. Elle lui écrasa le visage contre la vitre de la portière, une fois, deux fois. Josie n'avait pas de menottes sur elle, mais elle attrapa son deuxième bras qu'elle tordit lui aussi derrière son dos.

— À genoux, ordonna-t-elle.

Elle sentit qu'il résistait, alors elle tordit ses poignets jusqu'à ce qu'un cri de douleur lui échappe et qu'il plie les genoux. Elle le poussa à terre, rajusta sa prise sur ses poignets, lesquels formaient un angle peu naturel. Josie savait que seule la douleur l'empêchait de revenir à la charge. Quand il fut allongé, la joue contre le bitume, elle appuya un genou sur son dos et l'autre sur sa nuque.

— Vous êtes en état d'arrestation, dit-elle avant de lui lire ses droits.

— C'est quoi, ce bordel ? hurla-t-il.

D'une main, Josie parvint à récupérer son téléphone dans sa poche et à composer le 911, puis elle posa l'appareil au sol de manière à pouvoir crier dedans tout en empêchant l'homme de bouger. Elle indiqua où elle se trouvait.

— Agente en difficulté, besoin d'aide urgente. Envoyez les patrouilles les plus proches. Contactez le lieutenant Fraley.

L'homme se tortilla sous elle.

— Non mais tu te fous de ma gueule ? C'est pas ce qui était convenu. Ça faisait pas partie du scénario.

Josie se pencha vers son visage.

— Quoi ?

— Tu avais promis de ne pas m'arrêter, cria-t-il.

— Promis de ne pas vous arrêter ? Je ne vous connais même pas.

— Mais c'est moi ! Keith. C'est moi qui ai répondu à ton annonce.

Josie eut la boule au ventre.

— Mon annonce ? Quelle annonce ?

Il continua de se débattre.

— L'annonce que t'as publiée sur internet, espèce de putain de cinglée.

49

Noah arriva juste après deux voitures de patrouille, bondit de son véhicule et se rua vers elle avant même que les agents aient eu le temps de détacher leur ceinture de sécurité. Les gyrophares bleu et rouge tournaient dans la nuit. Noah se mit à genoux et attrapa les poignets de l'homme, qu'il sécurisa grâce à deux liens de serrage en plastique sortis de sa poche.

— Je lui ai déjà lu ses droits, précisa Josie.

Noah aida Keith à se relever et le confia aux agents de patrouille pour qu'ils l'installent sur la banquette arrière de leur voiture. Josie fit le tour de sa Ford, retrouva son arme, la rangea dans son holster, puis se mit en quête du sac de la pharmacie qu'elle avait lâché au moment de l'attaque. Par chance, il n'avait pas été écrasé. Elle le montra à Noah quand celui-ci s'approcha.

— Je dois apporter ça à Misty.

Noah l'étudia, et elle remarqua son changement d'expression : le professionnalisme endurci venait de laisser la place au choc. Même dans cet environnement bleu et rouge, elle remarqua sa pâleur. Elle baissa les yeux et vit que sa braguette était ouverte et cassée, dévoilant l'élastique de sa culotte noire.

— Josie, dit-il.

— Donnez-moi votre veste, Fraley.

Lentement, il l'ôta et la lui tendit. Elle l'échangea contre son sac en papier, drapa la veste autour de sa taille et fit un nœud avec les manches dans le bas de son dos.

— Misty a vraiment besoin de ça, vous comprenez ?

Il fit un pas vers elle. Les agents patientaient un peu plus loin, près de leur voiture.

— Je me fiche de Misty, là, maintenant.

Josie évita son regard.

— Eh bien vous avez tort. Si vous voulez me rendre service, apportez-lui ça et rejoignez-moi au commissariat. (Elle fit signe à l'un des agents, qui arriva au pas de course.) La vidéosurveillance du magasin a certainement enregistré tout ce qui vient de se passer. Allez voir à l'intérieur s'ils ont placé des caméras au niveau du parking. Je veux récupérer tout ce qu'ils ont.

— Bien, patronne.

Noah semblait être au comble de la frustration.

— Un problème, Fraley ?

Il secoua la tête, mais un muscle de sa mâchoire frémit.

— Parfait, déclara-t-elle. J'ai besoin que vous vous mettiez au boulot. Ce type avait répondu à une annonce, et je crois bien que, cette fois, ça allait largement plus loin qu'un « cinq à sept coquin ».

Noah déglutit.

— Qu'est-ce que vous voulez dire ?

— Je crois que la petite annonce concernait un fantasme de viol.

50

— Il s'appelle Keith Gibbs, dit Noah. Quarante-quatre ans, habite à Denton. Célibataire sans enfant. Travaille à l'usine de chips. Il dit qu'il est tombé sur votre annonce il y a quatre jours, que vous avez échangé par mail pour mettre au point ce scénario. C'est tout ce que j'ai pu obtenir avant qu'il demande un avocat.

Josie suivit Noah dans la salle de télésurveillance, lissant le t-shirt et le jean qu'elle venait d'enfiler. Malheureusement, ces vêtements de rechange avaient passé trop de temps dans le tiroir de son bureau et étaient pleins de plis. Mais ils allaient devoir faire l'affaire.

— Vous avez obtenu les mails ? demanda Josie.

— Il les a envoyés à Gretchen depuis son téléphone. Elle est en train de les imprimer.

Ils s'installèrent face au grand écran de télévision qui montrait la salle d'interrogatoire, où Keith Gibbs faisait les cent pas.

— Et vous avez retrouvé l'annonce ?

Josie remarqua que la peau de Noah virait au rouge, du cou à la base des cheveux. Il lui tendit une feuille de papier avec comme titre : « Réalise mon fantasme... Recherche rapprochement forcé. » En dessous figurait le texte de l'annonce :

Policière chaude, la trentaine, recherche étalon grand et
fort pour réaliser son fantasme de viol. Ceux qui ont peur
de me rentrer dedans bien fort ou de se battre, s'abstenir.
Si toi aussi tu as envie d'un truc drôle et tabou, je
t'attends !

Le dîner que Josie avait englouti une heure plus tôt menaçait de remonter de son estomac.

— Mon Dieu, souffla-t-elle.

Noah lui reprit la feuille des mains et la posa, face cachée, sur la table.

— J'ai lu les mails. Il n'y en a que quatre. En gros, la personne qui se fait passer pour vous donne votre nom, votre adresse, dit que vous êtes cheffe de police, puis présente un scénario dans lequel l'homme vous suit pendant un jour ou deux, vous aborde dans un lieu public et vous viole. Vous vous défendez, mais il doit aller jusqu'au bout, et vous promettez de ne pas l'arrêter.

— Et l'adresse mail ? demanda Josie.

— C'est une adresse gratuite que n'importe qui peut avoir créée sous un faux nom. J'ai fait une demande de mandat pour le fournisseur de messagerie et pour le site d'annonces, mais je doute qu'on trouve quoi que ce soit. La personne derrière tout ça est suffisamment calée en informatique pour garantir son anonymat. Si on était un gros commissariat ou le FBI, je ne dis pas, mais là... On n'a pas le budget pour ça. Cela dit, je peux toujours transmettre le dossier à la police d'État ou à quelqu'un de l'université, si vous voulez.

Josie lui fit signe que non ; elle avait une autre idée en tête.

— Je m'en occupe. Trouvez ce que vous pouvez, d'accord ?

— Vous connaissez quelqu'un ?

— Je connais quelqu'un qui connaît du monde, répondit-elle.

Elle sortit son téléphone pour écrire à Trinity Payne.

Salut Vous prévoyez toujours de passer à Denton prochainement ? Encore intéressée par l'affaire Lloyd Todd ? Je peux vous filer l'exclusivité, mais en échange j'ai besoin d'aide. C'est urgent.

Elle se tourna ensuite vers Noah.

— Je veux parler à Lloyd Todd.

— Patronne...

— Je me fiche de ce qu'il vous faudra faire, je veux le voir. J'irai lui parler à la prison du comté. Il peut être accompagné de sept avocats si ça lui chante. Ce petit jeu s'arrête maintenant.

Son téléphone sonna. C'était Trinity.

— J'arrive ce soir, dit-elle quand Josie décrocha. Je descends à l'Eudora et oui, je suis toujours intéressée par l'affaire Lloyd Todd. Je suis encore plus intéressée par un portrait de vous.

— Comptez là-dessus ! dit Josie.

Trinity éclata de rire.

— Il ne faut jamais dire jamais ! Je vous connais suffisamment pour savoir que vous ne m'appelez que quand vous avez besoin de quelque chose. Qu'est-ce que vous voulez en échange des infos sur Lloyd Todd ?

— J'ai besoin de votre aide concernant... une affaire de cybercriminalité. Vous connaissez du monde, je crois ?

— Oh, ma belle, je connais certains des meilleurs hackers du monde. Mais je ne suis pas certaine que l'affaire Lloyd Todd fasse le poids, comparée à ce que tu me demandes.

— Vous n'êtes pas sérieuse... grogna Josie.

— Rien que ces deux dernières années, vous avez été impliquée dans plusieurs des affaires les plus intrigantes du comté.

Ma chaîne pense qu'un reportage sur vous ferait exploser le taux d'audience.

— Je n'ai vraiment pas le temps pour ça, Trinity. Sans parler du fait que je me passerai bien de revoir ma tête placardée partout dans les médias.

— Je savais que vous alliez dire ça. Écoutez-moi jusqu'au bout. C'est moi qui mènerai l'interview. Seule. Sans producteur ni caméra. Juste moi. Venez me voir demain, OK ? Je aiderai avec votre histoire de cybercriminalité.

Josie sentit que Noah l'observait. Elle n'avait ni l'envie ni le temps d'écouter Trinity argumenter à ce sujet. Elle détestait être interviewée, et la dernière chose dont elle avait besoin, c'était d'être scrutée à la télévision nationale. Mais elle avait conscience que les contacts de Trinity seraient en mesure de localiser la personne qui postait ces annonces en deux temps trois mouvements, alors que cela prendrait plusieurs semaines en passant par les voies officielles. Après ce qui lui était arrivé ces derniers jours, elle était prête à tout pour que l'on cesse de la harceler, y compris se prêter au jeu de son amie journaliste pendant quelques heures.

Elle poussa un long soupir et répondit :

— Très bien. Envoyez-moi un message avec votre numéro de chambre quand vous arrivez.

Le cri de joie que laissa échapper Trinity était si puissant que même Noah, à l'autre bout de la pièce, put en profiter.

Elle savait que c'était inutile, mais elle colla le téléphone contre sa bouche pour insister auprès de Trinity :

— Je n'ai pas dit que j'allais le faire. J'ai juste dit que j'écouterais ce que vous avez à dire.

Josie imaginait très bien le sourire prédateur de son interlocutrice. Elle obtenait toujours ce qu'elle voulait.

— Oui, oui, répondit-elle.

Josie raccrocha au moment où Gretchen entrait avec une

liasse de papiers dans les mains. Josie récupéra les documents sans les lire.

— Je n'ai trouvé aucun lien entre notre aspirant-violeur, Keith Gibbs, et Lloyd Todd. C'est juste un tordu qui a répondu à une petite annonce.

— Je m'en doutais, dit Josie. On va traquer ceux qui ont mis ça en ligne.

Gretchen jeta un œil à l'écran de télésurveillance, où l'on pouvait voir que Gibbs avait fini par s'asseoir.

— Patronne, on ne peut pas le garder en détention.

— Quoi ?

— Vous savez comment ça marche, intervint Noah. Ce type a répondu à une annonce pour un rapport sexuel consensuel. Techniquement, il n'a rien fait de mal. En tout cas, c'est ce que va plaider son avocat.

— J'en ai rien à foutre de son avocat, s'énerva Josie. Il m'a agressée. Il m'a touchée avec ses mains crasseuses. Et quand je lui ai dit d'arrêter, il a continué.

— Parce que c'est ce qui avait été convenu, souligna Gretchen. Écoutez, je suis d'accord avec vous, ce gars est une raclure et il vous a agressée, c'est vrai, mais il pensait suivre le scénario que vous aviez élaboré ensemble. Il n'avait aucune raison de penser que vous n'étiez pas la personne qui avait écrit cette annonce et ces mails. Il n'a pas d'antécédents. Même pas une petite contravention pour excès de vitesse. Blanc comme neige.

— Je veux porter plainte, asséna Josie.

— Elle sera rejetée par la procureure, contra Noah. Je sais que vous le savez...

La colère enfla dans la poitrine de Josie.

— Je m'en fous. J'irai parler directement à la procureure s'il le faut. Cet homme ne rentrera pas chez lui ce soir. Placez-le en cellule.

Gretchen et Noah échangèrent un regard et parurent se mettre d'accord en silence.

— Très bien, céda Gretchen. Je m'occupe de la paperasse.

51

Les chiffres sur la box de Noah indiquaient qu'il était presque 1 heure du matin. Enroulée dans une couverture sur le canapé, Josie ouvrit les yeux suffisamment longtemps pour reconnaître le feuilleton des années 1990 qui passait à la télévision. Elle tenta de se concentrer dessus, mais chaque cellule de son corps ne souhaitait qu'une chose : se rendormir. Elle perçut des sons venant de la cuisine. Bruits de vaisselle, ronronnement du micro-ondes, et autre chose qu'elle ne parvenait pas à identifier. Une douce sensation de calme la fit de nouveau glisser vers le sommeil. Elle était en sécurité, ici. Elle pouvait se détendre. Elle attrapa la télécommande et monta légèrement le volume, emplissant la pièce de rires enregistrés, tandis que ses paupières papillonnaient. Elle y était presque, elle sombrait, quand elle sentit soudain les mains de Keith Gibbs sur elle, son haleine chaude... Elle le repoussa brutalement.

— Patronne !

La voix de Noah l'éveilla en sursaut. Il était près d'elle, l'air inquiet, deux grandes tasses dans les mains.

Josie se redressa et essuya la sueur de son front.

— Désolée, dit-elle. Je... euh... je me suis endormie.

— Vous faisiez un rêve.

Ce n'était pas un rêve, songea-t-elle. *C'était un souvenir.* Son esprit profitait de ce qu'elle n'était pas au travail pour assimiler ces événements terrifiants et chaotiques.

— Ça va, patronne ? s'inquiéta Noah.

— Tu peux m'appeler Josie et me tutoyer, tu sais, éluda-t-elle. Quand on est ici, en tout cas.

Elle tapota la place à côté d'elle. Noah s'installa et lui tendit une des tasses surmontées d'une mousse blanche et de ce qui ressemblait à de la cannelle. L'odeur était sucrée et épicée, avec une pointe de whisky.

— Qu'est-ce que c'est ?

Noah sourit et leva sa tasse.

— Un dirty chai latte : café, épices et scotch. Je me suis dit que ça vous... que ça te plairait. Je peux t'apporter un truc à manger, aussi, si tu veux.

Josie sourit à son tour et but une gorgée de sa boisson, la savourant lentement.

— C'est parfait comme ça, merci.

Ils burent en silence, absorbés par les images qui défilaient à l'écran. Puis Noah prit la parole.

— Est-ce qu'on va parler de ce qui s'est passé ce soir ?

— Non, décida Josie.

— Vous... tu sais que tu peux me parler.

— Et tu sais que je n'aime pas tellement parler.

Il éclata de rire.

— C'est vrai. Bien, et sinon, tu as réfléchi à la protection dont on a parlé ? Le temps que cette histoire soit réglée ?

Elle lui était reconnaissante de ne pas insister. Si elle avait survécu à tout ce qui lui était arrivé, c'était uniquement parce qu'elle avait bloqué les choses terribles qu'on lui avait fait subir et toutes les émotions négatives qui les accompagnaient. Pour s'en sortir, elle n'avait eu d'autre choix que de continuer d'avancer. Elle savait que ce n'était pas sain. Un psychologue qu'on l'avait forcée à consulter à l'université lui avait prédit que ça la rattraperait un jour mais, jusqu'ici, elle était toujours parvenue à garder un peu d'avance sur ses démons. Elle prévoyait de continuer sur cette lancée.

Le latte la réchauffa et l'engourdit. Elle posa sa tasse sur la table et se leva.

— Est-ce qu'on peut ne pas en parler maintenant ? Je pense que ce dont j'ai vraiment besoin, là, tout de suite, c'est d'aller me coucher.

Surpris, Noah posa lui aussi sa tasse sur la table.

— Oh, oui, bien sûr. Enfin, sauf si tu veux discuter. On peut parler d'autre chose que du boulot.

— C'est gentil, mais il faut vraiment que je dorme.

Elle sentit qu'il la suivait du regard lorsqu'elle quitta la pièce. À l'étage, elle s'écroula sur son lit et sombra immédiatement dans un sommeil profond, sans rêves.

———

Elle se réveilla quelques heures plus tard. Elle avait des courbatures dans le dos et dans la nuque, mais le souvenir de l'agression était déjà moins puissant dans son esprit. Bientôt, il serait suffisamment faible pour être enfermé dans son coffre-fort mental en compagnie de toutes les autres atrocités qui avaient jalonné sa vie.

Elle descendit l'escalier et, sur la pointe des pieds, passa près de Noah qui ronflait sur le canapé. Elle récupéra son téléphone qui chargeait dans la cuisine. Il était l'heure à laquelle elle se préparait habituellement à partir travailler. Gretchen lui avait écrit vingt minutes plus tôt.

> *Todd accepte de vous rencontrer. RDV à la prison du comté à 10 heures.*

Il y avait aussi un message de Trinity.

Chambre 227. On se voit dans la journée, OK ?

Josie ne répondit pas.

Elle retourna dans le salon et secoua doucement Noah pour le réveiller.

— Fraley, dit-elle. Réveille-toi. Ce sera toi, ma garde rapprochée pour aujourd'hui.

52

La prison du comté d'Alcott se trouvait à Bellewood et était gérée par le bureau du shérif. C'était un lieu central pour tous les départements de police du comté qui y plaçaient leurs prisonniers en attendant leur procès. Le commissariat de Denton possédait quelques cellules, mais elles étaient essentiellement utilisées pour les étudiants ivres ou les personnes coupables de délits mineurs. Quand les contrevenants étaient traduits en justice et qu'un procès était organisé, le shérif venait les récupérer pour les placer dans les installations du comté.

Puisque l'avocat de Lloyd Todd avait insisté pour être présent lors de leur entretien, l'adjoint au shérif les avait installés dans un parloir privatif. Lloyd était assis, voûté au-dessus de la table, ses mains menottées et reliées à un anneau en acier fixé sur le plateau. Sa combinaison orange moulait ses larges épaules. Sous ses sourcils broussailleux, ses yeux sombres lui lançaient des regards noirs. Ses cheveux commençaient à grisonner, tout comme la barbe inégale qui couvrait ses joues. Il paraissait bien plus vieux que son frère, alors qu'ils n'avaient que deux années de différence. Noah attendait à l'extérieur.

— C'est totalement hors procédure, déclara l'avocat de Lloyd depuis l'endroit où il se tenait, debout derrière son client.

Il en imposait avec ses cheveux noirs coiffés en arrière et son costume gris charbon qui valait sans doute plus cher que la voiture de Josie.

— Votre client a consenti à cet entretien, rétorqua-t-elle.

— Je le lui avais déconseillé, fit-il sans cacher son irritation.

Josie avait été la première surprise que Lloyd accepte de la rencontrer mais, comme le disait souvent Trinity Payne, « tout le monde a besoin de quelque chose, le tout est de découvrir quoi ». Josie n'était pas du genre à négocier, mais elle avait deux sujets essentiels à aborder avec Todd. Et elle aimait autant se procurer ses renseignements directement à la source, dans la mesure du possible.

De son côté, Lloyd restait de marbre. Josie tenta de le déstabiliser.

— J'ai rencontré votre frère, l'autre jour.

Rien.

— Vos fils vont bien.

Une lueur dans son regard, tout juste perceptible. Il croisa les mains, faisant cliqueter ses chaînes. Josie continua sur sa lancée.

— Je suis allée le voir pour lui parler de Belinda Rose. Vous vous souvenez d'elle ?

— On était au lycée ensemble, répondit Lloyd.

— Absolument.

Elle lui résuma tout ce que Damon leur avait appris, et Lloyd confirma que tout était vrai.

— Si vous êtes venue jusqu'ici pour me parler d'elle, c'est qu'il lui est arrivé quelque chose de grave, dit-il.

— Elle est morte, confirma Josie. Quelqu'un l'a frappée à la tête il y a trente-trois ans avant de l'enterrer dans un bois à Denton.

— C'est bien triste, lâcha-t-il sans rien laisser paraître.

— Monsieur Todd, vous rappelez-vous avec qui Belinda aimait passer du temps ? Avait-elle des amis ? Au palais de justice, peut-être ?

— Pourquoi vous me posez cette question à moi ?

— D'après Damon, vous passiez beaucoup de temps en compagnie de Belinda.

— Comme il vous l'a expliqué, c'est avec notre père que Belinda avait une relation, donc vous savez qu'il n'y a jamais rien eu entre nous.

— Il n'empêche que vous passiez du temps avec elle. Il devait bien vous arriver de bavarder, non ?

Lloyd s'esclaffa.

— Ça, pour bavarder, elle bavardait. Je ne me souviens pas de tout ce qu'elle pouvait raconter.

— Je ne vous demande pas de tout vous rappeler. Je vous pose juste une question. Vous vous souvenez sans doute d'avoir entendu Belinda évoquer ses amis.

Lloyd soupira.

— Elle avait une copine, Angie, au foyer.

— Personne d'autre ?

— Ça fait deux questions.

— C'est toujours la même. Je veux savoir qui étaient les amis de Belinda.

— Il y avait quelques filles qui travaillaient au palais de justice.

— Leurs noms ? insista Josie.

— Franchement, cheffe...

— Vous avez réussi à vous souvenir du nom de son amie au foyer ; comment s'appelaient ses copines du palais de justice ?

Il soupira de nouveau et secoua la tête, comme si ce qu'elle lui demandait était ridicule, mais sembla y réfléchir. Finalement, il déclara :

— Sophia. Sophia et Lila. C'était ça, le nom de la deuxième : Lila.

Josie fit son possible pour ne rien laisser paraître de son excitation. Son dos se raidit, et elle se pencha légèrement en avant. Elle ne s'était pas attendue à ce qu'il se souvienne. Ce n'était ni Linda, ni Lilly, ni Laura.

Lila.

Elle avait l'impression d'avoir déchiffré un code secret.

— Et le nom de famille de cette Lila, vous le connaissez ? continua-t-elle.

Il secoua la tête.

— Non, désolé. Je ne les ai jamais vues, ni elle ni l'autre. C'est juste que Belinda parlait tout le temps d'elles. C'était une pipelette et, comme Damon vous l'a dit, je la laissais me suivre au lycée, histoire que personne ne se doute de ce qu'elle faisait avec mon père.

Josie était certaine que Noah était déjà en train de demander à Gretchen de fouiller les archives des enfants placés dans le comté, mais elle lui lança tout de même un regard via la caméra.

— Il y a autre chose, reprit-elle.

— Cela me semble largement suffisant, intervint l'avocat. Mon client s'est déjà montré particulièrement conciliant. Rien ne l'obligeait à vous rencontrer aujourd'hui.

Lloyd regarda derrière son épaule et fit taire l'homme d'un simple coup d'œil. Il se retourna vers Josie et tendit les mains devant lui, l'invitant à poursuivre.

— J'aimerais que vous demandiez à vos hommes d'arrêter de me harceler. Hier, vous êtes allé trop loin.

— Cheffe Quinn, l'interpella l'avocat en s'approchant de la table.

Une fois de plus, Lloyd le réduisit au silence.

— J'ai peur de ne pas comprendre de quoi vous parlez.

— Très bien, admettons. Peut-être que vos larbins ne vous tiennent pas informés de tous leurs faits et gestes, mais sachez que, depuis votre arrestation, les véhicules de patrouille ont été vandalisés, des œufs ont été lancés sur le commissariat, quelqu'un a tartiné les poignées de ma voiture de merde, a cambriolé ma maison et détruit mes effets personnels et, pire encore, on a mis en ligne des petites annonces immondes en se faisant passer pour moi. La nuit dernière, un homme m'a agressée sur le parking d'une pharmacie parce qu'une de ces petites annonces révélait mon prétendu fantasme de viol.

— Ces accusations sont très graves, s'emporta l'avocat.

Josie regardait toujours Lloyd, dont l'expression demeurait impassible.

— Je ne l'accuse de rien, se défendit-elle. Ce sont ses associés que j'accuse. J'imagine que s'il avait une petite conversation avec eux et les encourageait à cesser leurs agissements, cela améliorerait grandement sa situation.

L'avocat s'apprêtait à répondre, mais Lloyd le devança.

— Ma situation ?

Josie se pencha de nouveau en avant, les deux coudes sur la table.

— Je ne suis pas idiote, monsieur Todd. Je sais que rien ne vous obligeait à me rencontrer. Vous n'étiez pas obligé de parler de Belinda Rose. Vous m'avez fait une faveur. Alors que puis-je faire pour vous en échange ? Que pourrais-je faire pour que vous consentiez à discuter avec vos associés ?

— Je n'ai pas d'associés. Mais si c'était le cas, jamais ils ne s'amuseraient à vous cambrioler ou poster des petites annonces en ligne.

— Que voulez-vous dire ?

— Ce que je veux dire, c'est que tous ceux avec qui j'ai travaillé pourraient faire de mauvaises blagues sans conséquences.

— On ne peut pas vraiment dire que crever les pneus et casser les pare-brise de tous les véhicules du commissariat soit sans conséquences, lui fit remarquer Josie.

Lloyd haussa les épaules.

— Je vous le répète, je n'ai pas d'associés. Ma réponse n'était qu'hypothétique.

— Bien, alors que cherchez-vous hypothétiquement à me dire ?

— Que toutes les autres choses que vous avez mentionnées, le cambriolage, les annonces, tout ça, mes hypothétiques associés n'ont rien à voir là-dedans.

— Le cambrioleur était un homme de cinquante ou soixante ans, mince, aux cheveux gris, qui porte toujours une veste verte et qui vit sous le pont. Il répond au nom de Zeke. Pourriez-vous hypothétiquement vous associer avec cette personne ?

Lloyd éclata de rire.

— Larry Ezekiel Fox ? Ce vieux cinglé ? Personne ne s'associe avec lui. Ce mec est un pirate, il ne rend de comptes à personne. Il était dans le circuit qu'on n'était même pas nés, vous et moi. Il se faisait appeler Larry, avant. Ça ne fait que quelques années qu'il a commencé à utiliser son deuxième prénom. Maintenant, tout le monde l'appelle « Zeke ».

— Donc, hypothétiquement, il n'aurait pas cambriolé ma maison pour se venger de votre arrestation ?

L'avocat avait viré rouge tomate.

— Sérieusement, cheffe, c'est totalement hors procédure. Je me dois de...

Cette fois, c'est Josie qui le fit taire en levant la main.

Lloyd répondit :

— Hypothétiquement, non. Si Zeke a cambriolé votre maison, il avait ses propres raisons.

— Où est-ce que je peux le trouver ? demanda-t-elle.

— Alors là, je ne vais pas pouvoir vous aider.

— Mais vous pouvez hypothétiquement m'aider au sujet de mes soucis de vandalisme et de dégradations « sans conséquences » ?

Un sourire barra le visage de Lloyd.

— Si vous m'aidez avec mon fils. L'aîné. Vous savez, il s'est retrouvé embarqué dans tout ce bazar. Les fausses accusations contre moi, tout ça. On le met en cause pour des choses qu'il n'a pas faites.

— Je suis certaine qu'il a un excellent avocat.

— Oui, bien sûr. Mais j'imagine que si la cheffe de police va parler à la procureure, ça peut aider.

En temps normal, Josie se serait fait un malin plaisir de dire à un homme comme Lloyd Todd d'aller se faire foutre. Elle doutait fortement que son fils aîné soit aussi innocent qu'il voudrait le lui faire croire, mais elle comprenait qu'un père cherche à protéger son enfant. Elle savait aussi que Todd n'aurait pas tout balancé en ne demandant qu'après coup une faveur en échange. Il ne lui avait pas tout dit et le seul moyen d'obtenir le reste, c'était de lui montrer qu'elle était de bonne foi.

— Laissez-moi le temps de passer quelques coups de fil.

———

Deux heures plus tard, elle était de retour dans le parloir face à Lloyd Todd et tendait à son avocat les documents concernant le fils de son client.

— Je n'ai pas pu faire lever toutes les charges qui pèsent contre lui, expliqua-t-elle. Mais j'ai pu obtenir une réduction de peine. Il va aussi pouvoir entrer dans un programme de réhabilitation accélérée. Il devra être suivi par un psychologue, se faire aider pour sa consommation de drogue et d'alcool, choisir une formation professionnelle, réaliser des travaux d'intérêt général et s'acquitter de quelques amendes. Une fois qu'il aura fait tout ça, cette condamnation n'apparaîtra plus dans son casier judiciaire. C'est le mieux que je puisse faire. Son casier sera vierge. Pour cette fois.

Lloyd jeta un œil aux papiers que son avocat avait déposés devant lui, acquiesçant tandis que Josie parlait. Il prit son temps. Après cinq bonnes minutes, il leva les yeux vers elle et déclara :

— Il y a un centre commercial sur 6th Street. Avec une laverie qui est là depuis toujours.

— Oui, je vois où c'est, répondit Josie.

— Zeke est souvent là-bas quand il n'est pas sous le pont. C'est ce que j'ai entendu. Hypothétiquement.

Josie se leva. Elle n'arrivait pas à croire qu'elle était en train de dire cela, mais elle le fit :

— Merci, monsieur Todd.

Sa main était posée sur la poignée de la porte quand l'homme la rappela une dernière fois.

— Bowen et Jensen, dit-il.

Josie tourna la tête.

— Quoi ?

— Les copines de Belinda. Leurs noms de famille. Bowen et Jensen. Je m'en souviens, parce que leurs initiales, c'était B.J. Vous savez, comme une pipe ? *Blow job ?*

53

— Lila Jensen.

Noah était au volant et Josie sur le siège passager, les yeux dans le vide. Elle répétait ce nom, encore et encore. Essayait de s'y habituer. Ce n'était pas ce à quoi elle s'était attendue. Lila Jensen, cela sonnait bien trop normal. Joli, même. Rien à voir avec le monstre qu'était sa mère.

— Lila Jensen.

— Gretchen est déjà au téléphone avec les services sociaux pour avoir accès à leurs archives. Elle fouille aussi les bases de données pour voir combien il y a eu de Lila Jensen dans notre État, en se concentrant sur celles nées entre 1958 et 1964, si on part du principe qu'elle avait entre dix-huit et vingt-quatre ans quand Belinda l'a croisée pour la première fois au palais de justice. On sait qu'elle était plus âgée que Belinda, mais pas de beaucoup.

Josie cligna des yeux et sortit de sa torpeur.

— Ça ne nous aidera pas à la retrouver.

— Quoi ?

— On sait qui elle était avant d'usurper l'identité de Belinda. Très bien. Elle s'est défaite de sa propre identité pour une bonne raison. Elle ne l'aurait pas reprise. Elle ne veut pas être retrouvée.

Cette étrange sensation grisante qui l'avait envahie lorsqu'elle avait percé à jour l'un des secrets de sa mère avait été remplacée par de la déception. Peut-être découvriraient-ils certains éléments sur sa vie avant qu'elle ne devienne la mère de Josie, mais elle savait au plus profond d'elle-même que cela ne les mènerait pas à elle. Ils n'avaient aucun moyen de remonter jusqu'à elle. Pas même une photo.

— Dex, chuchota-t-elle.

— Pardon ? demanda Noah.

Josie s'éclaircit la gorge et reprit, plus fort :

— Dexter McMann. Le petit ami dont je t'ai parlé. Son nom m'est revenu. Il faudrait que tu trouves son adresse. Il doit avoir trente-sept ans maintenant.

— Tu penses qu'il aurait gardé des photos ?

— J'en doute. Ça ne mènera sans doute à rien, mais Gretchen a raison, il faut au moins que je tente de lui parler. Cela dit, avant toute chose, je veux mettre la main sur Larry Ezekiel Fox et avoir une petite conversation avec lui.

54

JOSIE – QUATORZE ANS

Sa plus grosse erreur avait été de s'autoriser à profiter de la vie en compagnie de Dex. Cela ferait bientôt un an qu'il vivait avec elles, et il avait dit vrai : il n'avait rien d'un pervers, et il ne souhaitait pas prendre la place de son père. Ils avaient développé une forme étrange d'amitié qui n'existait que lorsque sa mère était absente. Elle regardait *Urgences* avec lui, et lui regardait *Ally McBeal* avec elle. Lisette aurait considéré que sa petite-fille était trop jeune pour ces feuilletons d'adultes, mais Dex ne semblait pas s'en soucier. Il l'accompagnait au collège tous les matins, récupérant Ray au passage, et allait parfois les chercher en fin de journée. Il l'emmenait manger des glaces, nager dans la rivière l'été et faire de la luge l'hiver. Un jour, en pleine tempête de neige, il s'était rendu sur un parking désert pour faire des glissades en voiture, provoquant des cris et des éclats de rire chez Josie, le tout en parvenant miraculeusement à ne pas rentrer dans un lampadaire.

Si sa mère avait remarqué leur relation, elle n'avait jamais fait de commentaire. Quand elle était là, Josie l'évitait et Dex lui consacrait toute son attention. Pendant un temps, Josie crut qu'il pourrait en être ainsi pour toujours. Mais cela ne pouvait pas durer éternellement. Ce n'était que le rêve naïf d'une jeune fille de quatorze ans.

Le premier signe de cela arriva le jour où Josie se coupa la main en travaillant sur un devoir de sciences. Elle avait décidé de comparer des empreintes digitales et, après avoir pris celles de Dex et les siennes, elle avait cassé un verre alors qu'elle cherchait à attraper le rouleau d'essuie-tout.

Un éclat de verre s'était enfoncé dans la paume de sa main. Il y avait du sang partout, mais elle ne commença à ressentir la douleur que quand Dex lâcha : « Putain de merde ! » Il passa à l'action, enroula sa main dans un torchon et l'emmena sans attendre à l'hôpital. Aux urgences, les médecins retirèrent le morceau de verre et refermèrent la plaie avec des points de suture avant de la renvoyer chez elle, où sa mère les attendait.

L'odeur de l'alcool parvint jusqu'à Josie avant même qu'ils aient atteint la porte d'entrée. Sa mère se tenait devant les éclats de verre sanguinolents qu'ils avaient abandonnés dans la cuisine et les regardait d'un air mauvais. Josie savait, à la manière dont elle plissa les yeux, qu'elle était dans de sales draps. Mais quand sa mère finit par prendre la parole, c'est à Dex qu'elle s'adressa.

— T'as cru quoi, bordel ?

Josie l'observa du coin de l'œil et vit la confusion sur son visage. Il sourit, comme s'il n'était pas complètement sûr qu'elle plaisantait.

— Pardon, dit-il. Tu as dit quoi ?

— Vous étiez où ?

— J'ai emmené JoJo à l'hôpital. Elle s'est méchamment coupée à la main. Il lui fallait des points de suture. J'ai...

— À quel moment je t'ai donné la permission d'emmener ma fille de quatorze ans à l'hôpital ?

La voix dure et froide déclencha un frisson le long de la colonne vertébrale de Josie. Dex semblait abasourdi.

— Tu as entendu ce que j'ai dit ? Elle avait besoin qu'on la recouse. Il y avait du sang partout.

— Je t'ai pas engagé pour jouer les baby-sitters, Dex, dit sa mère. Tu es à moi.

Il plaça une main sur sa poitrine.

— Pardon ?

— JoJo, elle se débrouille. Elle n'a pas besoin d'aide. Pour rien. Tu es ici pour moi.

— Mais c'est une gamine... se défendit Dex.

— Oui, c'est *ma* gamine. Pas la tienne. Alors tu gardes tes distances avec elle et tu te mêles pas de nos affaires, compris ? Elle peut s'arracher le bras, j'en ai rien à foutre. Et c'est quoi tout ce bordel ?

Elle désigna le kit de relevé d'empreintes digitales que Josie avait laissé sur la table basse.

— Je l'aidais pour son projet de sciences, expliqua Dex. Mais j'imagine que ça non plus, tu ne veux pas que je le fasse ?

Les lèvres de sa mère s'arrondirent en un sourire.

— Eh ben tu vois, tu comprends vite finalement.

Il fit un pas vers elle.

— J'ai une question à te poser, Belinda. C'est quand, la dernière fois que tu as aidé ta fille pour un projet de sciences ? Ou juste à faire ses devoirs, ou...

— Dex, dit Josie. Arrête.

Le sourire de sa mère s'effaça aussitôt, remplacé par une expression de rage pure. Elle regarda tour à tour Josie et Dex, plusieurs fois. Puis, en imitant sa fille d'un ton moqueur, elle répéta :

— Dex, arrête.

— Belinda, dit Dex.

— Tu crois que je vois pas ce qui se passe ? T'as cru que JoJo faisait partie du deal ? Et toi... (Elle reporta sa colère sur Josie.) T'es une sacrée petite pute, en fait, hein ?

— Hé ! (Il bougea pour se placer devant Josie et menaça sa mère avec son index.) Attention à ce que tu dis.

Sa mère l'étudia de la tête aux pieds, comme s'il n'était qu'un être inférieur.

— Ah ouais ? Et tu vas faire quoi ?

Il renifla et approcha son visage du sien.

— Tu as bu, souffla-t-il.

— Et alors ? Ça change rien au problème : ce que tu fais est dégueulasse.

— Je n'ai rien fait, et JoJo non plus. C'est une gamine, Belinda.

— Toi aussi, je te rappelle. Fous le camp d'ici.

À ces mots, elle partit vers sa chambre dans le fond du mobile home d'un pas nonchalant. Josie, qui était en apnée, reprit son souffle. La paume de sa main la lançait. Dex la regarda longuement.

— Ça va ? demanda-t-il.

Josie hocha la tête.

Elle s'attendait à ce qu'il parte. C'était toujours ce qui arrivait. Mais elle se trompait. À la place, il suivit sa mère, ouvrit sa porte d'un coup de pied et la referma brutalement derrière lui. Josie n'osait pas bouger, concentrée sur les cris qui devenaient des soupirs, puis on n'entendit plus que le bruit familier des ressorts du lit de sa mère qui couinaient, plus vite, plus fort et plus longtemps que jamais auparavant. Josie fila chez Ray et y resta jusqu'à minuit passé mais, quand elle fut de retour, elle les entendait encore.

55

Josie mourait d'envie de se charger elle-même de l'arrestation de Zeke mais, comme elle comptait porter plainte contre lui pour le cambriolage, elle savait que cela faciliterait les choses auprès de la procureure si elle envoyait une patrouille pour le cueillir. Conformément aux lourdes insinuations de Lloyd Todd, les policiers trouvèrent Zeke allongé sur deux chaises en plastique dans le fond de la laverie.

Dès qu'il fut arrivé au commissariat, Noah le fit installer dans la salle d'interrogatoire. Zeke ne demanda pas d'avocat. Comme le leur avait appris son complice adolescent, il portait une veste verte miteuse, effilochée, dont tous les boutons avaient disparu. Son visage portait les traces de son âge avancé et d'une vie passée dans la rue, et le bout de sa longue barbe grise était jaune. Son front était barré d'un bandana dont toutes les couleurs avaient disparu et qui avait viré au gris crasseux, avec un motif délavé sur le devant, dont s'échappaient des mèches de cheveux blanc sale en bataille. Josie le regardait sur l'écran de la salle de télésurveillance fumer les cigarettes que lui avait laissées Noah l'une après l'autre, en utilisant une pour allumer la suivante.

— Il pourrait en fumer mille, il puerait toujours autant, fit remarquer Noah en entrant, un dossier à la main. Ce gars aurait eu besoin d'une bonne douche il y a dix ans. Sans-abri pendant l'essentiel de ces dix dernières années. A fait quelques séjours chez nous pour possession de drogue, trafic, revente, ce genre de choses. Aucun lien connu avec Lloyd Todd.

Josie parcourut rapidement le dossier qui contenait des procès-verbaux d'arrestations, des fiches de renseignements sur ses diverses condamnations et quelques photos prises quand il était en cellule. Un cliché datant de sept ans plus tôt retint son attention, sans qu'elle sache vraiment pourquoi. Elle tourna encore quelques pages jusqu'à ce qu'elle trouve une photo datant de treize ans auparavant. Avec les rides en moins, ses traits étaient plus reconnaissables. Cet homme lui disait quelque chose. Mais pourquoi ?

— Vous croyez que Todd nous a dit la vérité au sujet du cambriolage et des petites annonces ? demanda Noah.

Josie ne leva pas les yeux du dossier entre ses mains, toujours à la recherche d'une autre photo.

— Vous savez que je n'ai pas pour habitude de faire confiance aux criminels du genre de Lloyd Todd, mais je ne vois pas pourquoi il m'aurait menti là-dessus alors qu'il m'a donné un tas d'informations. Il a hypothétiquement avoué pour l'incident qui nous a coûté le plus cher. Alors pourquoi nier les autres ? Ça ne l'avance à rien.

— Oui, j'imagine. Mais alors qui est derrière ce cambriolage et ces petites annonces ?

— Peut-être que Zeke saura nous le dire.

Soudain, elle trouva ce qu'elle cherchait : un troisième portrait réalisé en prison, cette fois vingt ans plus tôt, alors que Josie n'avait que dix ans. Un hoquet de surprise lui échappa quand le reste du dossier se répandit sur le sol.

— Patronne ? dit Noah. Il y a un problème ?

— Needle, articula péniblement Josie.

— Quoi ?

Elle leva les yeux vers l'écran.

— Il faut que je lui parle.

Noah s'élança derrière elle quand elle quitta la pièce, mais il ne fut pas assez rapide.

Elle ouvrit grand la porte de la salle d'interrogatoire, et Needle la dévisagea. Elle marcha doucement vers la table pendant que Noah se faufilait à sa suite et refermait la porte. Elle sentait qu'il voulait lui parler, l'arrêter, mais il garda le silence. Josie s'appuya sur la table et se pencha vers Zeke, assaillie par son odeur insoutenable mêlée à celle de la fumée de cigarette.

— Tu te souviens de moi ?

Il l'observa, et un sourire édenté apparut sur son visage.

— Alors ? insista-t-elle.

— La petite JoJo.

Derrière elle, Noah accusait le choc. Personne ne l'appelait jamais autrement que « Josie », « cheffe » ou « patronne ». Seul Ray avait eu le privilège de raccourcir son prénom en « Jo ». Entendre son surnom d'enfance après tant d'années la frappa elle aussi, mais elle fit son possible pour ne rien laisser paraître.

— Tu as connu ma mère, déclara-t-elle. Comment elle s'appelait ?

— Tu connais le nom de ta mère, s'esclaffa-t-il.

— Je veux l'entendre de ta bouche.

— Belinda, répondit-il sans hésiter. Belinda Rose.

— Son vrai nom, insista Josie.

Un éclair d'incompréhension passa dans ses yeux.

— Belinda Rose, répéta-t-il.

Sa mère ne s'était donc pas confiée à cet homme. Josie changea de tactique.

— Pourquoi as-tu cambriolé ma maison ?

— J'ai cambriolé personne, moi.

Josie leva les yeux au ciel. Elle frappa la table du plat de la main pour qu'il reste concentré sur elle.

— Pas avec moi, Zeke, dit-elle. On a deux témoins qui t'ont dénoncé et n'hésiteront pas à dire que c'est toi qui les as embarqués dans cette histoire. Pourquoi ? Pourquoi moi ? Pourquoi maintenant ?

Ses doigts récupérèrent une cigarette dans le paquet posé devant lui, et il l'alluma avec celle entre ses lèvres.

— T'étais mignonne comme tout, gamine, tu le sais, ça, JoJo ?

Josie ne répondit pas.

— Ça la rendait un peu folle, ta mère, je crois. Tu attirais trop le regard à son goût, tout le monde t'admirait. Ton père... Dès que tu es arrivée, il n'en a plus eu rien à faire de ta mère. Ça ne lui a jamais plu, tu sais.

Sans s'en rendre compte, Josie leva la main et suivit du doigt la marque le long de sa mâchoire.

— C'est la pire chose que je l'ai vue faire, dit Needle en voyant la cicatrice. Enfin, jusqu'à cette nuit-là.

— Tu l'as arrêtée.

Il acquiesça.

— Elle m'a vraiment fait peur cette nuit-là. Je l'avais déjà vue faire un tas de choses, mais là, c'était différent.

— Tu m'as emmenée à l'hôpital ?

— Oui.

Josie avait la gorge si serrée qu'elle peinait à respirer. Quand elle posa la question suivante, seul un murmure glissa entre ses lèvres.

— Pourquoi tu n'es pas entré à l'intérieur pour leur dire ce qu'elle m'avait fait ?

Il haussa les épaules.

— C'était pas à moi de le faire. Et puis t'as pas envie d'avoir des emmerdes avec une femme comme ça. (Il tira une longue bouffée de sa cigarette, dont le bout orange scintilla.) Tu es bien placée pour le savoir.

Elle garda le silence. La fumée flottait dans la pièce, immobile. Sans un bruit, Noah s'avança et les observa tous les deux. Il se tourna finalement vers Needle et dit :

— Zeke, on sait que c'est toi, le cambriolage. Dis-nous juste ce que tu as fait des bijoux. Tu les as revendus ?

Needle secoua la tête.

— Tu ne les as pas revendus ? s'étonna Noah.

— Tu savais que cette maison était la mienne ? intervint Josie.

Needle la regarda droit dans les yeux, et elle fut assaillie par des souvenirs de son enfance quand, cachée derrière le canapé ou sous la table de la cuisine, elle croisait le regard de Needle qui lui souriait et lui offrait une bouchée de son sandwich ou une gorgée de son soda. Elle était tout le temps affamée. Et puis il y avait eu le jour où il était arrivé juste au moment où sa mère essayait de la vendre pour payer la peinture d'une carrosserie et où il l'avait envoyée jouer dehors. Josie n'avait aucune idée de ce qui s'était passé après qu'elle s'était enfuie mais, quand elle était rentrée chez elle, l'homme n'était plus là. Il n'avait plus jamais été question de cette voiture abîmée. Needle s'était trouvé au bon endroit, au bon moment. Il avait été gentil avec elle. Aussi gentil que puisse l'être quelqu'un comme lui.

Il eut un sourire triste.

— Je suis désolé, ma petite JoJo.

— Pourquoi tu étais gentil avec moi, quand j'étais petite ?

Il haussa de nouveau les épaules.

— Pourquoi pas ? Je voyais bien que c'était compliqué pour toi, là-bas, surtout après la mort de ton père.

Là encore, elle fut frappée par le fait que sa sympathie et sa compassion s'étaient arrêtées là. Oui, il avait été gentil avec elle, mais il avait aussi vu qu'elle était clairement maltraitée, et à aucun moment il n'avait tenté de la sortir de là. Le monde était plein de gens comme Needle. Des gens qui voyaient que d'autres personnes avaient des problèmes, mais chez qui l'instinct de préservation prenait le dessus sur le sens de la justice.

— Pourquoi ? redemanda Josie. Pourquoi cambrioler ma maison ?

Needle secoua le paquet de cigarettes, mais il était vide. Il écrasa son dernier mégot dans le cendrier et souffla longuement.

— Tu es maligne, JoJo. Tu n'en as aucune idée ? Tu n'as pas encore deviné ?

Josie sentit les doigts glacés de la peur courir le long de sa colonne vertébrale.

— Deviné quoi ?

Il s'avachit sur sa chaise et croisa ses mains tachées de nicotine sur son ventre.

— Bon, je crois que j'ai terminé. Si tu veux m'arrêter, fais-le, et je vais prendre cet avocat commis d'office que vous m'avez proposé. J'ai rien à dire de plus.

Noah et Josie l'observèrent un long moment, dans l'attente qu'il change d'avis ou leur demande quelque chose, mais il était confortablement installé sur sa chaise, sifflotant un air qu'il était le seul à connaître. Noah finit par se diriger vers la sortie, Josie sur les talons. Il lui tint la porte, et elle s'apprêtait à quitter la pièce quand Needle reprit la parole.

— Je sais pas ce que t'as pu lui faire, ma petite JoJo.

Son cœur se serra dans sa poitrine. Elle se tourna vers lui.

— Qu'est-ce que tu viens de dire ?

— Elle m'a dit que tu me retrouverais. Je lui ai assuré que non, tu saurais jamais que j'étais dans le coup. Mais elle avait raison. Tu m'as eu. Tu m'as même reconnu.

— Qui t'a dit que je te retrouverais ? demanda Josie, figée sur le seuil. De quoi tu parles ?

Ses yeux rencontrèrent les siens.

— Elle voulait que je te fasse passer un message. Elle a dit qu'elle détruirait tout ce que tu aimes.

56

— Patronne, appela Noah alors qu'elle filait à toute allure dans le couloir.

La distance qui séparait la salle d'interrogatoire de son bureau lui paraissait immense, comme si elle se trouvait dans l'un de ces cauchemars où, quelle que soit la vitesse à laquelle on court, on n'avance pas, et on ne parvient jamais à s'en sortir. Elle avait le souffle court et les mains moites quand elle agrippa enfin la poignée de sa porte.

Noah la suivait de près.

— Patronne. Qu'est-ce qui se passe, bon sang ?

Elle lui ferma la porte au nez, la verrouilla, s'y adossa et se laissa glisser jusqu'au sol. Son cœur tambourinait dans sa poitrine. Trop vite... beaucoup trop vite. Elle avait la tête qui tournait. Noah l'appelait de l'autre côté du battant, mais elle était incapable de lui répondre. Quand elle regardait autour d'elle, elle ne voyait que des flashs de son enfance : sa mère en train de rôder dans l'obscurité du mobile home, attendant que son père rentre du travail en marmonnant ces mots que Josie n'oublierait jamais : « Je vais détruire tout ce que tu aimes. »

C'était elle, depuis le début. Quand était-elle revenue ? Qu'est-ce qui l'avait fait revenir après toutes ces années ? Où était-elle ? Les souvenirs de ce que Belinda – non, Lila – lui avait fait subir tourbillonnaient dans la tête de Josie, sombres et écœurants. Elle ferma les yeux, mais c'était encore pire, alors elle se releva et contourna son bureau pour chercher la photo d'elle et Ray quand ils avaient neuf ans. Elle se concentra sur son visage, se rappelant tout ce qu'il avait mis en œuvre pour l'aider à combattre les monstres dans sa tête. Soudain, elle se réjouit que Ray soit mort : au moins, elle ne pourrait pas s'en prendre à lui.

Elle leva la tête vers le tableau en liège sur le mur, où elle avait punaisé plusieurs photos : Josie et son prédécesseur, le chef Harris. Des clichés de personnes qu'elle n'avait jamais rencontrées – envoyés par des proches de victimes qui la remerciaient par courrier après qu'elle avait résolu une affaire. Une photo de Josie et Lisette prise lors du dernier anniversaire de sa grand-mère. La plus récente montrait le petit Harris Quinn, le visage couvert de purée de petits pois.

— Bon sang... murmura Josie pour elle-même.

Elle bondit et ouvrit la porte de son bureau. Noah était toujours là, les bras croisés, le regard perçant.

— Il faut placer Misty Derossi et ma grand-mère sous protection, déclara-t-elle.

— De quoi il parlait, ce type ?

— Il parle de ma mère. Elle est revenue. Elle est là, quelque part, pas loin. C'est elle qui est derrière tout ça : les petites annonces, le cambriolage... Elle va s'en prendre à moi et aux gens que j'aime. Tout le monde est en danger. Il faut envoyer une patrouille à la maison de retraite. J'installerais bien ma grand-mère chez moi, mais elle n'y serait pas en sécurité. Quant à Misty et Harris... elle finira par découvrir leur existence. Je ne peux pas prendre le risque qu'il leur arrive quelque chose. Pas à cause de moi.

— Laissez-moi interroger ce mec, proposa Noah. Il doit bien savoir où elle est. On la retrouvera en premier.

— Non, trancha Josie. Il ne sait pas où elle est. Mais même s'il le savait, il ne te dirait rien. Elle est plus maligne que ça. C'est elle qui a dû le retrouver. Si elle se doutait que je remonterais jusqu'à lui, elle a forcément assuré ses arrières.

Derrière Noah, Gretchen approcha et tendit une feuille de papier à Josie.

— J'ai retrouvé le petit ami. Fraley m'a donné son nom. Dexter McMann vit aujourd'hui à Fairfield.

C'était à un peu plus d'une heure de route. Josie pouvait y être en moitié moins de temps.

— Il y a un numéro de téléphone, compléta sa collègue.

— Pas besoin, la coupa Josie en retournant dans son bureau chercher ses clés de voiture. Je serai de retour dans quelques heures.

— Je viens avec vous, décida Noah.

— Non. Vous, j'ai besoin que vous restiez ici pour vous assurer que Zeke soit placé en détention dans les règles et que vous envoyiez quelqu'un chez Misty et à Rockview.

Son téléphone vibra dans sa poche. Elle vit qu'elle avait reçu un nouveau message de Trinity lui rappelant qu'elle avait promis de venir la voir dans la journée. *Imprévu au boulot,* répondit Josie. *J'essaie de passer ce soir, mais je pense que ça va devoir attendre demain.* Trinity répondit avec un émoji boudeur. Josie leva les yeux au ciel, rangea son téléphone et quitta les lieux.

57

JOSIE – QUATORZE ANS

D'autres événements vinrent fissurer la paix fragile qui s'était installée dans le mobile home depuis que Dex vivait avec elles. Un soir, sa mère était rentrée plus tôt du travail et les avait trouvés assis sur le canapé, en train de rigoler devant un film. Elle avait fondu sur Josie, et une pluie de claques s'était abattue sur cette dernière, jusqu'à ce que Dex parvienne à la repousser. Josie s'était réfugiée dans sa chambre, où elle était restée jusqu'à la fin de leur dispute. Cette nuit-là, Dex avait bel et bien quitté le mobile home, et il n'y avait pas remis les pieds pendant une semaine.

Il y avait aussi eu la fois où il pleuvait à verse et où Dex était venu la récupérer au collège, laissant sa mère seule au mobile home, pour lui éviter de faire le trajet à pied. Sur le coup, sa mère n'avait trop rien dit mais, une fois Dex endormi, elle avait fait irruption dans la chambre de Josie et lui avait balancé un seau d'eau glacée sur la tête pendant son sommeil. Réveillée en sursaut, Josie s'était ensuite fait copieusement insulter. Si Dex avait remarqué à quel point l'adolescente semblait fatiguée les jours suivants, puisqu'elle dormait par terre en attendant que son matelas sèche, il n'avait fait aucun commentaire.

Les livres de médecine légale que Dex lui avait trouvés dans une brocante furent brûlés dans un tonneau en métal posé devant le mobile home pendant qu'il était au travail. Quand Dex lui avait demandé s'ils lui plaisaient, Josie n'avait pas eu le cœur de lui avouer ce qu'en avait fait sa mère. Peut-être aurait-elle dû. Peut-être serait-il parti. Ou peut-être aurait-il simplement suivi sa mère dans sa chambre pour se la taper une fois de plus. Josie n'avait jamais compris leur étrange relation. Elle n'avait jamais compris la relation de quiconque avec sa mère. Sauf en ce qui concernait Lisette : sa mamie la haïssait viscéralement.

Si cette année globalement joyeuse avait pris fin, c'était la faute de Josie. Peut-être que le fait de pouvoir parler à quelqu'un, qu'on s'occupe d'elle et qu'on s'intéresse à elle l'avait rendue plus audacieuse. Ou peut-être cela l'avait-il juste rendue aussi bête que Dex. Ray avait prévu de l'emmener danser au bal du lycée. Son père n'était plus là depuis un an, et il commençait enfin à se sentir libre : il voulait qu'ils aient une vie normale, qu'ils aillent s'amuser en étant officiellement en couple. Josie s'était dit qu'elle pourrait se coiffer et se maquiller elle-même, comme elle avait vu plusieurs filles le faire dans les toilettes du lycée. En revanche, il lui fallait une robe, et elle n'avait pas beaucoup d'argent.

Elle avait demandé à Dex s'il accepterait de l'emmener à la friperie et, plus tard dans la soirée, de les déposer au bal avec Ray. Mais Dex, évidemment, ne s'était pas contenté de ça. Il l'avait déposée devant un magasin de tenues de soirée en lui précisant qu'il avait déjà tout arrangé avec la vendeuse et qu'elle pouvait prendre la robe qu'elle voulait. Ravie, elle avait jeté son dévolu sur une robe bleue plutôt moulante mais qui laissait tout de même place à l'imagination et qui, d'après la vendeuse, mettait ses yeux en valeur. Dex avait aussi une cousine qui gérait un salon de coiffure, alors il lui avait pris rendez-vous là-bas à la suite.

Josie eut du mal à se reconnaître dans le miroir quand Dex vint la récupérer.

— Ray ne va pas en revenir, lui dit-il avec un sourire.

Josie avait hâte de découvrir la réaction de Ray quand il la verrait. Dans sa chambre, elle enfila sa robe et tourna sur elle-même devant son miroir ; pour la première fois de sa vie, elle se trouvait jolie. Dans quelques minutes, ils iraient chercher Ray. Sa mère travaillait toute la nuit, et Josie espérait qu'elle ne saurait jamais rien du bal, de la robe, du maquillage ou de ce que Ray lui avait fait ressentir quand il lui avait proposé d'officialiser leur relation.

Le regard de Dex s'éclaira quand il la vit.

— Waouh, souffla-t-il. Tu es magnifique.

— Merci, répondit Josie.

Ils étaient devant la porte d'entrée, prêts à partir, quand Dex la retint par le bras.

— Attends.

Il la prit par les épaules et la regarda dans les yeux. Pendant un instant, elle fut prise de panique et tressaillit quand il leva une main, lécha la pulpe de son pouce et frotta un point sous son œil gauche.

— Mascara, expliqua-t-il.

Josie rit nerveusement. La main qui était restée sur son épaule était chaude. Elle n'avait jamais été aussi proche de Dex. Cette proximité, mêlée à son excitation à l'idée de se rendre à ce bal, lui faisait tourner la tête. Il lui sourit.

— JoJo, dit-il doucement. Amuse-toi bien, ce soir, d'accord ?

Elle hocha la tête.

— Il en a de la chance, Ray.

Sans qu'elle ait eu le temps d'y réfléchir, elle se hissa sur la pointe des pieds et planta un baiser sur sa joue. La surprise se lisait sur le visage de Dex, et ils restèrent là, sans bouger, pendant quelques secondes, lui avec une trace du rouge à lèvres de Josie sur sa joue, sa main sur son épaule, à se sourire comme deux benêts. Et c'est à ce moment-là que la porte s'ouvrit. Sa mère était là, un pack de six bières dans les bras. Elle les observa longuement, notant chaque détail de la scène : la robe de Josie, le maquillage, la coiffure, la façon dont ils se tenaient proches l'un de l'autre, les clés de voiture de Dex qui pendaient de sa main libre.

Le cœur de Josie s'arrêta, et elle compta deux longues secondes avant de le sentir reprendre sa course telle une bête en colère qui chercherait à s'extirper à coups de griffes de sa poitrine. Elle s'attendait à ce que sa mère explose de colère, à ce qu'elle lui jette son pack de bières à la figure, à ce qu'elle se rue sur elle pour déchirer sa robe et lui arracher les cheveux.

Mais sa mère ne fit rien. Elle resta là, immobile. Puis elle demanda :

— Qu'est-ce qui se passe, ici ?

— JoJo va à un bal de promo. Avec Ray. Je leur ai proposé de les déposer.

Sa mère se tourna vers Josie.

— C'est ta grand-mère qui t'a filé tout ça ? Elle peut pas se mêler de son cul, celle-là !

Dex réagit avant qu'elle ait eu le temps de réfléchir à sa réponse.

— Non, c'est moi. JoJo avait besoin d'une robe pour le bal, et ma cousine est coiffeuse, alors je lui ai demandé un coup de main.

Sa mère le regarda et plissa les yeux.

— C'est *toi* qui as fait ça ?

— Oh, allez, Belinda, tu n'es jamais allée à un bal du lycée ? Lâche un peu ta gamine. Tu ne la laisses déjà pas voir sa grand-mère, son père est mort, la seule personne qu'elle fréquente, c'est ce petit maigrichon de Ray. Elle veut juste aller danser, laisse-la s'amuser un peu.

Josie se prépara pour la riposte qu'elle savait inévitable. Elle ferma les yeux et inspira profondément, prête pour les coups, pour sa belle robe en lambeaux, pour les bleus sur son visage qui remplaceraient son maquillage.

Mais rien. Elle sentit quelque chose la frôler et, quand elle rouvrit les yeux, sa mère était assise sur le canapé et ouvrait une canette. Dex et Josie ne la quittaient pas des yeux, sous le choc, mais, tout en sirotant sa bière, elle attrapa la télécommande et alluma la télévision. Quand elle se rendit compte qu'ils l'observaient tous les deux, elle lâcha :

— Vous feriez mieux de vous dépêcher.

Ils sortirent, laissant la porte du mobile home claquer derrière eux. Il y avait de l'électricité dans l'air, comme s'ils venaient d'échapper de peu à quelque chose de monstrueux. Ils n'échangèrent pas un mot ni un regard sur le trajet qui menait chez Ray.

Ray sembla ne rien remarquer, à moins qu'il ait mis sa nervosité sur le compte de son trac à l'idée d'aller au bal. Elle fit son possible pour passer un bon moment, pour se concentrer sur son petit ami et sur la manière dont il la regardait comme un trésor fraîchement trouvé, mais elle ne parvenait pas à penser à autre chose qu'au calme terrifiant de sa mère, assise placidement sur le canapé en buvant sa bière.

Quand Dex revint chercher Josie au bal plus tard dans la soirée et qu'elle rentra chez elle, sa mère semblait ne pas avoir bougé d'un centimètre, mais il y avait une bouteille de vodka devant elle.

— Je vais me coucher, dit Dex. Tu viens ?

— Non, répondit-elle. Je ne vais pas me coucher tout de suite. Je vais peut-être dormir devant la télé.

58

Josie, seule au volant de sa voiture, était rongée par l'anxiété à l'idée de se rendre chez Dexter McMann. Noah avait redoublé d'arguments pour l'accompagner, mais il avait fini par faire ce qu'elle lui avait demandé : rester à Denton et envoyer des voitures de patrouille à Rockview Ridge et chez Misty Derossi. Avant de partir, Josie avait passé un coup de téléphone à cette dernière pour lui expliquer qu'elle avait récemment été harcelée par des gens à cause de son travail, et qu'elle préférait s'assurer que ses harceleurs ne s'en prendraient pas aussi à son entourage. Heureusement pour Josie, Misty était trop malade et trop épuisée pour poser des questions. Josie avait eu une conversation similaire avec le directeur de la maison de retraite, lequel s'était engagé à renforcer leurs mesures de sécurité. De son côté, Gretchen était occupée à finaliser la paperasse concernant l'arrestation de Needle. Ils auraient tous deux de quoi s'occuper en attendant le retour de leur cheffe.

Fairfield était une petite ville du comté de Lenore, lequel se trouvait au sud du comté d'Alcott. C'était un territoire composé de fermes et de terrains de chasse gérés par l'État. Les routes de montagne sinueuses finirent par laisser place à de petites routes ondoyant à travers des hectares de terres agricoles. Si l'idée de revoir Dex ne l'avait pas rendue si nauséeuse, elle aurait apprécié ce panorama idyllique.

L'adresse que Gretchen lui avait indiquée était celle d'une maison à la façade lambrissée d'un blanc terne, avec plusieurs extensions faites de bric et de broc. Elle se trouvait en retrait de la route, au bout d'une allée gravillonnée. Un vieux pick-up était garé devant. Josie repéra plusieurs troncs d'arbres coupés, droits comme des sentinelles dans l'herbe devant la bâtisse. En approchant, elle remarqua que certains étaient sculptés en forme d'animaux – un ours, un aigle et une grande chouette. Dans l'un des troncs, le visage d'un homme avait été gravé, avec une longue barbe qui courait jusqu'au sol. Ils étaient magnifiques. Elle gara sa voiture et vint les admirer de plus près. Il y en avait d'autres, plus petits, dans l'herbe haute à ses pieds : un canard et un coyote endormi.

— Les plus petits sont à 300 dollars, cria une voix d'homme. L'aigle est déjà vendu, par contre. Mais j'en ai d'autres derrière. Je viens de terminer ma première sirène.

Elle entendit des pas approcher. Elle ne voulait pas se retourner, lui faire face, mais elle était là, et elle ne pouvait plus s'enfuir.

— J'ai aussi... euh... des dragons, si c'est votre truc. Beaucoup de gens m'en demandent, en ce moment. Depuis quelque temps, il y a une grosse demande pour les créatures mythologiques. Je vais peut-être tenter de faire une licorne, mais je ne...

Il ne termina pas sa phrase. Josie venait de se tourner vers lui.

Tétanisé, il la dévisagea. Il avait toujours été grand et, depuis la dernière fois qu'elle l'avait vu, il avait pris du poids. Il avait désormais l'air plus robuste, fort et musclé dans son jean déchiré et son t-shirt noir qui lui moulait le torse. Il avait toujours été très beau. Jusqu'à l'incendie.

Elle avait espéré que les cicatrices se seraient estompées

avec le temps ou qu'il aurait trouvé un chirurgien capable de lui rendre ce qu'il avait perdu mais, maintenant qu'elle l'avait en face d'elle, elle pouvait voir que son visage portait toujours les lourds stigmates indélébiles de la fureur de sa mère.

— Ça doit faire vingt ans qu'on s'est pas vus, JoJo, dit-il d'une voix rauque.

— Josie, le reprit-elle. Je m'appelle Josie.

Il sourit, et le côté de son visage qui n'avait pas brûlé se releva.

— Je sais. Josie Quinn. Tu as fini par épouser Ray, alors. J'ai appris son décès, j'en suis désolé. Vous étiez de véritables âmes sœurs.

— Il s'est avéré que nous étions des personnes très différentes, dit Josie.

Il hocha la tête.

— J'imagine. Je te vois tout le temps à la télé depuis que tu as résolu l'affaire de toutes ces filles disparues et que tu es devenue cheffe de police. Tu t'en es bien sortie.

Josie fit un pas vers lui. Elle effleura du doigt l'énorme sculpture d'ours.

— Toi aussi, on dirait.

Il haussa les épaules.

— Je me débrouille. C'est mieux qu'aller au boulot tous les jours et devoir parler à des clients. (Il tourna la tête pour lui montrer son profil. Il n'avait plus de cheveux au-dessus de la tempe gauche, à cause des brûlures.) Ça devient lassant de répondre toujours aux mêmes questions, tu sais.

Elle ne savait pas, mais acquiesça tout de même.

— Ils t'ont mis un œil de verre. Ça rend bien.

Il plaça ses doigts juste en dessous de son orbite.

— Oui, ça me donne l'air plus humain, j'imagine.

Un silence gênant s'immisça entre eux.

— Ces sculptures sont vraiment magnifiques, Dex, relança Josie. J'étais loin d'imaginer que tu avais ce talent.

— Pourquoi es-tu venue, JoJ... Josie ?

— On peut s'asseoir ?

Ils s'assirent côte à côte sur les marches devant l'entrée. Pendant quelques minutes, ils contemplèrent le jardin et les cimes des arbres bordant la route qui se balançaient au gré du vent. Puis Dex prit la parole :

— Je ne te l'ai jamais dit, j'en ai jamais eu l'occasion, mais... tu n'y es pour rien.

Josie ravala la boule qui se forma immédiatement dans sa gorge.

— C'était entièrement ma faute et tu le sais très bien. Je suis tellement, tellement désolée, Dex.

Il vint taper sa cuisse avec la sienne.

— Arrête. On n'est même pas sûrs qu'elle ait fait ça. C'était juste une drôle de coïncidence.

— Que quelqu'un mette le feu à tes cheveux pendant ton sommeil ? Justement la nuit où elle décide de dormir sur le canapé pour qu'il ne lui arrive rien ? Tu sais comme moi que c'est elle qui t'a fait ça. Et elle l'a fait à cause de moi.

— T'étais une gamine. Belinda était folle.

— Lila, corrigea Josie. Son vrai nom, c'était Lila Jensen.

— Quoi ? Qu'est-ce que tu veux dire ?

Elle lui raconta alors toute l'histoire. Il garda longtemps le silence après qu'elle eut terminé.

— C'est à se demander ce qu'elle a pu faire d'autre sans se faire attraper, hein ?

Josie hocha la tête.

— En quoi je peux t'aider ? demanda Dex.

— J'aurais besoin d'une photo. Si jamais tu en as pris... ou gardé. Je sais que c'est peu probable. Personnellement, je n'aurais sans doute pas gardé de souvenir de la femme qui m'a défiguré.

Son regard se perdit sur la route au loin.

— Effectivement.

La déception s'abattit lourdement sur les épaules de Josie. Cependant, avant qu'elle puisse sombrer dans le désespoir, Dex ajouta :

— Mais j'ai gardé une photo de toi. Et il se trouve que ta mère est dessus. J'ai toujours trouvé ça dommage.

59

JOSIE – QUATORZE ANS

Josie se réveilla en entendant Dex hurler comme un animal sauvage pris au piège – un bruit qui reviendrait hanter ses rêves pendant des années. Elle bondit hors du lit et courut dans le couloir, où elle vit que de la fumée s'échappait du dessous de la porte de la chambre de sa mère. À l'intérieur, la tête de Dex était en feu, et lui courait à gauche, à droite, en se tapant dans les murs, comme une boule de flipper. Sur le lit, l'un des oreillers était lui aussi enflammé, et le feu s'étendait déjà aux couvertures. Un courant d'air venu de la fenêtre ouverte fit voler les rideaux, qui s'embrasèrent à leur tour. Dex se tapait le crâne avec les mains pour éteindre les flammes, mais elles ne faisaient que grandir.

Josie retourna dans sa chambre pour récupérer l'édredon sur son lit. Quand elle revint dans la chambre parentale, elle cria le nom de Dex pour attirer son attention, mais il ne semblait pas l'entendre. Finalement, elle grimpa sur le lit en essayant de rester du côté qui n'était pas encore dévoré par l'incendie et, quand il passa devant elle, elle lança la couverture sur lui et écrasa ses deux mains contre son crâne. Il hurlait toujours. Elle devait le faire sortir d'ici. Elle descendit du lit d'un bond et le guida vers la porte. Il trébucha et s'étala de tout son long dans le couloir. Josie referma la porte derrière eux, dans l'espoir de contenir le feu, et tâtonna à la recherche de ses bras sous l'édredon. Sa main se referma sur l'un d'eux.

— Dex, dit-elle. Viens. On doit partir.

Chancelant, il parvint malgré tout à se remettre debout. L'édredon était toujours sur sa tête, et des volutes de fumée s'en échappaient. L'odeur de chair brûlée irritait le nez de Josie tandis qu'elle le guidait à travers le salon, en direction de la porte d'entrée. Sa mère, assise sur le canapé, les observa sans bouger, un verre de vodka à la main, un sourire satisfait aux lèvres.

60

Josie prit une photo du visage de Lila avec son téléphone pour l'envoyer à Noah et Gretchen, de manière qu'ils puissent la faire circuler le plus rapidement possible. Elle reprit ensuite la route. Mais le cliché, qu'elle avait posé sur le siège passager, attirait irrésistiblement son regard. On y voyait sa mère devant leur mobile home. Elle était mince, mais avait de jolies formes et portait un jean et un t-shirt à col en V lavande. Ses longs cheveux noirs tombaient en cascade dans son dos. Son visage fin, ses pommettes saillantes, son menton carré et ses yeux bleus en amande lui donnaient un air presque exotique. Josie se rappelait parfaitement à quel point Lila Jensen attirait le regard des hommes... quand elle le voulait.

Josie, treize ans, se tenait à côté de sa mère, vêtue d'une robe sans manches beaucoup trop grande pour elle, ses yeux bleus comme vides. « Je suis là, mais pas vraiment là », disaient l'expression de son visage et sa posture rigide, son corps penché pour s'éloigner de sa mère alors même qu'elles étaient l'une contre l'autre.

Josie ne se rappelait pas quand ce cliché avait été pris. Elles ne connaissaient pas grand monde équipé d'un appareil photo à l'époque et, de toute façon, Lila n'autorisait généralement pas leur utilisation. Josie comprenait désormais pourquoi. Elle était reconnaissante envers Dex d'avoir conservé ce souvenir. C'était leur piste la plus sérieuse jusque-là.

Quand elle fut de retour au commissariat, Gretchen lui apprit qu'il y avait quatre Lila Jensen en Pennsylvanie, dont une seule dans la tranche d'âge estimée de sa mère. Elle avait habité dans un appartement à Bellewood en 1983 avant de disparaître définitivement des radars. Tout ce qu'ils avaient pu obtenir, c'était sa véritable date de naissance. Pas en octobre, mais en juillet. Josie avisa la montagne de papiers empilés sur son bureau : toute la semaine, elle avait repoussé le moment où elle allait devoir s'occuper de ses tâches administratives. Elle ne tenait pas assise, jouait avec son stylo, incapable de se concentrer. Elle passa un coup de fil chez Misty et Harris, puis à la maison de retraite. Il n'était rien arrivé qui sorte de l'ordinaire.

Gretchen avait retrouvé Lila Jensen dans la base de données des enfants placés, mais dans un comté éloigné dont les services sociaux peinaient à remettre la main sur un si vieux dossier. Josie avait le pressentiment qu'il avait atterri au même endroit que celui de Belinda Rose. Elle se demanda si le juge Bowen, de son vivant, y avait été pour quelque chose. Il était la seule personne suffisamment influente pour faire disparaître deux dossiers de placement. Elle repensa à Sophia Bowen, convaincue qu'elle ne s'était pas montrée totalement honnête lors de leur conversation. Maintenant qu'ils avaient une photo, ils pourraient peut-être la faire venir pour l'interroger en bonne et due forme et voir ce qu'ils pouvaient obtenir de plus. Elle téléphona à son domicile, mais tomba sur le répondeur. Elle laissa un message, demandant à Sophia si elle pouvait venir au commissariat pour répondre à quelques questions. Elle lui donna sa ligne directe au travail ainsi que son numéro de portable. Maintenant, c'était à Sophia de jouer.

Abandonnant l'idée d'avancer dans sa paperasse, Josie

décida de se rendre à l'hôtel Eudora pour affronter Trinity. Mais personne ne vint lui ouvrir quand elle frappa à la porte de sa chambre. Elle attendit quinze minutes dans le hall et lui envoya un message pour lui dire qu'elle était là : pas de réponse.

La nuit commençait à tomber quand elle partit de l'hôtel pour se mettre à rouler sans but dans les rues de la ville jusqu'à ce que ses yeux brûlent de fatigue. Elle voulait continuer de bouger, de s'occuper l'esprit, pour ne pas se laisser envahir par les souvenirs. Mais l'horloge sur son tableau de bord indiquait minuit, et Noah lui avait déjà envoyé deux messages pour lui rappeler qu'elle avait besoin de repos. Il lui proposait de rester encore un peu chez lui, pour sa sécurité.

Noah.

La lumière était toujours allumée chez lui quand elle se gara devant. Sans un mot, il la fit entrer. Il sortait de la douche ; ses cheveux bruns épais étaient encore mouillés, et il avait revêtu un short et un t-shirt estampillé « Denton PD ».

Josie monta à l'étage pour enfiler un jogging et un t-shirt. Elle prit ensuite place sur le canapé, les yeux rivés sur son reflet dans la noirceur de l'écran de télévision : traits tirés, yeux hagards.

Noah vint la rejoindre. Sans dirty chai latte ni sandwich, cette fois. Il ne lui demanda même pas si elle avait mangé. Elle comprit que, là, il lui en voulait vraiment. Elle n'avait pas été très bavarde au sujet de Needle et avait ensuite refusé qu'il l'accompagne pour parler à Dex.

— Je suis désolée, dit-elle.

— Je respecterai tes limites, répondit Noah. Tu n'as pas besoin de m'exclure comme ça.

— Je... je n'ai pas...

Il leva la main.

— Ce n'est pas grave. Mais laisse-nous te protéger. Tu as tout un département à ta disposition. Si un de tes agents avait été cambriolé et agressé la même semaine, tu voudrais qu'il soit mis sous protection.

C'était vrai. Tout comme il était vrai qu'elle n'aimait pas montrer ses faiblesses ou sa vulnérabilité, et surtout pas à son équipe.

— Je vais essayer, dit-elle malgré tout.

— Le portrait de Lila Jensen est passé au journal de 23 heures, lui apprit Noah. Il est déjà en ligne sur tous les sites d'actualités locales. Tu seras mise au courant immédiatement si on nous donne une info intéressante.

— Merci.

— Gretchen est retournée voir Zeke, mais rien à faire, il refuse de parler.

Josie se regardait toujours dans l'écran de télévision.

— Je vous l'avais dit. Il n'a rien à perdre. Il nous l'a avoué : même s'il savait où elle se trouvait, il ne prendrait pas le risque de se la mettre à dos.

— Tu penses qu'elle est si dangereuse que ça ? Tu crois vraiment qu'elle pourrait s'en prendre à ta grand-mère ou à Misty et son fils ?

Elle secoua la tête.

— Peut-être pas directement. Tu as bien vu, elle a envoyé quelqu'un d'autre pour le cambriolage de ma maison. Je ne pense pas qu'elle soit très calée en informatique. Elle a certainement demandé à quelqu'un de mettre en ligne ces petites annonces. Je parie qu'un des petits jeunes qui bossent à la boutique de téléphonie lui a refilé mon numéro. Et d'ailleurs, c'est sans doute le même qui s'est occupé des petites annonces. Elle utilise les gens. Elle a toujours été entourée de personnes prêtes à faire des choses pour elle en échange de drogue, de faveurs ou parce qu'elle les faisait chanter. Elle est là-dessus depuis plus d'un mois déjà. Et elle ne s'arrêtera que quand tout ce que j'aime aura disparu.

Noah resta silencieux un moment. Elle sentait qu'il réfléchissait à la manière dont il pourrait poser sa question sans la brusquer.

— Pourquoi... pourquoi est-ce qu'elle...

Josie le regarda dans les yeux.

— Pourquoi est-ce qu'elle me hait à ce point ?

Il détourna le regard.

— Ça va, ne t'en fais pas. Regarde.

Elle repoussa ses cheveux et se plaça de profil afin qu'il puisse voir la longue cicatrice qui courait le long de sa joue.

— J'avais six ans quand elle m'a fait ça. Tu vois le type qu'on a interrogé aujourd'hui ? Zeke ? Il l'a empêchée d'aller au bout. Je l'appelais « Needle », parce que je n'ai jamais su son nom et qu'il rapportait toujours des seringues et des aiguilles quand il venait à la maison.

— Je suis désolé, souffla Noah.

— Ça n'est même pas la chose la plus horrible qu'elle m'ait fait subir. L'homme à qui j'ai rendu visite aujourd'hui a été son petit ami. Elle était en colère après lui à cause d'un truc que j'avais fait, alors elle a mis le feu à ses cheveux pendant qu'il dormait. Ou du moins, c'est ce que je suspecte. On n'a jamais eu aucune preuve. Ils fumaient tous les deux, ça semblait plausible qu'il se soit endormi avec une cigarette dans la bouche. Mais j'ai toujours su qu'elle l'avait fait.

— Mon Dieu.

— Quand j'étais en deuxième année à l'université, j'ai eu... quelques problèmes. J'étais en dépression. Je buvais trop. J'ai dû aller voir un psy. Ça n'a pas duré longtemps, mais j'en ai retiré quelque chose. J'ai pris conscience que ma mère déteste tout le monde. Pas juste moi. (Elle émit un petit rire forcé.) Bref, il n'y a rien de personnel. Elle est complètement égocentrique, ce qui signifie que quand elle s'intéresse à d'autres personnes, c'est simplement que ces personnes possèdent quelque chose dont elle a besoin ou envie. Une fois qu'elle a obtenu cette chose, elle prend un malin plaisir à les faire souffrir. Elle est méchante, jalouse, agressive et, surtout, imprévisible. Et très, très dangereuse.

— Je n'aurais jamais pu l'imaginer, dit Noah.

— Évidemment. Personne ne le sait. Je n'en parle jamais. Il n'y a que Ray qui savait comment elle se comportait, et encore, il n'était pas au courant de tout. Pendant longtemps, mon père n'est resté que pour moi. Quand il n'a plus été là, elle m'a empêchée de voir ma grand-mère, par pure cruauté. Alors, pour répondre à ta question... Elle me hait parce que c'est sa façon d'être. Ce que je ne comprends pas, c'est pourquoi elle est revenue. Pourquoi maintenant ?

Une sensation de fatigue extrême l'envahit. Elle ferma les paupières et, quelques secondes plus tard, elle sentit la main de Noah se glisser dans la sienne et la serrer doucement. Il n'y avait rien qu'il puisse dire pour la réconforter, et elle apprécia le silence qu'il lui offrit. Elle serra sa main en retour.

Quand elle rouvrit les yeux, elle le surprit en train de la regarder intensément. Épuisée, sa main dans la sienne, elle ressentit comme une décharge électrique. De son autre main, Noah lui toucha la joue. Josie se laissa aller contre sa paume chaude. Les larmes lui montèrent aux yeux, et elle cligna des paupières pour les refouler. Elle n'était pas certaine de pouvoir accepter ce genre de tendresse. Il se pencha lentement, jusqu'à n'être plus qu'à quelques centimètres d'elle, goûtant l'air qui les séparait. Elle vint poser ses lèvres contre les siennes, et il l'embrassa longuement, doucement et profondément, jusqu'à ce qu'elle sente ses jambes défaillir et tout son corps picoter. Ce baiser étrange ne ressemblait pas du tout à ce à quoi elle s'attendait ; c'était mieux que tout ce qu'elle avait pu imaginer, et c'était terrifiant.

C'est lui qui mit fin au baiser, mais il la garda serrée contre lui, son front collé au sien.

— Noah, dit-elle. Tu ne... tu ne devrais pas...

— Quoi ?

— Je ne suis pas une fille pour toi. Tu es trop bien, et moi, trop... abîmée.

Il recula un peu la tête, juste assez pour qu'elle puisse voir son sourire. Il plaça ses deux mains sur ses joues.

— Non, dit-il avec une conviction absolue. Tu n'es pas abîmée. Tu es extraordinaire.

Ce fut comme si leurs corps avaient pris feu. Sa bouche s'écrasa sur la sienne et, très vite, tous deux se précipitèrent sur les vêtements de l'autre pour les retirer. Les mains et la bouche de Noah, partout sur son corps, chassèrent le traumatisme des derniers jours. Il n'y avait plus que lui, et ces sensations qu'il provoquait en elle. Ou presque. C'était comme s'attaquer à un feu de forêt armé d'un arrosoir mais, au plus profond d'elle-même, la raison tentait de reprendre le dessus. Elle ne voulait plus être cette personne : une femme qui utilisait la chaleur et l'extase procurées par le sexe pour faire taire ses démons chaque fois qu'elle craignait de se retrouver submergée.

— Arrête, lâcha Josie. On ne peut pas faire ça.

Ses deux dernières histoires d'amour avaient été des échecs monumentaux. Sans doute pas uniquement à cause du sexe et du whisky qui lui servaient à échapper à ses pensées mais, quoi qu'il en soit, ça n'avait pas marché.

La bouche de Noah était chaude contre sa gorge. Elle le repoussa doucement, se libéra de son étreinte et se leva. Il lui fallait mettre de la distance entre elle et lui, même si chaque cellule de son corps lui hurlait le contraire.

— Qu'est-ce qu'il y a ? demanda-t-il d'une voix haletante.

Elle était parvenue à lui retirer son t-shirt. La cicatrice sur son épaule droite, datant du jour où elle lui avait tiré dessus pendant l'affaire des filles disparues, attira son regard. Il lui avait facilement pardonné, mais elle ne s'en sentait pas moins coupable.

— Tu mérites mieux que ça, dit-elle.

— Quoi ?

— Je suis... Je ne suis pas assez bien pour toi.

Il se leva d'un bond. Il ne portait plus que son boxer, et elle put remarquer qu'elle ne le laissait pas indifférent.

— Ça, c'est à moi d'en décider, déclara-t-il.

Soudain, elle prit conscience de l'air sur sa peau. Elle scruta les alentours, sans réussir à repérer son t-shirt. Elle croisa les bras sur son soutien-gorge et le regarda dans les yeux. Submergée par toutes sortes d'émotions, elle faisait son possible pour garder le cap.

— Noah... Ce n'est juste pas une bonne idée.

Il leva la main pour la toucher, mais elle fit un pas en arrière. Le coin de la table basse s'enfonça dans son mollet. L'incompréhension dans le regard de Noah avait laissé la place à la peine. Le voir comme ça lui donna l'impression d'être poignardée en plein cœur.

— Je suis désolée, parvint-elle à articuler. C'est juste qu'à mon avis, on ne devrait pas...

La sonnerie de leurs téléphones respectifs retentit au même moment. Noah finit par se détourner, cherchant son mobile sans le voir.

— Sur la table, lui indiqua Josie tout en fouillant pour mettre la main sur le sien.

Elle le retrouva coincé entre les coussins du canapé. Elle avait manqué l'appel, qui provenait du commissariat, mais Noah était en ligne avec quelqu'un.

— OK, bien reçu, dit-il. J'arrive.

— Qu'est-ce qui se passe ? demanda Josie.

Il soupira et se passa une main dans les cheveux, évitant son regard.

— Une grosse soirée étudiante dans une des résidences hors du campus. Tu sais, les grandes sur Turner Hill ?

— Celles avec la falaise derrière ?

— Oui. L'un des voisins a appelé la police à cause du bruit. Une patrouille est passée, quelques gamins ont fui par la porte de derrière, et l'un d'eux a dévalé l'à-pic. Il est en vie mais a dû être héliporté à Geisinger.

— Mon Dieu.

Noah récupéra son t-shirt près du canapé et l'enfila.

— Ils ont arrêté quelques mineurs sous l'empire de l'alcool. Je vais aller y faire un tour pour donner un coup de main.

Il disparut à l'étage. Josie l'entendit ouvrir et refermer des tiroirs dans sa chambre. Quand il redescendit, il portait un jean et son holster à l'épaule.

Les bras toujours croisés sur son torse partiellement dénudé, Josie s'avança vers lui.

— Je viens avec toi.

Il secoua la tête et attrapa son trousseau de clés sur la table basse.

— Je peux m'en sortir tout seul, c'est juste une soirée étudiante. Monte te coucher. Repose-toi.

En le voyant s'éloigner pour sortir de la maison, Josie sentit la panique monter en elle.

— Fais attention à toi, lâcha-t-elle en lui courant après. Ma mère... Elle va essayer de s'en prendre à toi. Elle finira par savoir...

La main sur la poignée de la porte d'entrée, Noah refusait toujours de croiser son regard.

— Savoir quoi ?

Elle tendit le bras vers son dos, ses doigts effleurant sa chemise. Une bouffée de chaleur lui monta au visage.

— Que je...

Elle laissa sa phrase en suspens. Elle vit les épaules de Noah se tendre. Elle réessaya.

— Que je tiens à toi.

Il ouvrit la porte et, sans se retourner, répondit :

— Permets-moi d'en douter.

Et il partit.

Le radio-réveil de Noah indiquait qu'il était 10 heures passées. Josie s'assit brutalement et rejeta les couvertures. Les rayons du soleil filtraient derrière les rideaux. Pourquoi est-ce qu'il n'était pas venu la réveiller, bon sang ? Était-il seulement rentré ? Elle récupéra son téléphone sur la table de chevet : pas de messages. Quelque chose clochait. Elle enfila des vêtements et descendit au rez-de-chaussée. Rien n'avait bougé depuis qu'elle était montée se coucher dans le lit de Noah. La cafetière était vide : il n'était pas rentré, c'était certain.

Elle commença à ressentir un léger malaise. Depuis qu'elle avait pris la tête du commissariat, il ne s'était pas passé une journée sans qu'elle reçoive au moins trois coups de téléphone avant 10 heures. Même pendant ses jours de repos. Elle précipita à l'étage pour récupérer ses affaires avant de courir jusqu'à sa voiture. Elle s'engouffra à l'intérieur mais, quand son pied voulut écraser la pédale d'accélération, il ne trouva rien. Elle s'aperçut alors que son siège était très loin du volant.

— Qu'est-ce que c'est que ce bordel ?

Un picotement de panique commença à l'envahir. Elle repositionna son siège et enfreignit trois fois le code de la route sur le chemin du commissariat. Le sergent Lamay était à l'accueil. À ses yeux écarquillés, Josie comprit immédiatement qu'il y avait un problème. Elle passa derrière le comptoir de l'accueil et s'avança vers Lamay.

— Qu'est-ce qui se passe ici ?

Le sergent lui répondit dans un murmure.

— Il y a eu un incident. Enfin... un meurtre. Patronne... Je sais que ce n'était pas vous. On le sait tous. Mais le capitaine des pompiers a appelé la maire, il n'avait pas confiance en Fraley et Palmer. En tout cas, c'est ce qu'il a dit quand il est arrivé avec elle il y a quelques heures.

Josie sentit son cœur s'emballer, et le picotement se transforma en une véritable vibration.

— Il y a quelques heures ? s'exclama-t-elle.

Lamay jeta un œil derrière elle pour s'assurer que personne ne les écoutait.

— Ils voulaient venir vous chercher.

— Me chercher ? Vous voulez dire m'arrêter ?

Il acquiesça puis se pencha vers elle, et son siège grinça sous son poids.

— Vous pouvez encore partir, patronne, lui dit-il. Je me charge des caméras.

Josie posa une main sur son épaule.

— Merci, mais ce ne sera pas nécessaire.

— C'est vraiment grave, patronne.

— Je n'irai nulle part. Je suis la cheffe de police de cette ville, et je suis ici dans mon commissariat, avec mon équipe. Où sont-ils ?

Lamay rentra la tête dans les épaules. Il tripotait l'un des boutons de sa chemise d'uniforme.

— Dans la salle de conférences.

Josie tourna les talons mais s'arrêta avant de s'engager dans le couloir qui la mènerait dans les profondeurs du bâtiment et la rapprocherait de ce qui l'attendait là-bas. Elle eut une pensée pour sa grand-mère, Misty et Harris. Elle se sentit soudain nauséeuse.

— Lamay, dit-elle. La victime. C'était une femme ? Un enfant ?

— Non. C'est le gérant de l'atelier de carrosserie sur 6th Street. Pas très loin de l'endroit où Zeke a été arrêté l'autre jour.

Son visage perdit toutes ses couleurs.

— Ça va, patronne ? s'inquiéta-t-il.

Non. Non, ça n'allait pas. Elle n'avait pas les mots. Elle se ressaisit et s'appuya d'une main contre le mur.

— Vous le connaissiez ? demanda Lamay.

La bile remonta jusqu'à sa gorge.

— On peut dire ça comme ça.

62

Dans la salle de conférences, la maire Tara Charleston était assise à l'extrémité de la table. Son regard glacial donna à Josie la chair de poule. Elles ne s'étaient jamais entendues, et elle savait que la maire sauterait sur la première occasion pour la démettre de son poste. Josie n'avait pas la moindre idée de ce qui se passait, mais cela semblait suffisamment grave pour mettre fin à sa carrière.

— Cheffe Quinn, dit-elle quand Josie passa la porte. On allait envoyer quelqu'un vous chercher.

— Je n'en attendais pas moins de vous.

Gretchen et Noah étaient assis côte à côte, et tous deux paraissaient affligés, fatigués. Quand les yeux de Noah croisèrent ceux de Josie, la douleur et l'incompréhension qu'elle y lut lui firent l'effet d'une claque. Elle aurait préféré que les choses ne se soient pas terminées de manière aussi embarrassante la veille. Le sourire facile de Gretchen s'était évanoui. Chacune des rides apparues sur son visage au fil de ses quarante-quatre années était visible. On aurait dit qu'ils étaient tous les deux là contre leur gré. C'était peut-être le cas ; elle avait du mal à croire que ni l'un ni l'autre n'ait cherché à la prévenir. À moins que Noah ait été trop blessé pour le faire. Elle aperçut alors leurs téléphones, posés à proximité de la main droite de Tara.

— Que se passe-t-il ? demanda Josie en se tenant bien droite, la tête haute.

— Patronne... commença Gretchen.

— Inspectrice, l'arrêta Tara.

La policière la regarda, une expression de pure rage sur le visage. Noah lui donna un petit coup de coude, lui intimant discrètement de garder son calme. Elle ne dit plus rien mais secoua la tête ; une veine palpitait sur son front. Josie ne se rappelait pas l'avoir déjà vue aussi en colère.

— Asseyez-vous, ordonna Tara.

Josie croisa les bras sur sa poitrine.

— Je préfère rester debout.

— Comme vous voudrez.

Tara se tourna légèrement sur sa chaise et appuya sur une touche de son ordinateur pour le faire sortir de veille.

— La nuit dernière, vers 3 heures du matin, vous – ou une femme qui vous ressemble énormément – avez conduit votre Ford Escape — ou un véhicule identique au vôtre avec la même plaque d'immatriculation – jusqu'à l'atelier de carrosserie *Ted's Auto Body*, où le gérant, Ted Heinrich, a été attaché à une chaise, battu, avant d'être brûlé vif. Il n'a pas survécu.

Josie avala sa salive sans répondre.

Tara tourna l'ordinateur pour qu'elle puisse voir l'écran. Elle appuya sur une autre touche, ce qui lança une vidéo. Tout en haut à gauche, Josie parvint à déchiffrer les mots « Rowland Industries ». Ted Heinrich s'était apparemment équipé en matériel de vidéosurveillance haute définition. Le top du top. Elle recentra son attention sur l'image, une vue plongeante sur l'entrée de son atelier. Une allée en bitume avec une gigantesque trace d'huile menait à deux grandes portes de garage aux vitres peintes en blanc. À la droite de celles-ci se trouvait une petite porte surmontée d'un écriteau indiquant qu'il s'agissait de celle du bureau. Dans un coin de l'écran, Josie repéra un bout de la Mustang GT rouge de 1965 qui appartenait à Heinrich. Cette vision lui donna la nausée.

Quelques secondes plus tard, une Ford Escape s'engagea dans l'allée et se gara sur la tache de graisse. Quand Josie déchiffra sa propre plaque d'immatriculation, elle regretta d'avoir refusé de s'asseoir. Les phares s'éteignirent, puis la portière s'ouvrit côté conducteur.

De la voiture émergea Josie, vêtue d'un t-shirt jaune, d'un jean et d'une paire de baskets blanches qui semblaient neuves. Dans la salle de conférences, la policière sentit que tous les regards étaient sur elle. Elle fit son possible pour garder une contenance pendant que son cerveau tentait de donner un sens à ce qu'elle voyait. Pendant un quart de seconde, elle en vint à douter d'elle-même. Avait-elle été droguée ? Était-elle somnambule ? Avait-elle vraiment conduit jusque chez Ted Heinrich pour le tuer ? Elle en avait sans aucun doute rêvé à plusieurs reprises, mais non, c'était impossible, comprit-elle en se rappelant que le siège du conducteur n'était pas à sa place quand elle avait voulu utiliser sa voiture ce matin-là. Il s'était donc passé autre chose.

À l'écran, la femme ferma la portière, s'éloigna de la voiture et regarda autour d'elle. Elle chercha des yeux la caméra puis la fixa : Josie eut l'impression d'être face à un miroir. Dans la salle de conférences, les secondes s'égrenèrent – une, deux, trois, quatre. Enfin, la femme leva les bras et tira ses cheveux en arrière, comme pour se faire une queue-de-cheval, et les rassembla d'un côté de sa tête, si bien que toute sa chevelure reposait sur son épaule gauche. Elle pencha légèrement la tête, comme si elle tendait l'oreille. Elle leur montrait son profil. Le côté droit de son visage était parfaitement lisse, sans la moindre trace de blessure, dans le clair de lune.

— Trinity, murmura Josie.

Trinity emprunta la porte menant au bureau, puis Tara tendit le bras pour accélérer la vidéo jusqu'à ce qu'on la voie ressortir, ses vêtements couverts d'une substance sombre. De l'huile ou du sang, peut-être les deux, devina Josie. Quelques secondes plus tard, Trinity et la voiture avaient disparu. Tara referma l'ordinateur.

— La maire a envoyé des patrouilles à votre domicile pour récupérer votre voiture et vous ramener ici, mais vous n'y étiez pas.

Noah savait où elle se trouvait, mais il n'en avait rien dit. Était-ce pour la protéger, ou parce qu'il savait que si la maire découvrait qu'elle avait passé la nuit chez lui, lui aussi serait sur la sellette ?

— Cheffe Quinn, dit Tara. L'unique raison pour laquelle vous n'avez pas été conduite immédiatement à la prison du comté, c'est parce que le lieutenant Fraley nous a garanti qu'il était impossible qu'il s'agisse de vous sur cette vidéo. Principalement car, contrairement à la femme que l'on a vue sur les images, vous avez une longue cicatrice sur le côté droit du visage.

Josie souleva ses cheveux et se plaça de profil, de manière que Tara voie bien la marque que lui avait laissée sa mère.

— Bien. Vous avez donc un sosie.

— Ce n'est pas tout, intervint Gretchen. Dites-lui.

Tara, apparemment à contrecœur, reprit :

— Nous avons retrouvé ce que nous pensons être votre alliance sur la scène de crime mais, d'après l'inspectrice Palmer, vous avez été victime d'un cambriolage il y a quelques jours, et l'on vous a dérobé vos bijoux. Il est donc impossible que vous ayez pu perdre cette bague là-bas.

— C'est clairement une mise en scène, conclut Gretchen.

— Vous devriez interroger Trinity Payne, la journaliste, dit Josie. Elle loge à l'hôtel Eudora. Chambre 227.

— Pour quelle raison Trinity Payne tuerait-elle un homme en essayant de vous faire porter le chapeau ? demanda Tara.

Pour quelle raison Trinity Payne tuerait-elle un homme tout court ? se demanda Josie. Et ce n'était que l'une des nombreuses questions qui la taraudaient : pourquoi Heinrich ? Et pourquoi maintenant ? Quel lien y avait-il entre lui et Trinity ?

Le reportage.

Josie faillit laisser échapper ces mots mais se reprit à la dernière seconde. Trinity était prête à tout pour un sujet, et elle avait eu l'intention d'en réaliser un sur Josie, ce que cette dernière avait toujours refusé. Avait-elle décidé de mener sa propre enquête et de creuser dans son passé ? En admettant que ce soit le cas, comment avait-elle pu remonter jusqu'à Heinrich ? Personne n'avait connaissance de cette histoire. Même Ray n'en avait jamais entendu parler. Quatre personnes seulement savaient ce qui avait failli arriver des années plus tôt : Heinrich, Josie, Needle et Lila.

Putain de Lila.

— Trinity a dû être forcée de le faire, supposa Gretchen. Quoi qu'il se soit passé dans cet atelier... On lui a forcé la main. Elle est le visage d'une chaîne de télévision nationale. Pourquoi aurait-elle fait une telle chose de son plein gré ?

— Personne n'a l'air de la forcer, sur ces images, fit remarquer Tara. Et elle était seule. Elle s'est garée devant, est entrée dans le bâtiment, y est restée près d'une heure et en est ressortie seule. Comment pourrait-on l'avoir forcée à quoi que ce soit si elle y est allée volontairement ?

Trinity aurait pu vouloir s'y rendre s'il y avait eu un reportage à la clé. Lila avait dû l'attirer en lui promettant des informations. Mais comment ? Est-ce que Trinity était remontée d'une manière ou d'une autre jusqu'à Lila ? Non, un département de police tout entier n'y était pas parvenu. Trinity ne manquait pas de contacts, mais de là à avoir retrouvé la mère de

Josie alors que leur propre enquête était au point mort, c'était impossible.

Ce qui signifiait que c'était Lila qui avait dû prendre contact avec Trinity, laquelle avait accepté de la rencontrer. Elle avait dû être intéressée par ce que Lila pouvait lui apprendre au sujet de l'enfance de Josie. Tous ces secrets croustillants... le plus important de tous étant ce que Heinrich avait failli lui faire subir à l'âge de onze ans. Lila aurait évidemment menti et tourné les choses autrement. Au moment de raconter cette histoire, elle aurait omis de préciser qu'elle avait vendu sa fille pour payer la peinture d'une voiture. Elle aurait certainement présenté Josie comme une ado séductrice et passé sous silence le moment où Needle était arrivé et avait mis un terme à tout cela. Mais en admettant que Trinity se soit rendue chez Heinrich pour entendre cette histoire, pourquoi y aller au milieu de la nuit, et que s'était-il passé pour que l'entrevue se solde par un meurtre ?

— Quelqu'un l'a menacée, insista Gretchen.

— Vous êtes donc en train de dire que quelqu'un l'a forcée à voler la voiture de votre cheffe et à la conduire jusque chez Heinrich pour le tuer. Dans ce cas, pourquoi aurait-elle pris la peine de montrer à la caméra qu'elle n'a pas de cicatrice, contrairement à Mme Quinn ? argumenta Tara.

— Parce qu'elle savait que la police tomberait sur ces images et que c'était un moyen de nous faire savoir qu'elle agissait sous la contrainte, répondit Gretchen.

Les pensées de Josie tourbillonnaient. C'était une chose que Lila ait attiré Trinity dans l'atelier de Heinrich en lui promettant de grosses révélations, mais c'en était une autre que Trinity le tue. Avait-elle vraiment assassiné cet homme ? Josie tenta d'imaginer Trinity en train de le tuer. Ce n'était pas compliqué : elle en rêvait elle-même depuis des années. Elle avait vu à quel point Trinity pouvait se montrer impitoyable, mais de là à commettre un meurtre ? Est-ce que cette fille était capable de tabasser un homme et de mettre le feu à son corps alors qu'il était attaché à une chaise ? Josie pensait connaître la réponse, mais elle pouvait se tromper.

— Nous ne sommes même pas certains qu'il s'agisse de Trinity Payne, reprit la maire. On peut dissimuler une cicatrice sous du maquillage.

— C'est elle, asséna Gretchen.

— Peut-être, oui. Ou peut-être pas. Cheffe Quinn, avez-vous un alibi pour la nuit dernière ?

— Bien sûr, je...

Josie s'interrompit. Non, elle n'avait pas d'alibi. Elle était restée seule chez Noah, pendant que lui était au commissariat. Même s'il l'avait voulu, il ne pouvait pas la couvrir, et elle ne le lui demanderait jamais.

La maire afficha un sourire froid.

— Eh bien, l'ADN parlera. Étant donné ces circonstances exceptionnelles, j'ai discuté avec l'un de mes contacts haut placés à la police d'État, et il a accepté d'accélérer la procédure. On devrait avoir le résultat d'ici quarante-huit heures. En attendant, j'ai donné l'ordre à votre équipe de poursuivre leurs activités habituelles. Le lieutenant Fraley et l'inspectrice Palmer dirigeront l'enquête. Ils vont interroger Mme Payne afin qu'elle nous éclaire un peu sur cette situation.

— Vous avez donné des ordres à mon équipe ?

— Étant donné que vous faites partie des suspects...

— Potentiels, l'interrompit Gretchen, ce qui lui valut un regard mauvais de la part de Tara, qu'elle lui rendit immédiatement.

— Des suspects potentiels, répéta Tara, il ne me semble pas approprié que vous restiez à la tête de ce commissariat. C'est pourquoi je vous suspends momentanément de vos fonctions, en attendant la fin de cette enquête. Vous ne devez pas quitter la ville, c'est compris ?

Josie entendit de nouveau la voix de sa mère dans sa tête. « Je vais détruire tout ce que tu aimes. »

Elle avait sous-estimé sa mère, et elle avait mal cerné la situation. Il n'y avait rien au monde que Josie aimait plus que son travail. Être promue cheffe de police avait été un véritable défi pour elle, mais si on lui demandait de choisir entre rester à ce poste ou quitter la police, elle n'hésiterait pas une seconde. Lila Jensen l'avait vraiment détruite, cette fois. Plus encore que le jour où elle l'avait tailladée, ou que le jour où elle avait tenté de la prostituer.

Josie avait tout sacrifié pour devenir officière de police. Elle avait rapidement grimpé les échelons, devenant la première lieutenante au sein du département de police de Denton, puis la première inspectrice et, enfin, la première cheffe. Elle s'était donnée corps et âme pour offrir justice, paix et protection aux citoyens de sa ville. C'était le travail de sa vie et, pendant qu'elle dormait, sa mère l'en avait dépossédée.

— Il va me falloir votre carte et votre arme, déclara Tara. Et je vais vous demander de mettre votre voiture à disposition des enquêteurs.

Quoi qu'ait pu dire Lila à Trinity, Josie savait que cette dernière n'aurait jamais sacrifié sa carrière pour tuer un pédophile. En dévoilant son visage intact à la caméra, elle avait clairement voulu envoyer un message. La question était désormais de savoir lequel.

— Je vous interdis également de remettre les pieds dans ce bâtiment jusqu'à nouvel ordre, continua Tara.

Ces deux dernières années, Trinity avait plusieurs fois tenté de découvrir l'origine de la cicatrice sur le visage de Josie. Elle n'avait jamais évoqué leur ressemblance mais, si Josie la remarquait chaque fois qu'elles étaient ensemble, il y avait de grandes chances que Trinity aussi. Alors agissait-elle pour le compte de Lila ? Ou avait-elle été utilisée malgré elle ? Lila la faisait-elle chanter ? Était-ce un moyen de retourner le couteau dans la plaie, ou tentait-elle de faire comprendre à Josie qu'elle avait été contrainte d'aller là-bas ?

— Madame Quinn, me suis-je bien fait comprendre ?

La voix de Tara lui sembla très lointaine et la pièce était devenue floue autour d'elle. Josie cligna des yeux, et le regard perçant de la maire se fit net. Elle sortit son badge et sa carte de police de sa poche et les lança sur la table. Le Glock glissa hors de son holster. Elle retira le chargeur et tendit le tout à Gretchen. Puis elle décrocha sa clé de voiture de son trousseau et la donna également.

— Je vous les rendrai, dit Gretchen, en ignorant Tara qui la foudroyait du regard.

Josie hocha la tête. Elle lança un regard à Noah, mais il détourna le sien. C'était presque aussi douloureux que d'avoir dû rendre son arme et son badge. Il ne lui restait plus qu'à partir. Alors elle releva le menton et adressa à la maire un ultime défi silencieux avant de tourner les talons et de quitter son commissariat.

63

Josie n'avait plus ni voiture ni travail. Elle traversa la rue et s'installa sur un banc, observant ce qui était encore son domaine quelques heures plus tôt. Ses pensées fusaient, son corps s'engourdissait. Heinrich était mort. L'épouvantail de son enfance n'était plus. Enfin. Combien de fois avait-elle voulu le punir pour ce qu'il avait envisagé de lui faire ? Même si Needle était arrivé à temps, elle faisait encore des cauchemars de ce qui aurait pu se passer. La disparition de ce monstre lui apportait un peu de paix intérieure. Mais, plus que tout, elle se sentait vide. Cette mort ne changeait rien. Son âme était toujours aussi dévastée. Après tout, c'était Lila qui avait accepté cet arrangement.

Elle essaya de se détourner des émotions contradictoires en elle. Lila était toujours là, quelque part, s'attachant à détruire la vie de Josie. Et il y avait Trinity, aussi. Toutes ces questions urgentes à résoudre, mais elle n'avait plus de voiture. Elle ne la récupérerait pas avant quelques jours et elle ne doutait pas que Tara ferait en sorte d'allonger au maximum ce délai. Elle n'avait aucun moyen de rentrer chez elle ou de retourner chez Noah chercher ses affaires. Trinity n'avait pas répondu à ses messages et, quand elle l'appela, elle tomba directement sur la messagerie.

— Patronne ?

Elle leva les yeux et vit que le sergent Lamay était là, près du banc. Elle ne l'avait même pas vu sortir du commissariat et traverser la rue.

— Je ne suis plus votre patronne, Lamay, répondit-elle.

— Alors diriez-vous que nous sommes amis ?

— Je n'irais pas jusque... (Elle s'interrompit et se concentra sur son regard qui pétillait de malice.) Oui, bien sûr que nous sommes amis, Dan.

Il lui tendit un trousseau de clés.

— Dans ce cas, j'imagine que la maire ne verrait pas d'inconvénient à ce que je prête ma voiture à une amie. N'est-ce pas, Josie ?

Elle ne parvint pas à s'empêcher de sourire. Alors que sa main se refermait sur les clés, elle sentit poindre des larmes de gratitude. Et puis son bras se figea.

— Attendez. Je ne peux pas prendre votre voiture. Vous en avez besoin. Avec la chimio de votre femme et...

— Ma fille est partie à l'université, la coupa Lamay. Elle a laissé sa voiture chez nous. Je pourrai l'utiliser en attendant que vous nous rendiez la nôtre. C'est ma femme et moi qui payons l'assurance, de toute façon.

Sans réfléchir, elle bondit et serra Lamay contre elle.

— Merci, Dan. Je n'oublierai pas ce que vous avez fait pour moi.

Elle fila à l'Eudora, dépassa discrètement une file de personnes attendant pour s'enregistrer à l'accueil et monta à la chambre 227. Elle frappa plusieurs fois à la porte, mais personne ne vint lui ouvrir, et elle n'entendait pas le moindre bruit à l'intérieur. Josie redescendit et prit place dans la file d'attente. Enfin, le client devant elle obtint la clé de sa chambre, et ce fut son tour. Le jeune homme au sourire permanent qui se tenait derrière le comptoir la reconnut au premier coup d'œil, et l'amabilité dans son regard laissa la place au mépris. Six mois plus tôt, elle s'était trouvée exactement au même endroit dans le cadre d'une enquête sur un magnat des casinos qui avait loué le penthouse de l'hôtel.

— Cheffe Quinn, lâcha-t-il sans se départir de son sourire professionnel. En quoi puis-je vous aider ?

Personne ne savait encore qu'elle venait d'être démise de ses fonctions, et le concierge ne lui avait pas demandé de lui montrer son badge de police.

— Je suis ici pour votre cliente Trinity Payne, chambre 227. J'ai frappé à la porte, personne ne m'a ouvert. Personne n'a de nouvelles depuis vingt-quatre heures, et nous avons des raisons de penser qu'il a pu lui arriver quelque chose.

Il la regarda, sceptique.

— Eh bien, si vous avez frappé à la porte et qu'elle n'a pas ouvert, je ne vois pas comment je pourrais vous aider, malheureusement.

— Vous pourriez demander à un employé d'entrer dans la chambre pour vérifier que tout va bien, suggéra Josie.

— Ce n'est pas dans nos habitudes de violer l'intimité de nos clients.

— Je ne vous demande pas de violer l'intimité de vos clients, je vous demande de vous assurer qu'elle n'est ni morte ni blessée à l'intérieur de sa chambre. Qu'avez-vous l'habitude de faire dans le cas où un client se trouve en danger ? Combien d'heures êtes-vous tenu d'attendre avant d'agir ?

Il ne s'était pas départi de son sourire de façade mais parvint pourtant à lui lancer un regard noir.

— Est-ce habituel pour le département de police de Denton d'envoyer la cheffe de police pour des contrôles de ce genre ?

Josie appuya ses coudes sur le comptoir et se pencha vers lui.

— Trinity Payne est une amie proche. Elle a également une

petite notoriété, au cas où vous l'ignoriez. S'il s'avère qu'elle est dans sa chambre, morte ou blessée, êtes-vous certain de vouloir vous retrouver sous le feu des projecteurs dans tous les médias nationaux parce que vous vous serez opposé à un contrôle par une policière qui vous avait pourtant clairement expliqué que Mme Payne était peut-être en danger ?

Avec un soupir, il pianota sur le clavier de son ordinateur. Puis une carte apparut dans sa main.

— Je vais demander à mon collègue de vous accompagner jusqu'à sa chambre.

Il passa un coup de téléphone et, cinq minutes plus tard, un homme amena Josie à la chambre 227.

Sans un mot, il la fit entrer, mais resta dans l'embrasure de la porte et la regarda faire le tour de la pièce. Personne dans la salle de bains ni dans les toilettes. Trinity n'était pas là. Josie était à la fois inquiète et soulagée. Elle ne s'était pas spécialement attendue à découvrir son cadavre dans sa chambre d'hôtel, mais elle était rassurée malgré tout. Cependant, si Trinity ne se trouvait pas à son hôtel, où pouvait-elle bien être ? Où se cachait-elle depuis le meurtre de Heinrich ?

— Vous avez terminé ? demanda l'homme.

— Juste une seconde.

La valise de Trinity était ouverte sur le lit. Sur une petite table ronde se trouvaient un ordinateur portable fermé, un sac à main Gucci, des clés de voiture et un téléphone. À la vue de celui-ci, le sang de Josie se glaça dans ses veines. Trinity n'allait jamais nulle part sans son téléphone. Elle sortit une paire de gants en latex de la poche de sa veste – même en étant passée cheffe, elle avait gardé l'habitude de toujours en avoir sur elle –, les enfila, saisit le téléphone et essaya de le déverrouiller, mais elle ne connaissait pas le mot de passe de Trinity.

Josie n'avait pas la moindre idée de ce que cela pouvait être et n'avait pas le temps d'y réfléchir. La maire la considérait comme la principale suspecte du meurtre de Heinrich mais, dès qu'elle aurait libéré Gretchen et Noah, ces derniers concentreraient leurs recherches sur Trinity Payne. Ils pouvaient débarquer à tout moment. Josie était persuadée que Gretchen n'aurait aucune difficulté à déverrouiller le téléphone.

— Je vais avoir besoin des images de vidéosurveillance de ce couloir, de l'entrée de l'hôtel, et peut-être du parking.

— Retournons à l'accueil, alors, répondit l'homme qui semblait vraiment s'ennuyer. Je vais appeler le manager.

Le manager, un blond dégarni qui devait avoir la quarantaine, se montra à la fois plus agréable et plus efficace que le concierge et son collègue réunis. Il ne demanda pas à voir son badge, et Josie comprit rapidement pourquoi.

— Je vous ai vue à la télévision après l'arrestation de Lloyd Todd. Vous êtes bien plus jolie en vrai, sans vouloir paraître grossier.

Josie lui adressa un sourire gêné alors qu'ils patientaient derrière une employée dans la salle de surveillance, le temps qu'elle retrouve toutes les images sur lesquelles apparaissait Trinity.

— Bref, poursuivit le manager. Je tenais à vous remercier personnellement. Mon fils est tombé dans la drogue il y a quelques années. On n'a jamais réussi à l'aider à en sortir. Il se trouve que son dealer était un des hommes de Todd. Dès que le réseau a été démantelé, mon fils est parti en cure de désintoxication.

— C'est une excellente nouvelle, dit Josie.

— Reste à voir s'il tiendra le coup, mais on y croit. Vous savez, depuis le jour de sa naissance, il ne nous a causé que des problèmes.

Avant qu'il puisse poursuivre son histoire, la jeune femme assise devant les écrans déclara :

— Et voilà... Elle a quitté sa chambre hier après-midi vers 14 heures.

Ils regardèrent Trinity sortir de sa chambre d'hôtel, habillée exactement comme sur les enregistrements de l'atelier de Heinrich. Elle traversa le couloir à toute vitesse, les mains vides. Arrivée à l'ascenseur, elle appuya frénétiquement sur le bouton et s'était engouffrée à l'intérieur avant même que les portes se soient complètement ouvertes.

— Et la voici dans le hall d'entrée, précisa la femme en montrant du doigt un deuxième écran.

Josie et le manager observèrent Trinity quitter l'ascenseur. Elle fonça droit vers la sortie, si vite qu'elle courait presque.

— Et maintenant, elle est dans le parking.

L'employée leur désigna trois autres écrans : Trinity parcourut le parking jusqu'à atteindre la limite de la zone filmée par la caméra, puis disparut.

— Voilà, conclut la femme. C'est tout ce qu'on a.

Où Trinity se précipitait-elle comme cela, sans même avoir pris son téléphone, ses clés de voiture ou ses papiers ?

— Et le reste de la journée ? Et la nuit ? Est-ce que vous pouvez vérifier si elle est revenue dans sa chambre ? demanda Josie.

L'employée reporta son attention sur l'écran qui montrait le couloir menant à la chambre 227, passant les images en accéléré jusqu'au moment présent. Trinity n'était jamais revenue.

Josie se tourna vers le manager.

— Merci pour votre aide. Mes collègues viendront faire des prélèvements. Si vous avez des nouvelles de Mme Payne, s'il vous plaît, contactez immédiatement le commissariat.

— Bien sûr.

Quand Josie quitta le parking au volant de la Toyota Camry du sergent Lamay, elle croisa Gretchen, suivie de près par une voiture de patrouille. Ni Gretchen ni l'agent de patrouille ne lui adressèrent un regard.

64

Après l'Eudora, Josie se rendit à l'atelier de Heinrich. Cependant, l'ensemble du bâtiment était entouré d'un cordon de sécurité et une voiture de patrouille était garée devant. Évidemment... Tara Charleston se doutait que le premier réflexe de Josie serait de se rendre sur la scène de crime pour mener l'enquête elle-même. Josie repartit alors, repoussant l'étrange mélange de soulagement et de vide que lui avait fait ressentir l'annonce de la mort de Heinrich. Elle réfléchit à ce qu'elle pouvait faire à présent, et ses pensées la ramenaient systématiquement à Trinity. La journaliste avait quitté sa chambre d'hôtel de son plein gré, seule. Personne ne lui avait collé une arme contre la tempe. Elle était sans doute partie rejoindre Lila quelque part, puis était allée voler la voiture de Josie, avait conduit jusque chez Heinrich, l'avait assassiné et était repartie pour remettre la voiture de Josie devant chez Noah.

Mais si c'était Trinity qui avait conduit la voiture jusque chez Noah, pourquoi le siège était-il reculé à ce point ? Les deux femmes faisaient la même taille. Elle n'avait aucune raison de toucher au réglage du siège. Ce qui signifiait que quelque part entre l'atelier de carrosserie et la maison de Noah, la voiture avait été confiée à quelqu'un d'autre. Quelqu'un de plus grand qu'elles. Pas Lila, car elle était encore plus petite que Josie.

Alors qui avait volé sa voiture ?

Josie se gara et sortit son téléphone. Elle commença à écrire un message à Gretchen à ce sujet, avant de se rappeler que son équipe allait effectuer un relevé d'empreintes sur sa voiture. Si le conducteur avait laissé des traces, ils les trouveraient. Josie reposa son téléphone et s'inséra de nouveau dans le trafic, rongée par le besoin de rester en mouvement.

Où se trouvait Trinity ? Se cachait-elle parce qu'elle avait tué un homme ? Lila la retenait-elle quelque part ? Josie ne doutait pas une seule seconde que Lila était liée au meurtre de Heinrich et que Trinity était allée la retrouver parce qu'elle lui avait fait miroiter des informations intéressantes. Mais pourquoi Trinity aurait-elle tué un homme ? Josie essaya d'imaginer ce qui aurait pu la convaincre de sacrifier sa vie, sa carrière, et de commettre un meurtre. Certainement pas une menace de mort : elle préférerait encore mourir que tout perdre. Mais serait-elle prête à renoncer à sa carrière et à son sens moral pour sauver une personne qu'elle aimait ? C'est alors que Josie prit conscience du fait qu'elle ne connaissait pas du tout Trinity. Elle ne savait rien de sa vie, de sa famille, de ses proches.

Josie fit demi-tour et prit le chemin de sa maison. Elle n'était pas revenue chez elle depuis plusieurs jours, et les pièces lui semblèrent vides, stériles, comme si elles ne lui appartenaient plus vraiment. Elle espérait qu'un jour, cette maison redeviendrait le refuge qu'elle avait été. Mais en attendant, elle allait sursauter au moindre bruit, ce qui ne manqua pas d'arriver quand, installée devant son ordinateur dans la chambre d'amis, elle entendit la porte de garage de son voisin grincer. Elle décida de descendre avec son ordinateur dans la cuisine et se prépara du café, incapable de se départir du sentiment qu'elle n'était pas chez elle.

En attendant que le café soit prêt, Josie ouvrit son navigateur internet et entra « Trinity Payne » dans la barre de recherche. Vu le nombre de résultats, elle en avait pour des jours, voire des semaines pour tout passer en revue. Elle affina sa recherche en tapant « Trinity Payne biographie ». Elle cliqua sur plusieurs liens, lesquels lui servaient tous les mêmes informations : elle avait étudié à New York University, d'où elle était sortie diplômée en journalisme avec une mention honorifique. Elle avait commencé sa carrière comme reporter pour WYEP, la chaîne d'information locale de la région de Denton, puis, très vite, était devenue correspondante nationale pour l'émission matinale de l'antenne new-yorkaise du groupe, jusqu'à ce qu'une source lui fournisse de fausses informations. Tombée en disgrâce, elle était retournée chez WYEP, jusqu'à ce qu'elle aide Josie à résoudre le mystère des jeunes filles disparues et fasse son grand retour sur la scène nationale.

Josie savait déjà tout cela. Elle continua de parcourir les sites, survolant les informations redondantes, en quête d'autre chose. C'est finalement sur le site d'une communauté d'anciens étudiants de l'université de New York qu'elle tomba sur un article plus détaillé écrit trois mois plus tôt et intitulé « De la tragédie à la consécration : le parcours d'une journaliste diplômée de NYU. »

Trinity Payne, coqueluche de la télévision, n'est pas étrangère aux controverses. Ses déboires provoqués par des sources malhonnêtes et son retour récent sur le devant de la scène grâce à sa participation à la résolution de l'une des plus grosses enquêtes judiciaires de son État d'origine sont bien documentés. Ce que les gens ignorent, c'est que la vie de cette jeune femme a été marquée de manière indélébile par un drame

survenu alors qu'elle n'était âgée que de quelques
semaines. Ses jeunes parents étaient tous deux
employés chez le géant pharmaceutique Quarmark
(Christian comme directeur du marketing et Shannon
comme chimiste prometteuse). Une fois leur carrière
lancée, leur nouvel objectif avait été de fonder une
famille. Ils avaient rapidement emménagé dans la
maison de leurs rêves, une belle demeure de style Tudor
située dans la petite ville de Callowhill. Shannon était
tombée enceinte au premier essai... de jumelles ! « Ils
ont toujours été brillants », se souvient Trinity avec un
sourire.

— Des jumelles ? murmura Josie.

Elle n'avait jamais entendu parler de cela. Elle savait que
Trinity avait grandi à Callowhill, une petite ville de l'autre côté
de Bellewood. Josie se servit son café en vitesse avant de se
rasseoir devant son ordinateur.

Alors que nombre de nouveaux parents auraient
paniqué à l'idée d'avoir des jumelles, Shannon Payne
explique qu'elle et son mari ne se sont jamais inquiétés
de devoir élever deux bébés à la fois. « Le jour où nos
filles sont nées fut l'un des plus beaux de notre vie. »

« Le jour où nos filles sont nées. » Quelque chose chiffon-
nait Josie, sans qu'elle sache quoi exactement.
Elle poursuivit sa lecture.

La famille fut frappée par la tragédie quelques semaines
seulement après la naissance des jumelles, quand un
incendie se déclara dans la maison. La nourrice, sur
place au moment des faits, n'a pu sauver qu'un seul des
bébés : Trinity.

— Mon Dieu, lâcha Josie.

Elle survola le reste de l'article qui expliquait que les parents ne s'étaient jamais totalement remis de cette perte et qu'ils se réjouissaient que leur fille rescapée ait été trop jeune pour se souvenir de cet événement si traumatisant. Josie fut parcourue d'un frisson. Un parent pouvait-il réellement se remettre de la perte de son enfant ? Shannon et Christian porteraient cette blessure jusqu'à la fin de leur vie. Josie ressentit une vague de compassion pour Trinity. Elle ne pouvait s'empêcher de se demander si la présence d'une sœur n'aurait pas permis à son amie d'être moins mercenaire. Elle n'aurait jamais la réponse à cette question.

Seule autre information intéressante, elle apprit que Trinity avait aussi un frère bien plus jeune qu'elle, Patrick, qui était toujours scolarisé au lycée de Callowhill. Il n'était fait mention d'aucune relation amoureuse. Josie n'imaginait pas Trinity perdre son temps en amourettes. Quoi qu'il en soit, elle avait trouvé ce qu'il lui fallait : le nom des membres de la famille de Trinity. Elle ouvrit un nouvel onglet et rechercha le numéro de téléphone du domicile des Payne à Callowhill. Ils étaient sur liste rouge. Forcément, avec une fille aussi célèbre, ils préféraient sans doute que leur numéro ne soit pas trop facilement accessible.

Cela ne faisait que quelques heures que Josie avait été démise de ses fonctions. Personne au commissariat n'aurait encore eu le temps de supprimer ses accès aux bases de données de la police. Elle tenta de se connecter sur l'une d'elles et poussa un cri de satisfaction quand la page s'afficha. Elle commença par effectuer une recherche sur Shannon Payne, partant du principe qu'il était hautement probable que la famille possède une ligne fixe, étant donné la mauvaise qualité du réseau cellulaire dans les contrées les plus reculées de Pennsylvanie. La chance était de son côté.

Josie composa le numéro qu'elle avait trouvé et écouta la

tonalité retentir huit fois avant de tomber sur la boîte vocale. Une femme à la voix assez proche de celle de Trinity l'invitait à laisser un message. Après le *bip*, Josie dit :

— Bonjour, je suis Josie Quinn, cheffe de la police de Denton. Je vous appelle au sujet de votre fille, Trinity. Merci de me recontacter dès que vous aurez ce message, c'est très important.

Elle laissa ensuite son numéro puis raccrocha.

Alors qu'elle s'apprêtait à fermer son navigateur internet, le dernier paragraphe de l'article attira son attention.

Quand on lui demande si la perte tragique de sa sœur a eu une influence sur sa carrière de journaliste, Trinity offre un sourire courageux, tandis que son regard semble se perdre au loin. « Je pense que le fait qu'on n'ait jamais su ce qui s'était réellement passé, qui avait mis le feu, continuera de hanter ma famille à jamais. Cela a très certainement contribué à me rendre très pointilleuse dans mes reportages. Je ne m'arrête pas tant que je n'ai pas obtenu de réponses à mes questions. C'est vraiment ancré en moi. »

Comme elle n'avait rien à faire en attendant que les parents de Trinity la rappellent, Josie ouvrit un nouvel onglet et tapa « Payne Callowhill incendie ». Elle obtint des résultats comportant « Payne » et « Callowhill », d'autres comportant « Callowhill » et « incendie », mais pas un seul avec les trois mots-clés. Évidemment, Josie savait que Trinity avait à peu près le même âge qu'elle, ce qui signifiait que l'incendie avait eu lieu à la fin des années 1980, bien avant qu'internet n'entre dans le quotidien. Si l'incendie avait été relayé dans les actualités, c'était dans un des journaux locaux qu'il fallait chercher.

Elle termina son café et se mit en route pour la bibliothèque.

65

La bibliothèque de Denton avait été conçue par un architecte local au début des années 1900. Ce bâtiment en pierres de style néoclassique était notamment doté d'un gigantesque escalier et de grandes colonnes doriques. Josie avait toujours apprécié ce lieu ; adolescente, elle avait passé des heures à étudier entre les rayonnages, dans le silence que chacun s'imposait au milieu de ce foisonnement d'ouvrages. Ces dernières années, la plupart des salles avaient été modernisées, équipées d'ordinateurs ou aménagées pour devenir des salles de conférences ou d'activités. Josie expliqua sa recherche à l'une des bibliothécaires, laquelle la conduisit à un ordinateur au deuxième étage.

— Est-ce que c'est sur microfiche ? demanda Josie.

— Oh non, nous avons transféré toutes nos archives dans cette base de données. Tout a été informatisé. Vous allez voir. Nous avons le *Denton Tribune*, le *Bellewood Record*, et d'autres journaux locaux du comté. Quand vous entrez vos mots-clés, vous pouvez choisir si la recherche doit se faire parmi l'ensemble des journaux, ou uniquement ceux que vous aurez choisis.

La bibliothécaire tendit le bras devant Josie pour se saisir de la souris, et une reproduction d'un vieux numéro du *Denton Tribune* apparut à l'écran à côté d'une fenêtre de connexion. Elle entra ses identifiant et mot de passe, puis montra à Josie comment effectuer une recherche et en modifier les paramètres.

Une fois seule, Josie vérifia son téléphone et le posa sur la table à côté d'elle. Toujours pas de nouvelles des Payne. Elle se mit au travail. Il ne lui fallut que quelques minutes pour trouver deux résultats. Le premier était la une d'un numéro du *Denton Tribune* daté du 4 octobre 1987, qui ne lui apprit rien qu'elle ne savait déjà. Une citation du chef de la caserne de Callowhill disait que les causes de l'incendie restaient à déterminer. Josie en fit une sauvegarde puis passa au second résultat, daté du 17 décembre 1987. L'article se trouvait en page quatre du *Belle-wood Record*, au milieu d'autres actualités qui ne méritaient pas de faire la une. Il était intitulé « L'incendie de Callowhill était d'origine criminelle : une enquête pour meurtre a été ouverte ».

Josie lut l'article et y apprit que la nourrice qui avait sauvé Trinity était décédée en raison de la fumée qu'elle avait inhalée en tentant d'aller chercher la deuxième jumelle, transformant l'affaire en double homicide. Il n'y avait ni pistes ni suspects. L'article se terminait par une citation de Shannon Payne qui brisa le cœur de Josie.

> *« Depuis le jour où mes filles sont nées, je ne les avais jamais laissées. C'était la première fois que je partais en les confiant à la nourrice. Je ne peux m'empêcher de penser que si j'avais été là, on aurait pu les sauver toutes les deux. »*

« Depuis le jour où mes filles sont nées. » L'ombre tapie au fond de son esprit se réveilla et voulut se faire entendre, mais sans que Josie comprenne ce qui la gênait dans cette phrase.

Avec un soupir, elle sauvegarda le second article et partit voir la bibliothécaire pour lui demander d'imprimer les documents.

Alors que la femme lançait l'impression, Josie lui demanda :

— Euh... vous avez des enfants ?

— Absolument. Une fille et un garçon. Ils sont grands, maintenant, bien sûr. Pourquoi cette question ?

— Votre tête me dit quelque chose, mentit Josie. Je me disais que j'étais peut-être au lycée avec votre fille à Denton East.

— Ah non, impossible, dit la femme avec un sourire. Ça ne fait que quelques années que j'ai quitté Pittsburgh pour m'installer ici. Et vous, vous avez des enfants ?

Josie se réjouit d'avoir affaire à une bavarde : elle n'aurait pas trop de mal à amener le sujet de conversation qu'elle voulait aborder.

— Oh non, répondit-elle. Un jour, peut-être. Il se passe tellement de choses terribles sur terre, l'idée de mettre un enfant au monde au milieu de ce chaos...

Elle laissa sa phrase en suspens, et la femme mordit immédiatement à l'hameçon.

— Oh, vous savez, tous les parents ont cette crainte. À la naissance de ma fille, j'étais morte de peur. Le monde me semblait être pire qu'il n'avait jamais été. Et quelques années plus tard, à la naissance de mon fils, j'avais l'impression que ça s'était encore aggravé. Mais la vie suit son cours, et on parvient à avancer malgré tout.

— Merci.

À l'autre bout de la salle, une grosse imprimante ronronna bruyamment et cracha plusieurs feuilles de papier. La bibliothécaire alla les lui récupérer, et Josie la remercia de nouveau avant qu'elle ne soit sollicitée par un autre utilisateur. Elle se réinstalla devant l'ordinateur et rouvrit la base de données des quotidiens pour effectuer une recherche des mots « bébé » et « adopté » pour les années 1982 et 1983.

Tout s'était éclairci dans son esprit pendant sa conversation avec la bibliothécaire : elle avait enfin compris ce qui la gênait. Quand Shannon Payne évoquait ses jumelles, elle parlait du jour où elles étaient nées. Quand le manager de l'Eudora avait raconté à Josie que son fils était tombé dans la drogue, il avait également mentionné le jour où son fils était né. Quand la bibliothécaire avait parlé de ses propres enfants, elle s'était elle aussi remémoré leur naissance.

Mais quand Josie avait interrogé Sophia Bowen, celle-ci lui avait dit s'être arrêtée de travailler à l'été 1983, quand « Malcolm et moi venions d'accueillir notre premier fils ». Quelque chose dans cette formulation l'avait chiffonnée sur le moment et s'était fiché dans un coin de sa tête, se rappelant régulièrement à son souvenir. Peut-être qu'elle inventait des choses. Après tout, elle n'avait plus tout un département de police à gérer pour occuper ses journées. Peut-être qu'elle se créait des problèmes pour éviter de penser au fait que sa vie s'écroulait et qu'elle n'avait pas la moindre piste pour retrouver Lila Jensen. Peut-être que Sophia Bowen avait simplement fait référence au jour où ils avaient quitté la maternité pour rentrer chez eux avec leur fils aîné.

Il y avait peu de chances que cela donne quoi que ce soit, elle en avait conscience. Les adoptions n'étaient généralement pas relayées dans les journaux, pas plus dans les années 1980 qu'aujourd'hui. Mais si un célèbre juge et sa jeune épouse adoptaient un bébé, il existait une infime possibilité qu'un journal en manque de matière ait publié l'information.

De toute façon, Josie n'avait rien à perdre : elle avait une base de données sous la main et beaucoup de temps devant elle, autant en profiter.

La majorité des résultats concernaient la modification des lois sur l'adoption dans l'État, des procès ou des enfants qui recherchaient leurs parents biologiques. Son cœur s'arrêta lorsqu'elle découvrit ce qu'elle avait espéré trouver dans un numéro du *Bellewood Record* de décembre 1987, l'année où un incendie avait ravagé la maison des Payne et tué leur petite fille. C'était un tout petit encart, page huit, à côté d'une liste récapitulant les horaires des messes qui auraient lieu pendant les vacances.

Cinq ans plus tard, l'enfant retrouvé dans une crèche de Noël joue dans une représentation vivante de la Nativité.

Âgé de quelques jours seulement, le petit Andrew Bowen était devenu malgré lui la vedette de la crèche de Noël installée devant l'église baptiste de Maplewood. Il avait été déposé dans la mangeoire de la crèche, enveloppé dans un tissu en coton blanc, peu avant Noël 1982. Les habitants du comté d'Alcott avaient été choqués par cette découverte. Le bébé avait été abandonné là, dans le froid glacial, pendant l'office du soir. Les fidèles avaient entendu ses cris à la sortie de l'église et avaient prévenu la police. Si ses parents n'ont jamais été identifiés, il a trouvé une nouvelle famille chez le juge Malcolm Bowen et sa femme, Sophia.

L'affaire du bébé de la crèche est arrivée sur le bureau du juge après que l'enfant avait été pris en charge par les services sociaux. « Dès que j'ai posé les yeux sur lui, j'en suis tombé amoureux, se souvient le juge. Avec ma femme, nous essayions d'avoir un enfant et, quand je suis rentré chez moi le soir après avoir vu ce bébé pour la première fois, je lui ai dit : "Sophia, que dirais-tu d'adopter ?" Elle a tout de suite accepté. »

Les Bowen ont pu ramener le bébé chez eux au cours de l'été 1983. Il était alors âgé de six mois. « C'était le plus beau jour de ma vie, s'exclame Sophia Bowen. J'étais devenue mère. »

Cinq ans plus tard, le jeune Andrew Bowen se porte à merveille (il a même un petit frère) et, cette année, il

*jouera le rôle de Joseph dans la crèche vivante créée par
la même petite église rurale où il avait été abandonné.*

*« Nous sommes en paix avec ce que les parents biolo-
giques d'Andrew lui ont fait. Nous leur avons pardonné,
et nous avons espoir qu'en grandissant, Andrew leur
pardonnera également. Nous ne pouvons pas imaginer
dans quelle situation désespérée devait se trouver sa
mère pour se résoudre à abandonner une telle merveille.
Tout ce que je sais, c'est qu'il est un cadeau de Dieu, dit
Sophia Bowen. Andrew a fait de nous des parents pour
la première fois. Il n'y a pas de plus beau cadeau que
celui-là. »*

Juste à temps pour Noël.

À la lumière de ce que Josie savait de Malcolm Bowen et de
Belinda Rose, le ton mièvre de cet article lui retourna l'estomac.
Elle repensa aux photos d'Andrew Bowen qu'elle avait vues
chez Sophia et à toutes les fois où elle l'avait rencontré dans le
cadre de son travail comme avocat pénaliste à Denton. Il était le
portrait craché de son père, à l'exception de ses cheveux blonds.
Malcolm Bowen aurait-il pu faire en sorte d'adopter son propre
fils ? Était-ce Belinda qui avait abandonné son bébé dans la
crèche ?

Josie repensa au médaillon apparu autour du cou de
Belinda après la naissance de son enfant. Elle aurait tout à fait
pu fuguer pour accoucher et abandonner le bébé quelque part,
mais elle avait disparu pendant des mois, pas juste quelques
jours. Non, Belinda Rose avait eu un plan. Elle avait eu quelque
part où aller. On lui avait apporté de l'aide. Malcolm Bowen
était suffisamment riche et influent pour pouvoir s'assurer que
son fils finirait avec lui et Sophia.

Josie fit une recherche pour obtenir le numéro de téléphone
du bureau d'Andrew Bowen et l'appela. La secrétaire lui
indiqua qu'il avait une audience en cours. Elle laissa son

numéro pour qu'il puisse la recontacter à sa sortie du tribunal. Elle n'était pas encore remise de sa découverte que son téléphone sonnait déjà dans sa main. Elle reconnut le numéro immédiatement.

— Cheffe Quinn ?

— Madame Payne ? Shannon Payne ?

66

Josie perçut les regards désapprobateurs des autres utilisateurs de la bibliothèque. Elle baissa la voix, pressa le téléphone contre son oreille, récupéra ses documents et se dirigea vers la sortie.

— Merci de m'avoir rappelée, madame Payne.

Une brise légère s'était levée dehors, Josie alla donc se réfugier derrière l'une des colonnes, à l'écart du flux de gens qui entraient et sortaient du bâtiment.

— J'ai eu votre message au sujet de ma fille, dit Shannon Payne. J'ai déjà parlé avec l'un de vos agents au téléphone. Est-ce que tout va bien ? J'imagine qu'il y a un problème, sinon vous ne m'auriez pas appelée. La cheffe de police... Mon Dieu...

— Madame Payne, la coupa Josie avant qu'elle ne cède à la panique. Je suis désolée. Je n'ai rien de nouveau à vous annoncer. J'appelais juste pour m'assurer que vous, votre fils et votre mari alliez bien. Je vous promets que nous mettons tout en œuvre pour retrouver Trinity.

Elle ne supportait pas de devoir mentir à Shannon, mais lui expliquer la situation en détail prendrait trop de temps. De plus, Josie savait que ses policiers travaillaient d'arrache-pied pour retrouver Trinity. Gretchen et Noah avaient déjà pris de l'avance sur elle, s'ils avaient contacté les Payne.

— Oh, merci, répondit Shannon. C'est vraiment gentil. Tout va bien. Enfin... Non, ça ne va pas. Nous sommes très inquiets pour notre fille, mais nous sommes tous ensemble, en sécurité.

— Parfait, dit Josie. J'ai quelques questions à vous poser, si ça ne vous dérange pas. Est-ce que Trinity a un petit ami ?

Shannon rit.

— Oh non. Elle n'a pas le temps pour ça.

— C'est bien ce que je pensais, répondit Josie. Et des amis proches ? Quelqu'un chez qui elle aurait pu aller se réfugier ?

Shannon garda le silence un moment puis répondit :

— Pour être honnête, Trinity n'a pas de temps à consacrer à ses amitiés non plus. C'est assez terrible, dit comme ça, mais vous devez comprendre que sa carrière est son unique priorité.

Josie ne put retenir un éclat de rire.

— Je le sais bien, madame Payne.

Shannon rit elle aussi, bien qu'un peu nerveusement.

— J'imagine, oui. Vous avez collaboré sur plusieurs affaires, si je ne me trompe pas ?

— Oui, elle m'a été d'une aide inestimable.

— J'ai donné à l'inspectrice Palmer le nom de certaines personnes qu'elle fréquente à New York. Mais très sincèrement, si elle devait se mettre à l'abri quelque part, c'est ici qu'elle viendrait.

— Je comprends, souffla Josie, la gorge serrée.

En l'absence d'amis ou de collègues vers qui se tourner quand elle en ressentait le besoin, la probabilité qu'elle soit retenue contre sa volonté augmentait.

— Si vous avez des questions ou si vous avez besoin de quoi que ce soit, n'hésitez pas à contacter le lieutenant Fraley ou l'inspectrice Palmer. Vous êtes évidemment libre de me contacter directement, mais ce sont eux qui travaillent activement sur cette affaire.

— Eh bien, il y a juste une chose, reprit Shannon. Puisque je vous ai au téléphone.

— Oui ?

— Je ne suis pas sûre que ça ait le moindre lien avec Trinity, mais ça me travaille depuis un moment. (Elle fit une longue pause. L'espace d'un instant, Josie crut que la ligne avait été coupée.) C'est idiot. Je ne sais même pas pourquoi je vous raconte ça.

— Mais si, allez-y, l'incita Josie. Je vous écoute.

Un soupir.

— Eh bien, la WYEP diffuse en ce moment un portrait de la femme recherchée par la police. Ils n'arrêtent pas de montrer sa photo, de dire qu'elle est impliquée dans un certain nombre de crimes. La photo est assez vieille, par contre.

— Oui. Son nom est Lila Jensen, mais elle s'est fait appeler Belinda Rose une bonne partie de sa vie.

— C'est sous ce nom que je l'ai connue.

Josie frôla la crise cardiaque.

— Quoi ?

— Mon mari me prend pour une folle, lâcha-t-elle en riant nerveusement.

— Typique des hommes, rétorqua Josie. Continuez.

— Elle était employée dans l'entreprise de ménage qu'on faisait venir à la maison. C'était au milieu des années 1980.

— Handy Helpers ? tenta Josie avant de se souvenir que la société avait fermé en 1984, à la mort du gérant.

— Non, il me semble que ça s'appelait AB Clean. Ils nous ont envoyé plusieurs filles, dont Belinda. Quand elle a commencé à travailler chez nous, des objets se sont mis à disparaître. Surtout mes bijoux. J'en ai fait part à son chef, qui l'a licenciée. Moins d'une semaine plus tard, notre maison partait en fumée. Mes filles étaient à l'intérieur avec leur nourrice. Elles n'avaient que quelques semaines. Seule Trinity a survécu.

— Je suis au courant, pour l'incendie. Est-ce que les enquêteurs ont vérifié si elle avait un alibi ?

— Ils ont dit qu'ils l'avaient fait, oui. Selon eux, elle avait un alibi pour le jour de l'incendie, mais j'ai toujours été persuadée que...

Josie termina la phrase pour elle :

— Vous pensez qu'il y a un rapport entre Belinda et cet incendie ?

Shannon laissa échapper un long soupir.

— Je ne sais pas. Je n'ai jamais osé en parler ouvertement avant aujourd'hui. Comme je l'ai dit, la police nous a garanti qu'elle n'était pas dans les environs de Callowhill quand l'incendie s'est déclaré. Mais ça m'a toujours tracassée. Elle était... Il y avait quelque chose de particulièrement... sombre chez elle. Oh, mais qu'est-ce que je raconte, oubliez ça. Rien de tout ça n'a le moindre rapport avec ma fille. Je cherche juste un moyen de penser à autre chose. J'imagine que je préfère ressasser de vieux souvenirs plutôt que de réfléchir à l'endroit où est ma fille en ce moment ou à ce qui a pu lui arriver. Je ne sais même pas si ce que je dis a un sens.

Josie s'adossa à la colonne et ferma les yeux, le téléphone toujours pressé contre son oreille.

— Mais si, rassurez-vous.

— Enfin, conclut Shannon après un moment, j'ai vu sa tête à la télévision, et ça m'a fait un choc. Ça a fait remonter tous mes souvenirs de l'incendie. C'était vraiment trop d'un coup. J'ai déjà perdu un enfant, alors la disparition de Trinity, maintenant...

Cela ne pouvait pas être une simple coïncidence. Le licenciement de Belinda et, juste après, l'incendie. Tout cela l'année où Josie était née.

— Je comprends, dit-elle. Vraiment. Je suis désolée d'insister, mais pourriez-vous me dire où étaient vos filles quand l'incendie s'est déclaré ?

— Dans leur parc, dans le salon. Avant de mourir, la nourrice a dit qu'elles étaient toutes les deux en train de dormir et qu'elle ne s'était absentée que quelques minutes pour aller aux toilettes. À son retour, le rez-de-chaussée était totalement enfumé, elle n'y voyait quasiment rien. Elle s'est précipitée dans le salon pour récupérer les filles, mais il n'y avait plus que Trinity. Elle l'a prise dans ses bras et l'a emmenée dehors. Un voisin était sorti de chez lui, alors la nourrice la lui a confiée et est retournée dans la maison. Quand les pompiers sont arrivés, elle était toujours à l'intérieur, et ils l'ont fait sortir. La police l'a toujours suspectée. Ils ne croyaient pas à cette histoire de bébé mystérieusement disparu. Si elle n'était pas décédée, je suis persuadée qu'ils lui auraient tout mis sur le dos. Mais si c'est elle qui a provoqué l'incendie, pourquoi n'a-t-elle sauvé qu'un seul des bébés avant de retourner à l'intérieur ? Ça n'a aucun sens. Elle a eu de la chance de survivre quelques jours après l'incendie. Les pompiers ont dit que ma fille était...

Shannon s'interrompit, et Josie l'entendit laisser échapper un sanglot aigu. Il lui fallut un moment pour se calmer. Elle pleura doucement, puis s'éclaircit la gorge et poursuivit :

— Le chef des pompiers nous a dit qu'elle avait... été incinérée pendant l'incendie. Elle était si petite. Il ne restait plus rien d'elle pour l'enterrer.

Josie essaya de parler, de prononcer quelques paroles réconfortantes. Elle n'avait pas d'enfant, mais avait très vite tissé un lien fort avec Harris. Même si elle ne le voyait pas très souvent, elle savait que s'il lui arrivait quoi que ce soit, elle ne s'en remettrait jamais. Et Misty serait complètement détruite. Les mères normales, les bonnes mères, aimaient leurs enfants. Cela avait toujours été clair dans l'esprit de Josie, bien qu'elle n'en ait jamais fait l'expérience.

— Excusez-moi, fit Shannon. Je n'aurais pas dû vous parler de ça. C'est ridicule. Comme je le disais, je détourne mon attention pour éviter de penser au fait que Trinity a disparu.

— Je la retrouverai, dit Josie après avoir récupéré sa voix. Je vous le promets, je vais la retrouver.

67

Lisette était à sa place habituelle dans la cafétéria. Ses lunettes posées sur le bas de son nez, elle était concentrée sur son livre de mots croisés. Elle leva la tête quand Josie apparut à côté d'elle.

— Ma chérie, ça me fait plaisir de te voir. Même en plein milieu de la journée. C'est encore pour le travail ?

Josie secoua la tête. Lisette devina à son expression qu'il y avait un souci. Elle abandonna alors ses mots croisés, se leva et agrippa à deux mains son déambulateur.

— Allons dans ma chambre pour discuter.

Quand elles y furent, Lisette s'installa dans son fauteuil inclinable, pendant que Josie prenait place face à elle sur le lit.

— Que se passe-t-il, Josie ? Il y a un problème ?

— Mamie, j'ai des questions à te poser, et j'ai besoin que tu y répondes honnêtement. Promets-le-moi. C'est la chose la plus importante que je te demanderai jamais : je dois vraiment connaître la vérité.

Lisette laissa échapper un rire nerveux.

— Bien sûr, ma chérie.

— Quand je suis née, est-ce que mon père était là, à la maternité ?

Le léger sourire sur les lèvres de Lisette se tendit.

— Non. Ta mère... Ils s'étaient installés ensemble, mais ils avaient eu une grosse dispute. Ta mère était partie. Pendant des mois. Eli pensait que c'était terminé entre eux. Honnêtement, il pensait ne plus jamais la revoir. Il envisageait de déménager de son mobile home, parce qu'il avait commencé à sortir avec une autre fille. Et puis un jour, en rentrant chez lui, il a trouvé ta mère assise sur son canapé, avec toi dans les bras.

Josie avait la sensation que sa tête était prise dans un étau.

— Elle est juste arrivée un beau matin avec un bébé ?

— Pas juste un bébé. Toi.

— Papa n'a pas remis en question sa paternité ?

— Évidemment que non, pouffa Lisette. Quel genre d'homme ferait ça ? Belinda lui a expliqué qu'elle avait découvert sa grossesse plusieurs mois après leur séparation, et qu'elle n'avait pas voulu l'informer, mais qu'une fois que tu étais née, elle s'était sentie trop coupable, alors elle était revenue. Elle lui a laissé le choix de te reconnaître ou pas. Bien sûr, ton père voulait endosser son rôle. Il t'a aimée à la seconde où il t'a vue.

Josie savait que les tests ADN n'existaient pas encore, en 1987. Ou en tout cas, ils n'étaient pas accessibles au grand public, contrairement à aujourd'hui, où l'on pouvait se procurer un test de paternité en ligne, frotter un coton-tige contre l'intérieur de sa joue et envoyer tout ça au labo. Dans les années 1980, il n'y avait aucun moyen de prouver l'ascendance de quelqu'un.

— Est-ce qu'elle a dit dans quel hôpital elle avait accouché ?

— Elle a accouché chez elle. D'ailleurs, elle n'avait toujours pas fait la déclaration de naissance, quand elle est revenue chez ton père.

— Quel âge ? demanda Josie. J'avais quel âge ?

— Trois mois. Elle t'a ramenée au mois de décembre. C'était le plus beau des cadeaux de Noël !

En temps normal, Josie aurait souri, touchée par l'amour que lui portait sa grand-mère. Mais là, chacun des muscles de son visage semblait tétanisé. Le doute qui s'était immiscé en elle lors de sa conversation avec Shannon Payne ne la quittait pas. Faire éclater la vérité au grand jour reviendrait à réduire en miettes toutes ses certitudes. Sans parler de l'absurdité de ce qu'elle soupçonnait dorénavant concernant l'incendie chez les Payne et ses propres origines. Elle se sentait incapable d'y réfléchir, et encore moins de le dire à haute voix.

— Josie, pourquoi est-ce que tu me poses toutes ces questions ? Qu'est-ce qui se passe ?

La voix de Josie se mit à trembler.

— Est-ce que tu as su tout de suite que j'étais l'enfant de quelqu'un d'autre ?

Lisette se figea.

— De quoi parles-tu ?

— Je ne ressemble pas à papa, reprit Josie. À toi non plus.

— Mais tu ressembles à ta mère, rétorqua Lisette.

— Non. On a juste toutes les deux les cheveux noirs, ça s'arrête là. Tu savais, pas vrai, mamie ? Bien sûr que tu savais, ou que tu te doutais que je n'avais pas de lien de sang avec toi et mon père.

Les joues de Lisette s'empourprèrent.

— Et alors ? Est-ce que c'est si important que ça ? Tu es ma petite-fille. Tu l'as toujours été. Je n'ai pas besoin d'un test ADN pour m'en convaincre, et tu ne devrais pas en avoir besoin non plus. Qui t'a aidée à grandir, Josie ? Qui s'est démenée pour toi ? Je me suis battue comme une lionne pour que tu puisses vivre avec moi.

— Les dés étaient pipés, mamie. Tu te souviens du juge, Malcolm Bowen ? Il connaissait ma mère, il savait qu'elle utilisait une fausse identité. Il aurait pu se passer n'importe quoi ce jour-là, je serais rentrée avec elle quoi qu'il arrive.

— Mais non. Le juge Bowen était un homme bon et juste. Quand ta mère a fini par partir, il a réglé la question du droit de garde très rapidement. Il m'a aidée.

— Le juge Bowen n'avait rien d'un homme bon. Désolée de briser tes rêves. S'il t'a aidée, c'est uniquement parce que...

Elle s'interrompit, le temps de réfléchir à la suite de sa phrase. Elle ne faisait que supposer que le juge Bowen avait favorisé sa mère. Mais elle était certaine d'avoir raison. Certaine que sa mère était allée le voir après que Lisette avait demandé la garde afin qu'il s'occupe du dossier discrètement, par le biais d'une médiation. Lila avait sûrement un moyen de le faire chanter. Sans doute savait-elle qu'il avait eu une relation avec la vraie Belinda alors qu'elle était mineure. Il n'avait pas eu envie qu'elle ébruite ce secret, alors il avait joué le jeu. Jamais Lila n'aurait accepté de perdre la garde de Josie après quatorze ans. Alors si, quatre ans plus tard, le juge avait retourné sa veste et aidé Lisette, il n'y avait qu'une seule explication...

— Qu'est-ce que tu as fait, mamie ?

— Josie Quinn, commença Lisette sur le ton de la réprimande.

— Le juge Bowen était de mèche avec ma mère. Ils ne t'auraient jamais laissée m'avoir, à moins que tu aies offert quelque chose en échange. Ma mère n'a jamais rien fait gratuitement. Qu'est-ce que tu lui as donné ? Qu'est-ce que tu lui as promis ?

Lisette baissa la tête.

— Ma douce Josie...

— Dis-le-moi.

— Je lui ai donné 50 000 dollars.

— Quoi ? s'exclama Josie d'une voix suraiguë. Où as-tu trouvé autant d'argent ?

— Ton père avait ouvert une assurance-vie. Je n'y avais pas touché à sa mort. Je savais qu'il aurait voulu que je garde cet argent pour tes études ou pour acheter ta première maison. Mais après l'incendie dans le mobile home, ta mère est venue me voir. Elle voulait trouver un arrangement. Je pense que la police la suspectait d'être responsable du départ de feu et de ce qui était arrivé à ce pauvre garçon, Dexter. Je lui ai proposé 25 000 dollars, en échange de quoi elle devait partir et ne jamais revenir. Elle voulait plus. Je lui ai dit que, pour 50 000 dollars, elle devait signer les papiers me donnant légalement ta garde et rester en dehors de ta vie pour toujours.

Josie se leva et se mit à faire les cent pas.

— Mon Dieu, mamie...

— Je n'avais pas le choix. C'était mon unique chance. Je sais que ça fait beaucoup d'argent, mais ça en valait la peine. Je devais te sortir de là. Je suis juste triste de ne pas avoir pu le faire plus tôt. Ce qu'elle t'a fait subir, Josie... J'espère que tu sais à quel point je suis désolée.

Josie leva les mains devant elle.

— Arrête. Arrête tout de suite. Je ne peux pas... Je ne peux pas parler de ça. C'est juste que... Je... Mamie, depuis le départ, tu savais que je n'étais pas ta petite-fille. Tu as tout fait pour me récupérer, mais pourquoi m'avoir gardée ? Pourquoi ne m'avoir jamais rien dit ? Ça ne t'a jamais traversé l'esprit que je manquais à ma vraie famille ?

Lisette pouffa avec dédain.

— Ta vraie famille ? Sérieusement... Sans doute un de ces drogués que ta mère avait mis dans son lit et oublié le lendemain. Tu ne comprends pas ? Pour ce que j'en savais, ton géniteur avait de grandes chances d'être encore pire que ta mère. Ça avait été suffisamment dur de te libérer d'elle, surtout après la mort de ton père. On était censés se battre pour toi, ensemble. Il m'avait promis qu'il allait lancer une procédure en justice pour obtenir ta garde exclusive. On n'allait pas se laisser intimider. Il était prêt à dépenser Jusqu'à son dernier centime, et j'aurais participé. Je ne comprendrai jamais pourquoi il a baissé les bras.

Ça ne lui ressemblait tellement pas. Et après cela, il n'était plus là, et tu t'es retrouvée seule avec cette... ce monstre. Ma seule certitude, c'était que je devais absolument te sortir de là.

— Tu aurais pu en parler, insista Josie. Dire à quelqu'un que tu doutais que je sois vraiment sa fille. Remuer ciel et terre. Aller voir le juge Bowen. Donner l'alerte. Mais tu n'as rien fait.

Les yeux de Lisette lançaient des éclairs. Elle pointa un doigt noueux vers Josie.

— Tu ne m'écoutes pas. Imaginons que j'aie fait tout ça, qu'on ait réussi à découvrir qui était ton vrai père, et qu'il était encore pire que ta mère ? Tu n'y as jamais pensé ?

— Pas mon vrai père. Ma vraie famille. Mamie, je crois qu'elle m'a prise à une autre famille.

— Mais de quoi est-ce que tu parles, Josie ?

Josie vint s'agenouiller devant sa grand-mère et prit ses mains entre les siennes.

— Mamie, ce que je m'apprête à te dire va te sembler parfaitement fou. À moins que, connaissant ma mère, ça ne te semble parfaitement crédible.

68

Josie rentra chez elle, marcha péniblement jusqu'à la cuisine et lança la cafetière. Vu son état, ça ne l'aiderait probablement pas. Elle avait l'impression d'être prise dans la mélasse. Elle ne s'était pas sentie aussi vidée depuis le jour où elle avait sorti Harris de la rivière, six mois plus tôt. Les découvertes choquantes s'étaient succédé toute la journée. Pourtant, elle n'avait toujours pas la moindre idée d'où pouvaient être Lila et Trinity.

Plongée dans ses pensées, Josie frôla la crise cardiaque lorsque trois coups retentirent à la porte. À travers le judas, elle vit que c'était Noah, les mains dans les poches, la tête baissée.

Elle ouvrit.

— Qu'est-ce que tu fais ici ? Tu as trouvé Lila ? Ou Trinity ?

Il secoua la tête sans lever les yeux.

Elle ne supportait pas cette tension entre eux et la dernière chose dont elle avait envie de parler, c'était de ce qui s'était – ou ne s'était pas – passé entre eux la veille. Mais il était là, à présent.

— Tu veux entrer ?

Il pénétra dans le vestibule, elle referma derrière lui et se dirigea vers la cuisine.

— J'ai fait du café.

Ce n'est qu'une fois assis à table qu'il la regarda.

— Je suis désolé, pour ce matin… avec Tara. Je voulais t'appeler, te prévenir, mais elle nous en a empêchés.

— Je comprends, répondit-elle.

Elle déposa une tasse devant lui et, alors qu'elle se retournait, il lui toucha le bras.

— J'essayais de trouver la meilleure façon de te protéger.

Josie soupira et s'installa à côté de lui.

— Noah, tu ne peux pas me protéger contre ça. Personne ne le peut. Ce combat m'attend depuis bien longtemps, et je dois le mener seule.

— Mais tu n'es pas seule, insista Noah.

Ses yeux noisette semblaient profondément sincères. Le voir exprimer une autre émotion que la peine et l'incompréhension la fit immédiatement se sentir mieux.

— Gretchen et moi, on va t'aider. On a déjà réussi à convaincre la maire que ce n'est pas toi, sur cette vidéo. Il faut juste qu'on retrouve Trinity. On va tirer ça au clair.

— Tu as été nommé chef par intérim ? lui demanda Josie, pleine d'espoir.

— La maire pense que nous manquons d'impartialité à ton égard, Gretchen et moi. Ce qui n'est sans doute pas faux. Elle va faire venir quelqu'un. Il est plus ou moins à la retraite et a ouvert son entreprise de sécurité. Avant ça, il avait un poste haut gradé dans le département de police de Pittsburgh. C'est lui qui sera chargé de l'intérim.

Tara avait donc déjà quelqu'un sous le coude pour prendre la place de Josie – ce qui n'avait rien de surprenant.

— Très bien, dit-elle.

— Il n'y a plus qu'à espérer que cet homme se montrera plus raisonnable que Tara.

Josie tenta de recentrer la conversation.

— Et pour Trinity ? Toujours rien ? Je sais que Gretchen est allée à son hôtel. Vous avez réussi à déverrouiller son téléphone ?

— On a trouvé des messages échangés avec un numéro inconnu, répondit-il sans poser de questions. Il est attribué à un téléphone prépayé. On essaie de le localiser. L'inconnu raconte qu'il a des infos sur sa sœur. Mais bon, on a discuté avec Shannon Payne, sa mère, et, a priori, sa sœur est morte quand elle était encore bébé.

— Oui, j'ai appris ça.

— Les messages étaient vraiment énigmatiques et, après le dernier, il y a eu plusieurs appels, dont un du numéro inconnu, juste avant qu'elle sorte en courant de sa chambre.

— C'était Lila, affirma Josie.

— Mais pourquoi ? Pourquoi s'en prendre à Trinity ? Et c'est qui, ce Heinrich ? Je n'arrive pas du tout à faire le lien entre lui, Belinda Rose et Lila Jensen. Il est dans le fichier des délinquants sexuels, par contre. Tu le savais ?

Josie hocha la tête.

— Oui. Il a pris pas loin de dix ans après avoir agressé sa nièce de treize ans.

— Comment tu le sais ? Tu as enquêté sur cette affaire ?

— Non, il venait d'être libéré quand j'ai commencé à travailler au commissariat de Denton.

Il avait fallu du temps à Josie pour identifier Heinrich comme étant l'homme à qui Lila l'avait vendue et, puisqu'il ne s'était finalement rien passé, elle n'avait aucun moyen légal de l'attaquer. Elle s'était inquiétée qu'il puisse s'en prendre de nouveau à des jeunes filles une fois libéré mais, après quelques jours à le surveiller, elle avait pu constater que Heinrich n'était plus en état d'agresser qui que ce soit. Il avait dû lui arriver quelque chose en prison : il était désormais boiteux et ne pouvait quasiment plus utiliser l'un de ses bras. La plupart du temps, il se déplaçait très lentement, comme s'il souffrait énormément.

— Je ne comprends pas, dit Noah.

L'affreuse migraine qui battait les tempes de Josie était de retour.

— Il y a plusieurs choses dont je vais devoir te parler.

Le plus simple fut de lui annoncer ce qu'elle avait appris de la bouche de Shannon Payne et ce que sa propre grand-mère lui avait confirmé au sujet de sa naissance : le père de Josie n'avait pas assisté à l'accouchement. Lila avait disparu pendant plusieurs mois avant de réapparaître un beau jour, sans prévenir, avec Josie. Rien ne prouvait que Lila ait jamais été enceinte ou ait jamais accouché, si bien qu'il était parfaitement vraisemblable que Josie ait été enlevée à la famille Payne.

Quand elle eut fini son récit, Noah en était à sa deuxième tasse de café. Son regard s'était assombri.

— Ça paraît dingue, je sais, fit Josie.

— Non, non ! Enfin... Si, bien sûr. C'est vraiment complète-ment dingue mais, d'après ce qu'on sait maintenant, ça se tient. Quand toute cette histoire sera derrière toi, tu devrais faire un test ADN. La seule question que je me pose, c'est pourquoi Lila serait allée voler le bébé de quelqu'un ?

— Parce que c'est la pire chose que l'on puisse faire à une femme.

— Juste parce que Shannon Payne l'avait fait licencier ?

— Les réactions de Lila ont toujours été disproportionnées, confirma Josie.

Il but la dernière gorgée de son café, et ils gardèrent tous deux le silence un instant. Mais Josie savait que le moment était venu d'apporter la dernière pièce du puzzle. Noah l'avait soutenue aveuglément face à la maire, il lui était d'une loyauté sans faille, alors même qu'elle avait coupé court à leur rappro-chement, ce qui l'avait clairement blessé. Il méritait de connaître toute l'histoire, ce qui signifiait qu'il devait savoir pour Heinrich.

— Noah. Il y a encore une chose que tu dois savoir. C'est au sujet de Ted Heinrich.

Il resta muet après qu'elle lui eut raconté. Ça n'avait pas été long. Les quelques mots qu'elle était parvenue à articuler ne reflétaient en rien l'ampleur de ce que Lila lui avait fait et de ce qui avait failli lui être arraché ce jour-là. Pendant des années, elle avait tant refoulé ces souvenirs, tant mis en œuvre pour qu'ils quittent son esprit, que prononcer enfin ces mots leur faisait peut-être perdre un peu de leur pouvoir.

Josie avait observé les émotions défiler sur le visage de Noah : le choc, l'horreur, la pitié, la tristesse, le dégoût, la colère, et le soulagement quand Needle était intervenu. Elle savait que, derrière son silence, il cherchait les bons mots.

Heureusement, la sonnerie de son téléphone retentit. Lentement, sans la quitter des yeux, il le sortit de sa poche et le fit taire.

— Noah, murmura-t-elle. Tu dois répondre.

Il la regardait avec intensité.

— Non.

Ils se dévisagèrent. Son téléphone sonna de nouveau. Et de nouveau, il coupa la sonnerie.

— C'est peut-être important, insista-t-elle.

Il tapota son index contre la table.

— Ça, c'est important. Tu es importante.

Elle sourit.

— Alors aide-moi. Décroche ton téléphone. C'est peut-être au sujet de Trinity. Ou de ma mère.

— Lila, corrigea-t-il. À partir de maintenant, elle s'appelle Lila. Elle n'a jamais été une mère pour toi.

— Lila, alors.

Son téléphone sonna une troisième fois. Il décrocha, écouta brièvement son interlocuteur et conclut l'appel en annonçant : « Je suis là dans dix minutes. »

Josie le regarda avec espoir, mais il secoua la tête.

— Désolé. Rien sur Trinity. Mais Gretchen a coincé un des ados qui bossent au magasin de téléphonie et lui a fait avouer qu'« une vieille super bizarre » lui avait filé de l'herbe en échange de ton nouveau numéro de téléphone. Et qu'elle « avait fait d'autres trucs » pour qu'il poste les petites annonces.

Josie se leva et le guida jusqu'à la porte.

— Je le savais. Je pense même pouvoir te dire lequel de ces abrutis a fait ça. Vois si tu peux obtenir autre chose de lui. Si elle est venue à la boutique, elle a peut-être été filmée. Demande-lui si elle lui a donné son nom. Ça nous aidera peut-être à savoir sous quel alias elle vit aujourd'hui.

— Comme si c'était fait, patronne, lui dit Noah avec un sourire.

— Désolée. Il faut vraiment que je perde cette habitude de te donner des ordres.

— Ça ne me dérange pas.

Il lui adressa un petit sourire, et son cœur flancha.

69

Le téléphone de Josie sonna peu de temps après le départ de Noah. Ces instants en sa compagnie avaient fait ressurgir tant d'émotions en elle qu'elle peinait à les faire taire. Elle répondit sans vérifier le numéro. Une voix d'homme lui demanda :

— Vous êtes bien madame Quinn ? Cheffe Josie Quinn ?

— Oui. Je suis bien Josie Quinn. Qui est à l'appareil ?

— Bonjour, je suis Andrew Bowen, vous m'avez laissé un message...

— Oui, tout à fait. Je vous ai appelé pour deux raisons. La première est votre mère...

— Oui, ma mère, la coupa-t-il. Elle m'a prévenu que vous l'aviez contactée pour lui demander de venir au commissariat pour un interrogatoire plus officiel. Sachez qu'elle m'a demandé d'être son avocat.

Josie réprima un grognement.

— Laissez-moi deviner : vous n'avez pas l'intention de la laisser se rendre à cet interrogatoire parce qu'elle a déjà dit tout ce qu'elle savait à la police. J'ai tout bon ?

Il rit.

— Oui, c'est à peu près ça.

— Et si ça ne fonctionne pas, vous évoquerez son âge et sa réputation dans la communauté pour appuyer le fait qu'on n'a aucune raison de la convoquer au commissariat comme une vulgaire criminelle.

Nouveau rire.

— Pourriez-vous aussi me révéler comment va se passer mon prochain procès ? J'aimerais vraiment savoir si je vais gagner ou non.

— Désolée, je ne suis pas devin. J'ai juste l'habitude des avocats pénalistes. Alors dites-moi, monsieur Bowen, si votre mère n'a commis aucun crime et n'a rien à cacher, pourquoi ne pas la faire venir pour boire un café et répondre à quelques questions ?

Elle entendit du bruit, comme s'il se servait un verre.

— D'accord, cheffe. Vous espérez quoi, exactement ? Vous avez interrogé Mme Bowen au sujet du meurtre d'une fille qu'elle connaissait à peine, et qui remonte à plus de trente ans.

— Je ne dirais pas qu'elles se connaissaient à peine, corrigea Josie. Plusieurs personnes ont confirmé qu'elles étaient proches. Votre mère a elle-même admis être devenue une bonne amie de Belinda après que votre père s'était intéressé à elle. Ils l'avaient prise en pitié, car elle vivait dans un foyer.

— Et donc ? Elles étaient amies, d'accord, mais, d'après ma mère – et cela a été confirmé quand vous êtes venus l'interroger chez elle –, Belinda Rose a disparu en 1984. Mme Bowen avait quitté son emploi au palais de justice depuis plus d'un an pour se consacrer pleinement à son rôle de mère. Que pourrait-elle bien vous cacher, d'après vous ?

Beaucoup de choses, pensa Josie. Elle ne croyait pas une seconde que Sophia puisse ne pas se souvenir de Lila, mais pourquoi mentir à ce sujet ? C'était compréhensible pour l'aventure entre son mari et Belinda Rose. Peut-être Sophia avait-elle découvert qu'ils se fréquentaient. Était-ce avant ou après qu'elles étaient devenues amies ? Difficile de le savoir, mais Sophia était restée plusieurs décennies avec son mari, avait élevé ses enfants et joué le rôle de l'épouse parfaite. Elle ne souhaitait certainement pas avouer qu'elle savait qu'il l'avait trompée avec une mineure plus de trente ans plus tôt. Mais pourquoi prétendre qu'elle ne connaissait pas Lila ?

— Écoutez, continua Andrew. Ma mère est une femme respectable. Une épouse fidèle et une excellente mère. Elle est dévouée à sa paroisse, rend de nombreux services à la communauté, fait du bénévolat... Elle s'est longtemps engagée auprès d'associations locales pour venir en aide aux enfants placés. Vraiment, je ne comprends pas pourquoi vous tenez à l'impliquer dans cette enquête alors qu'elle n'a rien à voir avec cette affaire. Il va falloir m'éclairer un peu. Sinon, je vous garantis que jamais je ne lui conseillerai d'accepter de vous rencontrer de nouveau, vous ou l'un de vos collègues. Et certainement pas au commissariat. Cela étant dit, quelle était la deuxième chose dont vous vouliez me parler ? Une autre affaire ?

Josie décida d'abandonner le sujet de l'interrogatoire pour le moment.

— C'était une question personnelle. Rien à voir avec une enquête en cours.

Après quelques secondes de silence, il dit :

— Bien, d'accord. Je ne vous promets pas de répondre, mais allez-y, je vous écoute.

— Quand vous étiez jeune, aviez-vous... des dents en trop ?

— Des dents surnuméraires ?

— C'est ça.

— Euh... oui, effectivement. Ma mère m'a emmené les faire retirer dès qu'elles ont poussé. Elle a toujours eu peur que j'en aie d'autres, mais ce n'est pas arrivé. On a dû faire appel à un chirurgien-dentiste spécialisé à Philadelphie. C'est une pathologie assez rare, apparemment.

— Oui, c'est ce que j'ai cru comprendre.

— Mais d'où tenez-vous cette information ? Pourquoi cette question ?

— Juste une idée comme ça, éluda Josie. Je suis désolée, monsieur Bowen, je vais devoir raccrocher. Une urgence.

70

La nuit commençait à tomber quand Josie se gara devant la maison de Sophia Bowen. Il n'y avait qu'une seule lumière allumée, au rez-de-chaussée. Josie attendit un peu pour voir s'il y avait du mouvement et, quand elle fut à peu près certaine que Sophia était seule, elle se dirigea vers la porte d'entrée et frappa. Sophia vint ouvrir, vêtue d'un pantalon beige et d'un chemisier rose à boutons. Son sourire se figea quand elle vit Josie. Elle essaya de refermer la porte, mais Josie plaça son pied dans l'embrasure.

— Je sais pour Andrew, dit-elle. Je sais qu'il est le fils de Belinda Rose. Elle a eu une aventure avec votre mari, et Andrew en est le résultat.

Sophia cessa de pousser la porte. Elle baissa les yeux tandis que Josie s'introduisait dans le vestibule et refermait derrière elle.

— Pourquoi avoir menti ?

Sophia s'accorda un moment pour reprendre ses esprits, puis elle releva le menton et regarda Josie dans les yeux.

— Vous n'avez pas le droit de venir ici et de vous introduire chez moi pour raconter des énormités. J'aimerais que vous partiez, maintenant.

— Sinon quoi ? Vous allez appeler la police ? Écoutez, je me fiche que votre mari vous ait trompée. Je me fiche même que vous ayez menti à votre fils sur ses origines. Ce qui m'intéresse, c'est de retrouver Lila Jensen. Je sais que vous vous souvenez d'elle. Je sais même que vous avez été en contact.

— Je ne... Je n'ai...

— Pas à moi, la coupa Josie. Lila me rend la vie impossible depuis un mois. Elle a fait des choses qu'elle ne peut pas avoir faites seule. Trouver deux ados débiles pour faire des blagues simplistes, ou demander un service à ses anciens potes drogués, ce n'était sans doute pas compliqué. Mais maintenant, elle est passée à la vitesse supérieure. Et pour ça, elle a forcément eu besoin d'aide : de l'argent, un endroit où se cacher, un endroit où retenir quelqu'un. Vous vivez seule dans cette grande maison. Vous ne manquez pas de moyens. Vous êtes la cible idéale pour quelqu'un comme elle. Alors, dites-moi, qu'a-t-elle utilisé comme moyen de pression pour que vous l'aidiez ?

Sophia était livide. Elle se tordit les doigts, incapable de fixer son regard.

— Je ne voulais pas l'aider. Vraiment, je ne voulais pas. Elle n'est pas ici, si c'est ce que vous pensez. Elle m'a demandé de l'héberger, mais j'ai refusé catégoriquement. Je ne l'avais pas vue depuis plus de trente ans, et voilà qu'il y a un mois je la trouve sur le pas de ma porte pour me réclamer de l'argent et une voiture. Je lui ai dit que je ne pouvais pas faire ça, mais elle m'a menacée.

— Elle était au courant pour votre mari et Belinda Rose, dit Josie. Elle allait dire à Andrew qui étaient ses parents. Lui révéler que son père n'était pas le saint que tout le monde imaginait qu'il était.

Sophia leva les mains dans un geste d'impuissance.

— J'étais coincée. Je ne pouvais pas la laisser salir la

mémoire de Malcolm, son héritage. Quelle importance, qu'il ait couché avec une fille il y a trente ans ? Il a agi pour le mieux. Il a fait en sorte de récupérer Andrew et d'être un bon père. Pourquoi détruire tout ça aujourd'hui ? Andrew avait une telle admiration pour lui. Il est devenu avocat pour suivre ses traces. Elle voulait juste un peu d'argent. Rien d'autre. Qu'est-ce qu'un peu d'argent, comparé au souvenir que mon fils garde de son père ?

— Combien ? demanda Josie.

Sophia croisa les bras sur sa poitrine.

— Combien ?

— Elle m'a demandé 20 000 dollars, murmura Sophia.

— Bon sang. Vous les lui avez donnés ?

— Ce n'était pas si cher payé.

— Pourquoi est-elle revenue ? Pourquoi est-elle ici ? Pourquoi maintenant ?

— Elle n'a pas voulu me le dire, mais je pense qu'elle est malade. Elle n'avait pas l'air bien. Je lui ai posé les mêmes questions que vous. Toutes ces années. J'étais persuadée que tout ça était derrière moi. Elle m'a dit qu'elle avait quelques comptes à régler et peu de temps devant elle. Je lui ai demandé ce qu'elle avait l'intention de faire, et elle m'a répondu que ce n'étaient pas mes affaires.

— Où est-elle ? demanda Josie. Où est Lila, là, tout de suite ?

De nouveau, Sophia se mit à regarder partout autour d'elle, refusant de se concentrer sur Josie. On aurait dit une petite fille. Peut-être que si elle détournait les yeux, Josie ne la verrait pas ?

— Dites-moi !

Finalement, Sophia lâcha un soupir. Elle se dirigea vers une table dans le fond du vestibule et ramassa un portefeuille.

— Je vais vous emmener.

— Contentez-vous de me dire où elle est.

— C'est dans un coin perdu, dit Sophia. Si elle vous voit

arriver seule, sans moi, elle risque de fuir... ou de s'en prendre à vous.

Josie n'avait aucune envie que Sophia l'accompagne, mais elle n'avait pas d'argument à lui opposer. Si elle avait la chance la plus infime de retrouver Lila et de sauver Trinity, elle devait la saisir.

— Très bien, mais c'est moi qui conduis.

71

Durant le trajet, le silence ne fut troublé que par les indications de Sophia. Elles arrivèrent à une vieille usine de textile abandonnée proche du fleuve Susquehanna. Josie se gara sur le bas-côté et alla ouvrir le coffre en quête d'une lampe torche. Elle fit exprès de fouiller longuement le coffre du sergent Lamay pendant que Sophia patientait sur le siège passager. Cela lui permit d'envoyer discrètement un message à Noah. Si Lila et Trinity étaient ici, elle aurait besoin de renforts.

Usine textile avec Bowen, envoya-t-elle. Il comprendrait.

Elles marchèrent toutes les deux dans le noir sur le chemin menant à l'usine, uniquement éclairées par la lune. Si Lila se trouvait dans les étages supérieurs, elle ne voulait pas risquer de se faire repérer à cause du faisceau de sa lampe. Sophia, perchée sur ses talons hauts, ne cessait de trébucher sur le bitume fissuré.

— Ralentissez, siffla-t-elle.

— Non, vous, accélérez.

Quand elles atteignirent l'entrée sud de l'usine, Sophia était en nage et à bout de souffle. Josie leva les yeux vers le mastodonte : cinq niveaux en vieilles briques jaunâtres et aux fenêtres brisées, pareilles à des orbites vides qui les dévisageaient. Josie sentit des picotements dans sa nuque.

— Où elle est ? demanda-t-elle à Sophia.

— Au deuxième étage. C'est tout ce que je sais. Elle a dit qu'elle s'était installée là.

Avec 20 000 dollars, Lila aurait pu se permettre bien mieux, mais il était compliqué de trouver un logement où garder un otage.

— Passez devant, ordonna Josie.

Elle poussa Sophia à travers la porte qui s'ouvrit en grinçant. Une fois à l'intérieur, elle alluma sa torche et la promena tout autour de la pièce. Du verre brisé et d'autres déchets couvraient le sol. De vieilles machines avaient été abandonnées là, telles des sentinelles délabrées. Un rat fila sur le côté alors qu'elles cherchaient l'escalier.

— Par là, indiqua Sophia en montrant du doigt une double porte sur leur gauche.

Elle était couverte de rouille et de graffitis, et un liquide noirâtre gouttait du mur au-dessus, recouvrant les poignées et formant une flaque au sol.

— Ouvrez, ordonna Josie.

Elle vit le dégoût sur le visage de Sophia, qui se mit à fouiller dans son sac.

— On n'a pas le temps pour ça, gronda Josie.

Sophia sortit un mouchoir et l'enroula autour de la poignée avant de pousser la porte : elles étaient dans la cage d'escalier. Dans le silence de l'immense bâtiment, le grincement de la porte sembla faire un bruit aussi puissant que celui d'un moteur d'avion. Les marches en béton s'effritaient sous leurs pieds, et Sophia trébucha de nouveau, se rattrapant de justesse à la rampe. Josie garda le faisceau de sa lampe dirigé droit devant, à l'affût du moindre bruit provenant des étages. Elles avaient monté deux volées d'escaliers quand Josie se rendit compte qu'elle n'entendait plus la respiration hachée de Sophia dans son dos.

D'instinct, elle fit un geste pour attraper son arme de service mais, évidemment, elle ne l'avait plus. Elle enroula ses deux mains autour de la lampe torche... trop tard. On la tira brutalement par l'épaule et elle dévala les marches dans le noir.

72

Josie tomba et tomba encore jusqu'à atterrir avec un bruit sourd sur le sol. Elle avait mal à l'arrière de la tête et son poignet la lançait. Dans le noir, elle s'aperçut qu'elle avait perdu sa lampe torche. Elle avait dû se casser pendant la chute, elle n'apercevait son faisceau nulle part. Elle avança à tâtons, trouva la rampe et se remit sur ses pieds. La douleur irradiait de sa cheville gauche ; elle s'arrêta un instant pour tenter de repérer Sophia, puis elle sentit le cercle en acier froid d'un canon de revolver contre sa joue, et la voix glaciale de Sophia s'éleva.

— Ne bougez pas.

Josie leva les mains en l'air, sans être certaine que Sophia pouvait la voir. Elle cligna plusieurs fois des yeux, essayant de s'habituer à l'obscurité totale de la cage d'escalier. Loin au-dessus d'elles, un fin rayon de lune filtrait par une fenêtre cassée.

— Si vous avez peur pour vos secrets, dit Josie, je vous garantis que je ne dirai rien à personne. La seule chose qui m'intéresse, c'est d'arrêter Lila.

— Oh, oui, c'est bien de mes secrets qu'il s'agit, mais pas ceux que vous imaginez.

Josie tourna légèrement la tête, si bien que le canon de l'arme était maintenant dirigé vers son oreille. Elle parvenait tout juste à deviner les yeux brillants de rage de Sophia.

— Vous êtes sûre de savoir vous servir de ça ? demanda Josie.

En réponse, Sophia enfonça de plus belle le canon dans sa pommette.

— Une vieille dame riche qui vit seule ? Un peu que je sais m'en servir.

Josie la crut sur parole.

— Que va penser Andrew si sa mère tue la cheffe de police ?

— Il pensera que je n'ai pas eu le choix. Ne vous en faites pas. Je maquillerai ce meurtre comme j'ai maquillé celui de Belinda. Sauf que, cette fois, les secrets resteront enfouis.

La douleur laissa place au choc.

— De quoi parlez-vous ? C'est vous qui avez tué Belinda ?

— Évidemment, cracha Sophia. Ce n'était qu'une traînée, à se faire passer pour mon amie pendant qu'elle s'envoyait en l'air avec mon mari.

Pour gagner du temps, Josie demanda :

— Vous avez dit que vous aviez quitté le palais de justice longtemps avant sa mort. Vous aviez Andrew. Vous saviez déjà qu'il était le fils de Belinda ?

— Je n'étais au courant de rien. Je ne savais pas à quel point mon pervers de mari était tordu. Vous saviez qu'il s'était tapé l'intégralité des jeunes femmes qui travaillaient au palais ? Je crois même qu'il a eu une aventure avec Lila, mais je n'ai jamais pu le prouver. Je n'avais aucune idée de ce qu'il faisait. Avec Belinda, on était amies. De très bonnes amies. Je lui faisais confiance, et je l'ai cru, lui, quand il m'a raconté qu'il essayait d'être le père qu'elle n'avait pas eu.

À chaque mot, Sophia enfonçait plus profondément le canon du revolver. Josie baissa lentement les bras et essaya de se détourner, mais Sophia la retint fermement par l'épaule. Il fallait continuer de la faire parler pour qu'elle se concentre sur son histoire plutôt que sur son arme.

— Vous imaginiez vraiment que votre mari voulait aider Belinda parce qu'elle vivait en foyer ?

— J'étais jeune et naïve. J'aimais mon mari, j'avais envie de le croire. Et puis Belinda a disparu pendant quelques mois et, quand elle est revenue, elle s'est mise avec un prof. Elle était devenue plus réservée, mais nous étions toujours amies, et j'étais sa confidente : elle me racontait dans les moindres détails sa relation avec ce M. Todd. Je n'avais aucune raison de m'inquiéter de ce qui pouvait se passer entre elle et Malcolm.

— Mais après, il y a eu Andrew, continua Josie.

Elle esquissa un pas en avant et Sophia, perdue dans ses souvenirs, la suivit.

— Oui, Malcolm est rentré à la maison un jour et m'a dit qu'il avait vu un petit garçon attendant d'être adopté, et qu'il avait eu un véritable coup de cœur : est-ce que je voulais bien l'adopter ? Nous pouvions offrir à ce petit garçon ce que n'avait pas eu la chance de connaître ma grande amie Belinda. Alors j'ai rencontré le petit Andrew et, moi aussi, j'ai craqué pour lui. J'avais une vie de rêve. Mère à plein temps. Plus de courriers à taper ni de café à préparer pour ces abrutis de juges et d'avocats. Plus de coups de téléphone, plus de formulaires à remplir. C'était tellement pénible et ennuyeux...

— Si vous n'étiez pas au courant de la grossesse de Belinda, comment avez-vous découvert leur liaison ?

Le canon avait légèrement glissé, et elle devina que Sophia commençait à fatiguer de garder la main en l'air si longtemps.

— C'était à la Saint-Valentin 1984. Malcolm travaillait tard. J'ai installé mon petit Andrew dans sa poussette et nous avons marché dans le froid jusqu'au palais de justice. Quand je suis arrivée devant son bureau, je les ai entendus. Je les ai entendus... baiser. Je me suis cachée dans la cage d'escalier et j'ai attendu pour voir de qui il s'agissait. Imaginez un peu le choc que cela m'a fait quand j'ai vu Belinda sortir du bureau de Malcolm, les joues roses, satisfaite, avec son chemisier mal reboutonné.

Belinda avait donc rompu avec le père de Lloyd et Damon Todd pour reprendre sa relation avec Malcolm Bowen là où elle l'avait laissée.

L'arme de Sophia s'abaissait doucement. La tension retombait, et elle semblait apprécier le fait de pouvoir tout avouer, enfin.

— Je n'ai rien fait. À quoi bon ? Je suis vite rentrée chez moi avec le bébé, j'ai préparé le dîner, et j'ai fait en sorte de continuer ma vie comme avant. Mais j'étais incapable d'oublier ça. (Elle resta silencieuse quelques instants.) Quelques semaines plus tard, je me suis rendue au palais de justice pendant les horaires d'ouverture et je suis tombée sur Lila. Elle a tout de suite vu que quelque chose n'allait pas, alors on est sorties fumer une cigarette, comme au bon vieux temps, et je lui ai raconté que j'avais surpris Malcolm et Belinda. Elle m'a dit qu'elle était presque sûre qu'il la baisait déjà avant sa disparition. Ça faisait deux ans qu'il se tapait cette fille. Cette moins-que-rien. On n'était mariés que depuis trois ans.

— Vous avez donc décidé de prendre les choses en main, la relança Josie.

Distraite par ses souvenirs, Sophia laissa totalement retomber son bras. Josie se sentit immédiatement soulagée de ne plus être directement menacée. Elle resta immobile, de peur de rompre la transe. Noah et les renforts n'allaient plus tarder.

— C'était l'idée de Lila, expliqua Sophia. Elle a mis au point un plan pour attirer Belinda jusqu'à un terrain de jeu en périphérie de Bellewood. Elle pensait que j'allais juste lui demander de s'expliquer, éventuellement lui donner quelques coups. Mais quand je l'ai vue là-bas, j'ai perdu les pédales. Deux ans. Sous mon nez. Malcolm n'a certainement adopté

Andrew que pour faire de moi une femme au foyer et avoir le champ libre au palais. Je l'ai frappée.

— Avec quoi ? (Elle crut entendre des bruits de pneus sur l'asphalte, sans en être certaine.) Avec quoi ? répéta-t-elle.

— Une barre en métal que j'avais trouvée sur l'aire de jeux. Il y avait eu une tempête, et une des structures s'était effondrée. Belinda répétait en boucle que Malcolm l'aimait plus que moi, qu'il finirait tôt ou tard par se débarrasser de moi. Que dans six mois, elle aurait dix-huit ans. Elle n'avait qu'à attendre, ensuite, il demanderait le divorce, prendrait le bébé et refonderait une nouvelle famille heureuse. Je ne savais même pas qu'Andrew était son bébé, avant ça. Des mensonges. Tant de mensonges... J'ai attrapé la barre et... Je n'avais pas l'intention de la tuer.

— Mais c'est ce que vous avez fait. Comment a-t-elle fini enterrée à Denton ?

— Lila l'a emmenée. On l'a mise dans le coffre de sa voiture, et elle m'a dit qu'elle allait m'aider, en échange d'un service.

— Quel genre de service ?

— Elle voulait de l'argent. Elle a dit que son chef... l'agressait sexuellement. Elle avait besoin de partir. Alors j'ai accepté. Elle a récupéré le corps de Belinda et l'argent, et je n'ai plus jamais entendu parler d'elle. Jusqu'au mois dernier.

— Vous ne lui avez pas donné d'argent, dit Josie. C'est votre mari qui l'a fait. Que lui avez-vous dit pour le convaincre de le faire ?

— Je lui ai tout dit. Il avait le choix : soit il me dénonçait et devenait le juge dont la femme avait assassiné sa maîtresse mineure, soit il payait Lila et on oubliait tout.

— Il a opté pour sa réputation.

Un énorme bruit retentit sous leurs pieds, suivi par des cris. Au clair de lune, les yeux de Sophia luisaient de rage. Elle replaça l'arme devant le visage de Josie.

— Qu'est-ce que vous avez fait ? Qui avez-vous appelé ?

Josie ne répondit pas. Elle se retourna, mit un coup dans le revolver que Sophia lâcha, et lui envoya son poing en pleine tête. Sophia tituba et s'effondra dans un cri. Josie s'agenouilla pour fouiller dans les débris à la recherche de l'arme. Une des mains de Sophia s'agrippa à sa cheville blessée, ce qui lui arracha un cri de douleur. Josie tenta de l'atteindre d'une ruade, mais Sophia s'était déjà relevée et placée au-dessus d'elle avec, dans sa main, l'arme que Josie était en train de chercher. Elle la tenait par le canon et, avant que Josie ait eu le temps de réagir, elle lui asséna un coup de crosse sur la tête.

La cage d'escalier vacilla et la silhouette de Sophia devint floue. Josie essaya de se lever, mais ses jambes ne répondaient pas. L'instant suivant, Sophia la hissait sur les marches qu'elle venait de dévaler. Josie commanda à ses membres de se défendre, en vain.

Elle fut tirée jusqu'à une porte latérale, et les bruits de pas et les cris qu'elle avait entendus plus tôt s'estompèrent. La lumière de la lune était plus vive au troisième étage, pourtant, Josie ne parvenait pas à retrouver une vision claire.

— Arrêtez, marmonna-t-elle.

Mais Sophia continua de la traîner au sol ; elle avait une force étonnante. Enfin, elle la lâcha et Josie roula sur le dos. Une gigantesque machine de teinture se trouvait au-dessus d'elle, constituée de tuyaux et de pompes entremêlés surmontant un cylindre si grand qu'il fallait une échelle pour atteindre le dessus. La rouille avait depuis longtemps rongé la chambre tubulaire, créant une large entaille dans sa paroi. Josie observa Sophia entrer et sortir de son champ de vision, passer la tête dans l'ouverture et se tourner vers elle.

— Non, dit Josie, son cœur battant la chamade. Je ne peux pas… Je ne peux pas entrer là-dedans.

Sans l'écouter, Sophia la souleva et poussa son corps peu coopératif à l'intérieur du trou dans la machine de teinture. Son dos frotta contre les rebords en métal, qui lui égratignèrent la peau. De nouveau, elle voulut se débattre, mais Sophia semblait être partout à la fois et l'enfonçait de plus en plus profondément dans l'obscurité.

— Non, je... tenta encore Josie.

Sophia la déposa contre le métal froid et rouillé, puis s'allongea à côté d'elle. Quand Josie voulut parler, Sophia l'en empêcha avec sa main.

— Vous feriez mieux de la fermer, maintenant, menaça-t-elle. Parce qu'on risque de rester ici un moment.

Prise de panique, Josie essaya de se raisonner, de se raccrocher à la partie d'elle qui savait que l'obscurité ne pouvait pas lui faire de mal, comme Ray le lui disait toujours. Mais elle en fut incapable. Elle était de nouveau une petite fille, dans le placard, tombant dans un sombre puits sans fond.

— La ferme, j'ai dit, siffla Sophia en appuyant plus fort sa main contre sa bouche.

Tandis que la respiration de Josie s'accélérait, elle essaya de repousser la main de Sophia de son visage. Sophia retira sa main un instant, mais le seul son qui sortit de la bouche de Josie fut un bruit aigu : elle hyperventilait. Josie sentit ses bras être placés le long de son corps, puis Sophia s'assit sur son ventre de tout son poids pour l'empêcher de bouger. Sa main était de retour sur sa bouche. La poitrine en feu, Josie désespérait de parvenir à respirer autrement qu'en haletant, submergée par l'angoisse. Seconde après seconde, elle inspirait moins d'air.

Enfin, à son grand soulagement, elle perdit connaissance.

73

Josie fut réveillée par un intense martèlement dans sa tête, comme si quelqu'un lui enfonçait des clous dans les tempes. Elle revenait lentement à elle. Où était-elle ? Comment avait-elle atterri ici ?

Sans oser ouvrir les yeux, elle se concentra sur ses sensations. Sa bouche était horriblement sèche et pâteuse, ses lèvres soudées ensemble. Chaque parcelle de son corps la faisait souffrir. Quand elle voulut esquisser un mouvement, elle se rendit compte qu'elle ne pouvait pas bouger : ses mains étaient attachées dans son dos et reliées à ses chevilles, ce qui l'obligeait à se tenir cambrée en arrière, les talons enfoncés dans les fesses. Toutefois, il faisait bon et sa joue était posée contre une matière étonnamment douce.

Elle n'était pas dans la machine de teinture.

Et puis tout lui revint : Sophia Bowen, l'usine de textile, ses collègues enfonçant les portes au rez-de-chaussée, la bagarre dans la cage d'escalier, et pour finir Sophia la poussant dans les entrailles de cette vieille machine. Combien d'heures était-elle restée là-dedans ? Cette simple pensée fit remonter la bile dans sa gorge et elle se mit à tousser. Elle ouvrit brusquement les yeux. Elle était allongée sur un plancher couvert de moquette, à côté d'un sommier à ressorts posé à même le sol. Les rayons du soleil pénétraient dans la pièce par une ouverture en hauteur, mais Josie ne pouvait pas se retourner pour mieux voir.

L'espace d'un instant, elle se sentit si soulagée de ne plus être dans le trou noir où Sophia l'avait enfermée qu'elle crut qu'elle allait pleurer. Elle prit plusieurs longues inspirations, testa ses liens de nouveau. Elle était bloquée, ne pouvait bouger aucune partie de son corps à l'exception de sa tête, qu'elle souleva et tourna dans la direction opposée. Là, elle se retrouva face au visage gonflé et contusionné de Trinity Payne, à quelques centimètres du sien. Il y avait du sang séché à la commissure de ses lèvres, son nez paraissait tordu et écrasé, et sa respiration était sifflante.

Malgré les circonstances, Josie était rassurée. Trinity respirait : elle était toujours en vie. Elle l'appela plusieurs fois, sans réaction de sa part. Josie se tortilla pour se rapprocher, pour toucher son visage avec le sien, en vain. Elle plissa les lèvres et souffla un peu d'air dans sa direction. Au quatrième ou cinquième essai, la bouche de Trinity se tordit et ses paupières s'entrouvrirent. Trinity essaya de parler, mais n'émit aucun son. Elle s'humidifia les lèvres avant de réessayer.

— Qu'est-ce que tu fais ici ?

— C'est où, ici ? demanda Josie.

— Je ne sais pas. Je ne suis pas sûre.

— Je vous ai vue à l'atelier de carrosserie.

Josie crut voir une larme perler au coin de son œil.

— Je ne voulais pas le faire. Elle m'a forcée.

— Lila ?

Trinity tenta de secouer la tête mais s'arrêta immédiatement, grimaçant de douleur.

— Barbara Rhodes.

Ce nom lui disait quelque chose. Où Josie l'avait-elle entendu ?

— Comment a-t-elle fait pour vous forcer ? demanda Josie.

— Au début, elle m'a contactée pour me dire qu'elle avait des infos pour moi au sujet de l'incendie dans lequel était morte ma sœur. Elle a dit qu'elle savait qui avait mis le feu, une personne de l'entreprise de nettoyage que faisait venir ma mère chez nous, et, après, elle a sous-entendu que ma sœur n'était pas vraiment morte. Je n'ai pas voulu faire de mal à ma mère avec ça au cas où ce seraient des conneries, mais cette femme avait l'air bien au courant, elle évoquait des détails que seuls mes parents connaissaient. Elle m'a donné rendez-vous pas très loin de l'hôtel. Je devais m'y rendre à pied, sans voiture, sans sac, au cas où j'y aurais caché une arme. Et elle m'a fait promettre de ne pas prendre mon téléphone non plus. Elle ne voulait pas que j'enregistre notre conversation ou que je communique quoi que ce soit à quiconque avant qu'elle soit sûre de pouvoir me faire confiance. Elle m'a dit que je devais être là dans les dix minutes, sans quoi elle disparaîtrait à jamais. Je me suis dit qu'elle était peut-être dangereuse mais, une fois sur place, j'ai vu que ce n'était qu'une grosse bonne femme. Elle n'était même pas armée, et elle semblait tellement gentille. Je ne pensais pas qu'elle était...

Trinity fut interrompue par une quinte de toux et envoya des postillons de sang au visage de Josie.

— Désolée, s'excusa-t-elle alors que la toux se calmait.

— Ce n'est pas grave. Vous pensiez que vous n'aviez rien à craindre de Barbara ?

— Oui, confirma Trinity. Je suis montée dans sa voiture, et on s'est mises en route. Elle a évoqué un restaurant, que je connaissais, donc je ne me suis pas méfiée. Quand il est devenu évident qu'elle ne me conduisait pas du tout là-bas, je lui ai demandé ce qu'elle faisait. C'est à ce moment-là qu'elle m'a dit que si je voulais les infos, je devais d'abord lui rendre un service.

— Vous avez tué Ted Heinrich pour obtenir des informations ? s'exclama Josie.

— Pas pour des infos… et je n'ai tué personne. Quand elle m'a expliqué ce qu'elle attendait de moi, je lui ai dit qu'elle était complètement folle. Je lui ai demandé de se garer et de me laisser descendre, que je marcherais jusqu'à mon hôtel. Elle s'est garée. Je suis sortie. Mais elle m'a rattrapée. On était sur une petite route de montagne. Personne aux alentours. On s'est battues. Elle a gagné. Je me suis réveillée… je ne sais où. Peut-être bien ici. Attachée. Elle a dit que j'allais faire ce qu'elle voulait, sinon, je pouvais dire adieu à ma famille. Elle était aidée par quelqu'un, Josie. Elle était en visio avec un mec posté devant chez mes parents. Elle a dit que si je ne lui obéissais pas, elle les tuerait. Mes parents et mon petit frère.

— Quel âge a votre frère ?

— Il n'a que seize ans. Ce type le pistait, prenait des photos de lui… Je ne sais pas qui c'était, mais j'étais morte de trouille, alors j'ai fait ce qu'elle me demandait. On a roulé pendant un temps interminable, et on s'est garées à quelques rues de l'atelier de carrosserie. Un autre gars est arrivé au volant d'une Escape. Elle m'a dit de me mettre au volant, de conduire jusqu'à l'atelier et d'entrer à l'intérieur. Dès que j'ai été seule dans la voiture, j'ai vérifié la boîte à gants. C'était votre voiture. C'est là que j'ai compris qu'elle cherchait à vous faire du mal. Quand je suis arrivée à l'atelier, elle était déjà sur place. Elle était entrée par une autre porte, à l'arrière. Le gérant était attaché à une chaise, en sale état. Elle m'a forcée à la regarder le torturer. Elle disait que si j'essayais de m'échapper, il arriverait la même chose à Patrick. Ensuite, elle m'a dit de reprendre votre voiture pour retourner à la sienne et que, là, son ami récupérerait votre Ford. Il m'a attaché les mains, balancée dans le coffre, et est parti au volant de votre voiture. Je suis restée là des heures, à me demander quel rapport tout ça avait avec vous. Pourquoi nous deux ? Et puis j'ai repensé à la raison pour laquelle elle m'avait contactée au départ. Pour me dire que ma sœur serait toujours en vie. On se ressemble beaucoup. Vous l'avez certainement remarqué, vous aussi ?

Il y avait une pointe d'espoir dans la voix de Trinity.

— Oui, j'avais remarqué, dit Josie.

— Alors j'ai pensé qu'elle disait peut-être la vérité. Qu'une femme de ménage avait mis le feu à la maison de mes parents et pris ma sœur. Et que ma sœur était bel et bien en vie, finalement. Et... et que peut-être, c'était vous. Toi, Josie.

Seul un test ADN pourrait le leur confirmer mais, au plus profond d'elle-même, Josie savait que Trinity avait vu juste. Elles étaient sœurs.

— Quel... quel est mon vrai nom ? demanda Josie.

Ce qui ressemblait à un sourire déforma le visage tuméfié de Trinity.

— Vanessa. Vanessa Annabelle Payne.

— Je préfère Josie.

— Très drôle.

Elle avait du mal à accepter que toute sa vie n'ait été qu'un mensonge. Elle avait été volée à sa famille pour grandir dans une extrême pauvreté en compagnie d'une femme dont la cruauté ne connaissait aucune limite. Pendant tout ce temps, sa vraie famille n'avait été qu'à deux heures de chez elle, dans une petite ville prospère, en deuil. Chaque fois qu'elle y pensait, elle avait le tournis. Elle recentra la conversation sur Heinrich.

— Cette femme... Est-ce qu'elle t'a dit pourquoi elle s'en prenait à ce carrossier ?

— Non, elle a juste dit que je ne devais pas avoir pitié de lui. J'ai essayé de l'arrêter, mais elle m'a dit que s'il lui arrivait quoi que ce soit, ses amis se vengeraient sur Patrick. J'aurais quand même dû faire quelque chose pour tenter de sauver cet homme.

Des larmes tombèrent de ses yeux. Une bulle de sang éclata sous sa narine.

— Mais non, la rassura Josie. Ne t'en fais pas, tu as fait ce qu'il fallait.

— C'était immonde. L'odeur. Elle m'a forcée à tout regarder.

— Arrête de pleurer. Tu peux déjà à peine respirer. Il faut que tu te calmes.

— Je ne peux pas, rétorqua Trinity en pleurant de plus belle.

— Mais si, tu peux, et tu vas le faire. Il faut qu'on trouve un moyen de sortir de là.

— Ben voyons. Comment ?

— Tu as essayé de crier à l'aide ? demanda Josie.

— À ton avis, pourquoi j'ai cette tête ? répliqua Trinity.

Josie tira encore sur ses liens, mais ils étaient bien serrés. Elle n'était pas réveillée depuis longtemps, pourtant ses épaules et ses jambes la faisaient déjà souffrir.

— Elle ne va pas nous laisser ici indéfiniment, dit Josie. Elle va bien devoir nous faire bouger à un moment donné. Ce sera notre chance.

— Pas si elle a un de ses amis avec elle.

Josie ne répondit pas. Une porte venait de s'ouvrir et de se fermer à proximité. Des voix féminines étouffées leur parvenaient, de plus en plus clairement à mesure qu'elles s'approchaient.

— Ne t'avise pas de me convoquer encore comme ça.

Entendre la voix de Lila après toutes ces années donna des frissons à Josie.

L'autre voix était celle de Sophia.

— Je n'avais pas le choix. Si je suis dans ce bourbier, c'est entièrement ta faute. Tu n'as pas respecté ta part du marché en revenant ici, alors je te convoque quand je veux.

Josie entendit le bruit d'une gifle, puis un hoquet, et ce qui semblait être une bagarre – des geignements, des coups, du verre brisé. Lila était donc venue à l'usine pour aider Sophia à la transporter.

— ... et je ne vais pas m'en priver. Éloigne-toi de moi. Pousse-toi... (C'était Sophia. Les bruits de bagarre avaient cessé. Josie en conclut qu'elle avait dû sortir son arme.) Maintenant, tu vas réparer tes conneries et quitter Denton une bonne fois pour toutes.

— Pas sans mon fric, répliqua Lila.

Josie s'attendait à entendre Sophia protester ou la menacer de plus belle, mais elle se contenta de répondre :

— Très bien. Viens me voir une fois que tu auras terminé tout ça.

— Ah, mais il me reste encore quelques personnes à voir avant de partir.

— Pourquoi ? Pourquoi tu fais tout ça ? Pourquoi tu ne peux pas laisser le passé où il est ? hurla Sophia.

— Parce qu'il ne me reste pas beaucoup de temps.

— Qu'est-ce que tous ces gens t'ont fait ?

— Ils s'imaginent qu'ils valent mieux que moi. J'en ai marre d'être traitée comme de la merde.

Sophia poussa un long soupir et reprit :

— Tu es complètement parano. Personne ne prétend valoir mieux que toi, et quand bien même, ce ne serait pas une raison pour détruire des vies.

— Dixit la pétasse prétentieuse qui a menti et m'a payée pour ne pas ternir sa réputation et celle de son mari, lança Lila. Allez, range ça, maintenant.

Il y eut quelques secondes de silence avant que Sophia ne parle à nouveau.

— Malcolm m'a dit ce qu'il y avait dans ton dossier avant de le détruire. Lui et Mme Ortiz n'en sont pas revenus.

La voix de Lila se fit dure et menaçante.

— Tu ferais mieux de partir avant que je change d'avis et que je te tue.

74

Josie s'attendait à voir entrer Lila, mais non. Trinity se rendormit. La policière se creusa la tête pour tenter de déterminer où Lila les gardait prisonnières, l'esprit encore embrumé après le coup de crosse que lui avait assené Sophia. Elle n'aurait su dire s'il s'était écoulé des minutes ou des heures. Elle envisagea d'appeler Lila, mais il valait mieux ne pas attirer son attention avant d'avoir un plan d'action. Elle commençait à piquer du nez quand une sonnerie de téléphone retentit dans la pièce voisine. La voix de Lila s'éleva.

— Allô ? Oui, c'est Barbara. D'accord, j'arrive.

Une porte claqua. Lila était sortie.

Josie se demanda de nouveau pourquoi le prénom Barbara lui était si familier. Puis elle se souvint du jour où les deux enfants avaient découvert les ossements humains. La voisine qui les gardait et qui avait appelé la police s'appelait Barbara Rhodes. Josie ne l'avait pas rencontrée, car elle avait déjà été interrogée et renvoyée chez elle à son arrivée.

Belinda Rose. Barbara Rhodes.

— Putain de merde, lâcha Josie.

Elle se tortilla, roula sur le dos d'un côté et de l'autre jusqu'à ce qu'un de ses coudes vienne heurter Trinity.

— Réveille-toi ! Trinity, réveille-toi !

Lila était-elle sous son nez depuis le début, cachée derrière une nouvelle identité ? Noah l'avait interrogée et, peu de temps après, il avait vu la photo que Dex lui avait donnée. Pourquoi n'avait-il pas fait le rapprochement ? D'après Trinity, Barbara était vieille et obèse. En seize ans, Lila avait peut-être beaucoup changé.

— Trinity, répéta Josie. Je pense savoir où on est. Je crois qu'on est au parc de mobile homes.

Trinity bougea et gémit, sans se réveiller.

— Trinity. Réveille-toi. Lila est sortie. On est au parc de mobile homes. Je pense qu'on devrait crier. Quelqu'un pourrait nous entendre.

Josie pensait aux deux garçons qui vivaient à côté avec leur mère. Elle inspira profondément et hurla de toutes ses forces. Elle continua de crier jusqu'à ce que sa voix se brise et que ses poumons la brûlent, s'arrêtant de temps à autre pour tendre l'oreille, à l'affût de bruits indiquant que quelqu'un arrivait. En vain.

— Personne ne peut t'entendre. Tu perds ton temps, dit Trinity d'une voix faible.

Josie savait qu'elle avait raison. Elle avait grandi ici même, dans ce parc, et personne n'avait jamais entendu ses cris. Ou en tout cas, personne n'était jamais venu l'aider.

— Si elle t'entend, ajouta Trinity, elle va te faire du mal.

— Elle m'a déjà fait du mal, dit Josie avant d'emplir encore ses poumons d'air.

75

Elle hurla jusqu'à ne plus avoir de voix. À côté d'elle, Trinity pleurait. Finalement, alors que ses cris n'étaient plus que de faibles croassements, Josie entendit une porte s'ouvrir, se refermer, et des bruits de pas. Nouveau bruit de porte, et l'atmosphère changea.

— Josie, chuchota Trinity, je crois que je me suis fait dessus.

— Chut, lui intima Josie. Je vais nous sortir d'ici.

Josie dut se dévisser le cou pour apercevoir des chevilles potelées sous l'ourlet d'une robe blanche. Elle eut juste le temps de remarquer que Lila était chaussée d'immondes ballerines noires avant d'être soulevée brusquement par un biceps et jetée sur le lit. Elle retomba sur le dos, écrasant ses mains et ses pieds au passage. Le visage de Lila surgit au-dessus d'elle.

Josie comprit immédiatement pourquoi Noah ne l'avait pas reconnue. Lila Jensen avait plus de soixante ans, et ses longs cheveux noirs étaient désormais entièrement blancs. Sa chevelure soyeuse avait laissé place à une crinière hirsute dont les mèches sèches comme de la paille lui tombaient jusqu'en bas du dos. Elle avait pris du poids. Beaucoup de poids. Des bourrelets dépassaient de sa robe informe. Sa peau autrefois éclatante de jeunesse et satinée, était tendue par les kilos supplémentaires ; sa face était si bouffie que ses joues semblaient avaler ses yeux. Sophia avait dit que Lila était malade, et Lila elle-même avait affirmé ne pas avoir beaucoup de temps devant elle. Josie se demanda ce qu'elle avait. Un cancer, peut-être ?

— Ma petite JoJo, fit Lila.

Ses yeux s'étrécirent alors qu'elle affichait le sourire qui avait toujours empli Josie d'une terreur indicible, aussi loin qu'elle s'en souvienne. La petite fille en elle eut un mouvement de recul, mais l'adulte qu'elle était contre-attaqua.

— Je m'appelle Josie.

Lila ricana.

— Non. Pas du tout. C'est même pas ton vrai nom. (Elle donna un coup de pied, et Josie entendit Trinity pousser un grognement.) Hé, princesse, c'est quoi déjà, le nom de ta sœur ?

Trinity continuait de pleurer.

— Pourquoi tu fais ça ? demanda Josie dans une tentative de focaliser l'attention de Lila sur elle plutôt que sur Trinity. Pourquoi tu as fait ça ? Tu m'as volé ma vie. Tout. Ma vraie mère pense que je suis morte. Toute ma famille. Pourquoi ?

— Pourquoi pas ?

— Tu aurais juste pu partir. N'importe quand.

Lila rougit, en proie à un accès de fureur. Elle vint planter un doigt potelé contre sa poitrine.

— Partir ? Tu crois quoi ? Tu crois vraiment que j'ai la possibilité de me barrer de cette vie ? Que j'aurais pu le faire, avant ? Avec toutes ces putains de familles d'accueil et leurs parents dégénérés ? La bonne blague. Je voulais partir. Je voulais m'enfuir, mais je pouvais pas. Tous les autres avaient deux parents, de l'argent, une maison. J'avais rien, moi, putain ! Même cette salope de Belinda vivait tranquille dans son petit foyer tout mignon avec une dame qui aimait et protégeait ses filles. J'ai eu quoi, moi ? Partout où j'ai atterri, on me faisait du mal, et personne n'en avait jamais rien à foutre. Quand j'en ai eu fini avec les familles d'accueil, ça a continué. Pourquoi les autres gens auraient le droit de vivre leurs petites vies parfaites pendant que moi, on me chie dessus encore et encore ?

Josie demeura parfaitement immobile face à Lila qui écumait de rage. Elle avait le sentiment qu'elle attendait depuis longtemps de sortir cette tirade. Quand elle eut terminé, Josie demanda :

— Mais pourquoi moi ? Pourquoi tu m'as prise ?

— Parce que je pouvais. Je m'attendais à ce que les flics viennent te récupérer, mais personne n'est jamais venu. Alors comme je ne savais pas quoi faire de toi, je suis revenue voir Eli. Je savais qu'il s'occuperait de toi si je lui disais que tu étais de lui. Sauf que le truc, c'est qu'il a complètement craqué pour toi.

— Il pensait qu'il était mon père.

Ça lui faisait mal de le dire à voix haute. Eli Matson avait été le seul père qu'elle avait jamais connu. Ses souvenirs de lui étaient flous aujourd'hui, mais elle n'oublierait jamais à quel point son père l'aimait, et à quel point elle se sentait en sécurité quand elle était avec lui.

— Il était à moi. C'est moi qu'il aurait dû aimer le plus, dit Lila. Quand je lui ai donné le bébé qu'il voulait tant, il s'est retourné contre moi, il s'est mis à me détester. C'est pas n'importe quoi, franchement ?

Josie se rappela ce que son père avait dit, à l'hôpital, après que sa mère lui avait entaillé le visage avec un couteau : « Je te déteste. » La bataille pour Josie avait commencé un moment avant, mais c'était la première fois qu'elle l'avait entendu lui dire ça. Les souvenirs lui revenaient par vagues. La conversation à laquelle elle avait assisté depuis sa chambre, la nuit où son père avait mis fin à ses jours, était étrangement similaire à l'échange qu'elle avait surpris entre Lila et Sophia lors de leur dispute. D'un coup, son ton avait changé du tout au tout, était devenu très calme, mais aussi un peu nerveux. Elle n'y aurait sans doute pas cru avant ce jour mais, après tout ce qu'elle avait appris ces dernières semaines, elle n'avait aucun doute quant au fait que Lila était capable d'une telle ignominie.

— Est-ce que tu as tué mon père ? demanda doucement Josie.

Lila éclata de rire.

— Eh beh, tu es longue à la détente, toi. Une sacrée détective.

— Pourquoi ? Tu aurais pu nous laisser et partir. Recommencer ta vie ailleurs. Et ma mamie...

La voix de Josie se fissura. Pendant toutes ces années, Lisette avait vécu dans la peine et l'incompréhension, persuadée que le père de Josie les avait abandonnées.

— Tu ne m'écoutes pas, ma petite JoJo. Il a eu ce qu'il méritait. Il m'a trahie. Il disait qu'il m'aimait, mais c'était faux. Je ne voulais pas le tuer. Au début. Mais quand on est allés marcher dans le bois pour « discuter » après que je lui ai montré le flingue que Larry m'avait donné, je l'ai fait. Je pensais que la police m'arrêterait, mais ils m'ont crue quand j'ai dit que c'était un suicide.

— Et tu m'as gardée parce que tu ne voulais pas que Lisette puisse m'avoir, conclut Josie.

— T'étais une petite conne, mais t'avais ton utilité, répliqua-t-elle avec un sourire narquois.

— Jusqu'à ce que ma grand-mère te paie pour que tu partes. Pourquoi être revenue ? Pourquoi, toutes ces années après, est-ce que tu ressens encore le besoin de ruiner ma vie ? Et celle de Trinity ?

Lila baissa les yeux vers cette dernière, allongée à ses pieds.

— Il y a deux ans, j'étais assise dans la salle d'attente d'un médecin et je regardais la télé. Et là, qui je vois ? Vous deux, en train de raconter tout le « bien » que vous faisiez dans vos montagnes. Toi, tu étais devenue une cheffe de police réputée.

L'autre, une journaliste célèbre. Quand ça a été l'heure de mon rendez-vous, on m'a annoncé que j'avais un cancer. Ce n'est pas comme ça que c'était censé se terminer. (Elle envoya un nouveau coup de pied, auquel Trinity réagit en poussant un cri.) Et cette connasse. Chaque fois que j'allumais la télé, je voyais sa tête. Ta tête. Je pouvais pas partir sans m'être assurée que vous saviez ce que ça faisait, d'être moi. Hors de question que tout aille bien pour vous pendant que moi, je pourris en enfer.

— Et pourquoi avoir déterré Belinda ? demanda Josie. C'était toi, non ? Tu as fait en sorte que les garçons tombent dessus. C'est pour ça qu'il y avait tant de tranchées.

Lila confirma d'un signe de tête.

— Il leur a quand même fallu une semaine, à ces abrutis. Je commençais à me demander s'ils allaient la trouver. J'avais besoin d'argent.

— Tu as récupéré 20 000 dollars chez Sophia Bowen !

— Oui, mais il existe un traitement expérimental que je pourrais tenter si j'avais les moyens. C'est peut-être ma seule chance. Sophia ne pourra pas me donner assez. Peut-être pas loin, mais pas assez. J'ai lancé toutes les arnaques possibles et imaginables, mais je n'avais plus le temps. Alors je me suis rappelé que Belinda n'arrêtait pas de dire qu'elle avait un énorme pactole qui l'attendait. Elle en parlait tout le temps. Quand elle a eu des problèmes avec Sophia, elle est venue me supplier de l'aider, et m'a promis qu'on partagerait l'argent. Je n'y croyais pas vraiment à l'époque. C'était qu'une gamine. Et puis je me suis souvenue du médaillon qu'elle portait toujours, et je me suis dit : « Merde, et si j'étais passée à côté de ça ? » Sophia avait toujours dit que c'était du toc, mais de quoi elle avait bien pu parler, alors ? Est-ce que c'était ce fameux médaillon ? Alors oui, j'ai filé quelques billets à des gamins pour qu'ils la déterrent.

— Tu as récupéré le médaillon, comprit Josie.

— J'ai essayé de le revendre, mais finalement Sophia avait raison. C'était du toc. Et à l'intérieur, il y avait juste une putain de mèche de cheveux. Quelle conne. Tout ça pour rien.

Il s'agissait certainement des cheveux d'Andrew Bowen. Malcolm Bowen avait offert ce bijou à Belinda et lui avait promis de prendre soin de leur fils. « L'énorme pactole » qu'elle se vantait d'avoir, c'était sans doute ce qu'elle aurait pu obtenir en faisant chanter le juge.

— Bref, reprit Lila. Je pense que je peux obtenir assez d'argent de la part de Sophia, maintenant. Surtout après ce qui s'est passé à l'usine, l'autre soir. J'ai sauvé sa peau, une fois de plus. Mes petits projets m'ont coûté pas mal d'argent. (Elle partit d'un grand éclat de rire et se baissa pour relever Trinity.) Les drogués ont sacrément augmenté leurs tarifs depuis la dernière fois que je suis venue ici.

Trinity hurla de douleur tandis que Lila la traînait vers la porte.

— Qu'est-ce que tu fais ? demanda Josie, incapable de dissimuler la panique dans sa voix. Où est-ce que tu l'emmènes ?

Lila laissa retomber Trinity près d'elle. Ses hurlements étranglés se muèrent en cris de colère.

— Laisse-moi tranquille, espèce de vieille tarée !

— Qu'est-ce que tu vas faire d'elle ? demanda encore Josie.

— Tu la rejoindras bientôt, t'en fais pas.

Lila se pencha au-dessus de Trinity, ce qui la fit crier de plus belle, et défit les liens qui lui enserraient les chevilles. Elle tenta de la mettre debout, mais la jeune femme s'écroula immédiatement, incapable de tenir sur ses jambes après être restée coincée dans la même position pendant des heures.

— Tu ferais mieux d'apprendre à marcher, et plus vite que ça, princesse, lui fit Lila.

Quand Trinity tomba au sol une nouvelle fois, Lila soupira, la saisit par les aisselles et la tira hors de la pièce.

— Trinity ! hurla Josie, la poitrine serrée par la peur.

— Josie ! répondit Trinity.

S'ensuivirent une série de grognements et de bruits sourds, le bruit de portes qu'on ouvre et qu'on ferme, puis le silence.

Lila allait tuer Trinity.

Josie ouvrit la bouche et se mit de nouveau à brailler aussi fort que le lui permettaient ses poumons.

76

Josie n'avait aucune notion du temps qui s'était écoulé mais, soudain, un visage apparut au-dessus d'elle. Ce n'était pas Lila. C'était un garçon. Il fallut un moment à son cerveau pani »qué pour comprendre ce qu'elle voyait. Elle essaya de se rappeler qui était qui. Celui aux cheveux en pagaille, c'était l'aîné. Troy ou Kyle ?

— Kyle ? tenta-t-elle d'une voix rauque.

Il hocha la tête. Il tenait une arme avec les mots « RED RYDER » gravés sur la crosse. Une carabine à air comprimé. Son innocence, couplée à sa bravoure, lui fit monter les larmes aux yeux.

— Tu pourrais me détacher ?

Il hocha de nouveau la tête. Avec précaution, il déposa son arme sur le lit à côté d'elle et l'aida à se tourner pour qu'il puisse défaire ses liens. Il batailla plusieurs minutes, jusqu'à ce que Josie sente tomber sur ses bras des gouttes de sueur tiède qui devaient provenir de son visage.

— Va chercher un couteau, lui suggéra-t-elle. Dans la cuisine.

Sans un mot, il quitta la pièce et revint, puis s'employa à

cisailler doucement les cordes. Tous deux gardaient le silence, à l'affût du retour de Lila. Quand ses mains furent libres, elle en profita pour se remettre sur le dos et étirer ses jambes endolories, entre agonie et extase. Kyle lui tendit le couteau, et elle coupa les liens autour de ses chevilles.

— Merci.

Il récupéra son arme sur le matelas et se dirigea vers la porte. Josie ne put s'empêcher de sourire. Il voulait passer devant, la protéger.

— Je vais y aller en premier, dit-elle.

Elle se leva et s'écroula immédiatement. Elle n'avait pas été attachée aussi longtemps que Trinity, mais ses jambes étaient faibles et engourdies. Kyle l'aida à se relever et se cala sous son bras gauche. Ils boitillèrent jusqu'au salon, où Josie découvrit une table de cuisine couverte d'emballages de fast-food et de flacons de médicaments. Sur le canapé, un ordinateur et deux téléphones portables.

Il faisait nuit dehors, la seule lumière provenait de l'ampoule au-dessus de la porte d'entrée du mobile home des Price. L'air était tiède et, après plusieurs inspirations, la brume dans l'esprit de Josie se dissipa. Soutenue par Kyle, elle s'étira et testa ses appuis jusqu'à ce qu'elle tienne sur ses pieds.

Kyle montra du doigt la forêt sombre de l'autre côté de la rue.

— Elles sont allées dans le bois. Venez.

Il avança de quelques pas, puis s'arrêta et se tourna vers elle.

— Vous ne venez pas ?

Josie aurait voulu le serrer dans ses bras, mais elle se contenta de sourire.

— Merci de m'avoir sauvée, Kyle. Je vais pouvoir me débrouiller, maintenant. J'aurais encore besoin de ton aide pour quelque chose, par contre. Est-ce que tu pourrais rentrer chez toi, réveiller ta mère et lui demander d'appeler la police ? Explique-leur que ta voisine avait kidnappé deux femmes, une journaliste et la cheffe de police, et les cachait chez elle. Dis-leur aussi qu'elle les a emmenées dans le bois. Tu crois que tu pourrais faire ça ?

Il acquiesça avec sérieux.

Josie posa une main sur son épaule.

— Ensuite, j'ai besoin que tu restes ici pour accueillir la police, d'accord ? Comme ça, tu pourras leur indiquer la bonne direction.

— Je peux le faire.

— Merci.

Josie attendit qu'il soit entré dans le mobile home pour s'engager dans le bois au clair de lune.

77

La mémoire musculaire de Josie se réveilla à l'instant où elle foula le sentier. Quand ils étaient adolescents, Ray et elle s'étaient retrouvés un nombre incalculable de fois dans ce bois. Ses jambes la menèrent jusqu'au cœur de la forêt, sans même qu'elle s'en rende compte. Elle était à mi-chemin de l'endroit où ils avaient retrouvé Belinda Rose – et où son père avait été assassiné – quand elle s'arrêta, tentant de calmer sa respiration et de dresser l'oreille pour entendre un craquement de branches ou un bruissement dans les buissons. Mais elle ne perçut rien d'autre que le chant des criquets et le hululement lugubre d'une chouette. Son cœur battait si fort qu'il semblait à deux doigts de jaillir de sa poitrine.

Une fois que sa vision se fut habituée à l'obscurité, les arbres et les rochers prirent consistance autour d'elle. Dans le ciel, la lune était plus brillante que dans l'usine, filtrant à travers les branchages. Sans faire de bruit, Josie s'approcha d'un rocher et grimpa dessus pour atteindre la branche la plus basse d'un arbre. De là-haut, elle observa la forêt environnante. Elle crut apercevoir au loin le ruban jaune qui entourait l'ancienne tombe de Belinda Rose. Il y eut du mouvement sur la gauche de cette zone, suivi d'un gémissement. Trinity. Elle était toujours en vie.

Josie sauta à terre et s'élança en direction de la scène de crime, ses jambes ankylosées retrouvant peu à peu leur agilité. Le gémissement se fit plus puissant à mesure qu'elle s'approchait du trou dans lequel s'étaient trouvés les ossements de Belinda. Elle ralentit.

Soudain, une décharge de douleur lui traversa les omoplates et elle bascula dans le trou, atterrissant la tête la première dans la terre meuble. Alors qu'elle roulait sur le flanc, son bras entra en contact avec quelque chose. À tâtons, elle trouva le coude de Trinity. Josie fit courir ses doigts sur le corps de sa sœur pour trouver ses liens.

— Trinity ! murmura-t-elle en tirant sur le nœud au niveau de son épaule. Trinity, je suis là.

Au-dessus d'elles, la lune se réfléchit sur le visage blafard de Lila et sur la pelle qu'elle tenait à la main. Une poignée de terre s'écrasa sur la tête de Josie.

Elle allait les enterrer vivantes.

Josie abandonna l'idée de libérer Trinity et se remit sur ses pieds. Elle cherche des prises dans la paroi, et ses doigts se refermèrent sur une racine. Elle posa son pied dessus et se hissa. Lila l'attendait, sa pelle haut au-dessus de la tête. Elle l'abaissa avec force, mais Josie roula sur le côté et l'évita de peu. Elle trébucha sur une pierre et perdit l'équilibre, mais se rattrapa avec ses deux mains. La pelle siffla à quelques centimètres de sa tête. Josie se retourna alors que Lila levait de nouveau la pelle. Josie recula aussi vite que possible, la gorge nouée par la peur, mais cette fois son bras fut touché. Assaillie par la douleur, elle fut prise de nausée. Elle replia son bras inerte contre elle et continua de reculer tant bien que mal pour mettre de la distance entre elles.

Lila souleva encore la pelle, en riant comme une hystérique.

— Voyons, ma petite JoJo. Ça fait tellement longtemps que j'attends ce moment. Arrête de fuir. Sois une gentille fille.

Il y eut un *pop*, et Lila se figea. La pelle tomba au sol quand elle leva les mains pour toucher son visage.

— C'est quoi, ce bordel ? marmonna-t-elle.

Un autre *pop* traversa la nuit. Puis un autre, et encore un autre. Chaque fois, Lila sursautait. Josie scruta les environs et il fallut un moment à son cerveau embrouillé pour comprendre ce qui émettait ces bruits : la carabine à air comprimé de Kyle Price. Josie se releva comme elle put et attrapa la pelle avec sa main valide. Elle courut vers Lila et lui envoya un coup violent dans les reins. Elle s'écroula. Josie recula d'un pas, porta un nouveau coup de pelle, mais manqua cette fois sa cible. Lila tendit le bras et s'accrocha à la cheville de Josie pour lui faire perdre l'équilibre. Josie abattit la pelle une nouvelle fois sur son épaule, juste assez fort pour que Lila relâche sa prise, puis elle s'enfuit chercher Trinity.

— Arrête, JoJo, haleta Lila. Je suis ta mère, tu as oublié ?

— Tu n'es pas ma mère, répondit Josie par-dessus son épaule. Tu m'as *prise* à ma mère.

— C'est moi qui t'ai élevée.

— Non, tu m'as fait du mal, tu m'as maltraitée et tu as essayé de me prostituer. Tu n'es pas une mère.

La voix de Lila se rapprochait.

— Je suis la seule que tu aies eue.

— Tu es complètement folle ! Tu as tout fait pour me gâcher la vie, et tu viens d'essayer de me tuer.

Quand Josie se retourna, Lila était juste derrière elle. Elle leva la pelle au-dessus de sa tête, mais Lila s'en saisit. Alors qu'elles se battaient pour la récupérer, Lila changea de tactique et souffla :

— J'ai de l'argent. Je peux te donner de l'argent. File-moi cette putain de pelle. On va enterrer la journaliste ensemble, et ensuite chacun sa route. Personne n'en saura rien. Franchement, je suis en train de mourir, je ne veux pas le faire en prison.

— Je me fiche de ce que tu veux. C'est fini. Tu es finie. Tu ne feras plus jamais de mal à personne. Je vais m'assurer que tu pourrisses en prison jusqu'au dernier jour de ta vie de merde.

Josie remporta cette lutte acharnée en parvenant à déséquilibrer Lila. Celle-ci trébucha sans tomber, et Josie se détourna pour fuir, mais Lila parvint à l'atteindre d'un coup dans les reins. Le sol se rapprocha à toute vitesse du visage de Josie. Elle lâcha la pelle et tenta de se rattraper sur sa bonne main puis roula sur le côté. Elle avait perdu Lila de vue, mais continuait à bouger pour que cette dernière ne puisse pas la prendre pour cible. Elle entendit des bruits de pas, puis celui, caractéristique, de la carabine à air comprimé.

— Arrête ça ! hurla Lila.

Pop. Popopop.

Josie se redressa et vit que Lila lui tournait le dos, pelle à la main, cherchant des yeux d'où provenaient les billes en métal. Plus loin, Josie vit les deux autres trous creusés par les frères Price, encadrés de ruban jaune. Tout en gardant son bras blessé contre son flanc, elle planta ses pieds au sol comme si elle prenait le départ d'une course, rentra le menton et s'élança aussi vite que possible. Elle fonça dans le torse de Lila et toutes deux atterrirent dans un des trous. La chute de Josie fut amortie par le corps épais de Lila. Celle-ci avait le souffle coupé et Josie en profita pour la retourner difficilement avec son bras valide et lui enfoncer la tête dans la terre. Elle s'assit sur ses jambes et hurla à Kyle d'aller chercher de l'aide.

Des faisceaux lumineux trouèrent les arbres. Josie entendit des cris et le bruit de bottes qui martelaient le sol de la forêt, puis la voix de Noah, ce qui l'émut aux larmes.

— Josie !

— Ici ! cria-t-elle en retour.

Ses coéquipiers se précipitèrent vers elle. Ils étaient peut-être six, tout autour du trou, leurs torches à la main.

— Trinity est là-bas, dit-elle. Dans l'autre trou. L'un des autres trous. Elle a besoin de soins.

— On va aller la chercher, dit Noah.

Deux de ses agents descendirent dans le trou où elle se trouvait avec Lila. Après avoir menotté cette dernière, ils aidèrent Josie à remonter, et elle s'effondra dans les bras de Noah.

78

Aux urgences de l'hôpital de Denton, Josie somnolait sur une chaise à côté du lit de Trinity. Cette dernière était gravement déshydratée, ses chevilles et ses poignets étaient lacérés. Son visage tuméfié offrait un nuancier allant du bleu au noir en passant par le vert. Comme Josie l'avait suspecté, son nez était cassé. Un scanner de contrôle avait révélé un petit hématome au niveau du crâne, qui ne nécessiterait heureusement pas de chirurgie. Elle avait aussi quelques côtes et deux doigts fracturés, mais elle s'en remettrait.

Une main se posa sur son épaule. Josie sursauta et ne put retenir un cri.

— Tout va bien, patronne, dit Gretchen avec douceur. Je leur ai dit que j'allais vous chercher. Il faut que vous retourniez vous préparer pour votre opération. Noah restera avec vous.

Le bras de Josie était salement amoché, lui aussi. Elle avait subi un tas d'examens et de radios à son arrivée aux urgences, et une opération était nécessaire. Les infirmières voulaient qu'elle patiente dans son propre box, ce qu'elle avait refusé, préférant veiller au pied du lit de Trinity. Elle jeta un œil à sa sœur.

— Quand est-ce que ses parents arrivent ?

— Bientôt, répondit Gretchen.

Josie se leva et laissa Gretchen passer son bras sous le sien pour la guider jusqu'à d'autres pièces froides, lumineuses et stériles. Josie enfila en silence sa blouse d'hôpital puis laissa le personnel infirmier la prendre en charge. Des mains s'affairaient autour d'elle pour prendre sa tension, sa température, poser une intraveineuse et préparer les médicaments à lui injecter pour la détendre et l'endormir. Elle apprécia de se sentir bercée par une soudaine sérénité. Quand Noah apparut près d'elle, elle lui fit un grand sourire et tendit vers lui sa main valide.

Il s'en saisit et lui sourit en retour.

— Eh bien, fit-il, je ne sais pas ce qu'ils vous ont donné, mais ça a l'air mieux que le Wild Turkey.

Elle éclata de rire. Ou elle crut le faire, en tout cas.

Ensuite, on l'emmena en fauteuil roulant dans un long couloir. Ils passèrent devant la chambre de Trinity, et Josie aperçut Shannon Payne qui enlaçait sa fille, sanglotant dans ses cheveux emmêlés. Même dans un état second, Josie fut frappée par sa ressemblance avec Mme Payne. Comment Lila avait-elle pu la faire passer pour sa propre fille pendant toutes ces années ? Cela n'avait plus d'importance. Le pire était derrière elle. Lila irait en prison. Josie ferma les yeux, trop fatiguée pour réfléchir.

Quand elle les rouvrit, elle se trouvait dans une pièce pleine de gens qui s'agitaient autour d'elle. L'air était glacial. Une infirmière avec une charlotte sur la tête injecta le contenu d'une ampoule dans son cathéter.

— Je vais vous demander de compter jusqu'à dix, lui dit-elle. Ensuite, vous ferez la meilleure sieste de votre vie.

Josie sourit. C'était exactement ce dont elle avait besoin. Elle voulut ouvrir la bouche, mais elle dormait déjà.

DEUX SEMAINES PLUS TARD

Josie était assise sur une chaise en plastique mise à disposition par la prison du comté. Devant elle, une vitre épaisse séparait les visiteurs des détenus. *Pas assez épaisse*, songea Josie en voyant Lila entrer. Le gardien ne lui retira pas ses menottes et la poussa vers une chaise en face de Josie. Lila lui adressa un regard noir quand il lui dit quelque chose que Josie ne pouvait pas entendre. Il partit ensuite se poster dans un coin, les mains croisées au niveau de la taille, sans jamais quitter Lila des yeux, comme s'il craignait qu'elle bondisse et attaque quelqu'un à tout moment. Mais il n'y avait que deux autres prisonniers dans le parloir, et ils étaient à bonne distance.

Lila avait les traits tirés et la peau jaune. Josie n'aurait su dire si cela était la conséquence de leur bagarre dans le bois, ou si son foie avait fini par lâcher. Elle avait refusé de dire aux médecins où elle avait été suivie pour son cancer ou quelle identité elle avait utilisée avant de devenir Barbara Rhodes. Sur place, un oncologue avait pu déterminer qu'elle était atteinte d'un cancer des ovaires. Elle avait été opérée au moins une fois et était passée par les rayons et la chimiothérapie. Mais le cancer était revenu et avait désormais gagné l'ensemble de son corps. On lui donnait deux mois à vivre. Josie pensa qu'elle était suffisamment vicieuse pour parvenir à dépasser ce pronostic, peut-être même de plusieurs années. Elle avait encore du mal à déterminer ce qui la rendrait la plus heureuse : savoir que Lila était morte, ou savoir qu'elle souffrait au fond d'une cellule.

Lila sourit et décrocha le combiné de son côté de la vitre.

Le bras droit de Josie était toujours dans le plâtre et maintenu par une écharpe, elle utilisa donc sa main gauche pour se saisir du combiné à son tour et le colla contre son oreille.

— Je ne pensais pas te revoir un jour, JoJo. Sauf à la télé. Pour être honnête, j'en ai marre de voir ta tête.

Josie aussi en avait assez de voir sa tête à la télévision, mais c'était inévitable. Trinity était journaliste pour une grosse émission sur une chaîne nationale, et elle tenait là le reportage de sa vie. On racontait qu'ils envisageaient de lui faire présenter sa propre émission, tant ils espéraient tirer profit de cette histoire.

Josie alla droit au but.

— Je veux les noms de tes complices.

— Comment ça ?

— Tu sais très bien de quoi je parle. Tous les gens qui t'ont donné un coup de main pour... comment tu as appelé ça, déjà ? Tes « projets ». Ceux que tu as payés pour mettre des petites annonces en ligne, cambrioler ma maison, espionner Trinity et sa famille. Ou déplacer Trinity. Ou encore voler ma voiture puis revenir la garer là où ils l'avaient trouvée.

Lila partit d'un grand rire, et ses yeux bleus pétillèrent.

— Non.

— Je peux rendre ton séjour ici plus confortable.

Josie détestait marchander et lui faire une telle proposition, mais elle détestait encore plus savoir que des inconnus ayant aidé Lila à mener à bien ses projets tordus se promenaient dans Denton.

— Va te faire foutre, lança Lila. Tu crois que je vais t'offrir le dénouement heureux dont tu rêves ? Non, hors de question. Je ne ferai rien pour toi. Tu as fait ton choix, dans le bois. Tu aurais pu me laisser partir.

— J'ai fait mon choix ? répéta Josie, incrédule. Je n'ai jamais eu le choix. Jamais. Tu m'as retiré cette possibilité quand je n'avais que quelques semaines.

— Ah, tu veux jouer à ça ? À qui a eu l'enfance la plus malheureuse ? T'as pas envie d'entendre ce qui m'est arrivé, je t'assure.

Josie se pencha vers Lila.

— C'est là que tu te trompes. Si, je veux l'entendre. Ton dossier aux services sociaux a été détruit. Il ne reste plus rien. Je ne sais même pas d'où tu viens.

Lila prit le temps d'y réfléchir. Puis sa main se serra autour du combiné.

— Tu sais quoi, JoJo ? T'es enquêtrice, on est d'accord ? La super cheffe de police et tout et tout. Alors je vais te donner un indice. Si tu trouves à quoi ça correspond avant ma mort, tu les auras, tes noms.

Lila raccrocha et se leva. Derrière elle, le gardien sursauta, mit la main sur son arme et fit un pas vers elle. Elle se pencha en avant, ouvrit grand la bouche et souffla sur la vitre pour l'embuer. Puis, avec un doigt, elle y traça une suite de lettres et de chiffres : « OY9555. »

Enfin, elle se retourna et fit signe au gardien. Josie regarda le message s'effacer tandis que Lila Jensen était ramenée dans les entrailles de la prison.

80

Enroulée dans un plaid, Josie somnolait sur le canapé de Noah, télécommande à la main. Elle regardait des rediffusions d'*Ally McBeal* en attendant que ses médicaments agissent sur la douleur qui palpitait dans son bras. Elle avait fait réparer la fenêtre chez elle, repeint les murs de sa chambre, remplacé la literie endommagée et s'était acheté une nouvelle boîte à bijoux, mais elle ne se sentait pas à l'aise dans sa maison, pas autant en sécurité qu'ici. Sans parler de la meute de journalistes qui l'attendaient devant sa porte, prêts à se battre pour une photo ou un commentaire de sa part. Chez Noah, elle avait la sensation d'être à l'abri, que personne ne pouvait lui faire de mal. Il lui avait assuré qu'elle pouvait rester aussi longtemps qu'elle le souhaitait. Même s'il essayait d'être aussi présent que possible, il y avait tellement de travail pour clore l'affaire Lila Jensen qu'il ne rentrait chez lui que quelques heures par-ci par-là.

La télécommande lui échappa quand elle entendit la porte d'entrée s'ouvrir et se refermer. Elle cligna des yeux pour dissiper la fatigue et sourit en voyant son collègue. Il lui sourit en retour, déposa la grosse boîte en bois qu'il tenait entre ses mains sur la table basse, et vint l'embrasser sur le front.

— Comment tu te sens ?

Josie haussa les épaules.

— Comme si on m'avait cassé le bras à coups de pelle.

— Je suis désolé.

— Ça passera.

— Tu as décodé le message de Lila ?

Elle secoua la tête.

— La nuit me portera conseil, je vais bien finir par comprendre. Qu'est-ce que c'est, ça ?

Noah posa la main sur la boîte.

— On a trouvé ça chez Lila. Je me suis dit que tu aurais envie d'y jeter un œil.

Josie repoussa le plaid de ses genoux et se redressa.

— Des couverts ? s'étonna-t-elle.

La boîte ressemblait à celle que Lisette utilisait pour ranger son argenterie. Elle l'avait offerte à Josie et Ray quand elle était partie à la maison de retraite. Josie s'en souvenait parce qu'elle et Ray s'étaient disputés à ce sujet : Josie considérait qu'il fallait utiliser ces couverts, puisque c'était après tout leur fonction première, tandis que Ray les trouvait trop luxueux pour une utilisation de tous les jours. La boîte, jamais ouverte, était depuis stockée dans son garage.

— Non, dit Noah. Enfin, si, j'imagine que c'est ce qu'il y avait dedans à l'origine, mais maintenant... Je ne sais pas. Regarde.

Josie souleva le couvercle. L'intérieur de la boîte était recouvert d'un tissu en velours rouge élimé. Elle contenait des bijoux, y compris ceux que Needle lui avait dérobés lors du cambriolage de sa maison. Josie les passa en revue jusqu'à trouver ce qu'elle cherchait. Les yeux pleins de larmes, elle attrapa sa vieille bague de fiançailles, puis le collier que Ray lui avait offert à la fin du lycée. En temps normal, la vision de ces deux objets l'aurait attristée mais, aujourd'hui, elle l'emplissait de joie. Ces bijoux étaient des reliques de la vie qu'elle avait vécue en dépit de tout ce que Lila lui avait fait subir. Des symboles des plus grands amours de sa vie.

Elle les mit de côté et feuilleta les différentes coupures de journaux qui se trouvaient également dans la boîte, dont certaines concernaient l'incendie survenu chez les Payne. Il y avait aussi des photos. Essentiellement des hommes, dont le père de Josie. D'autres babioles ne lui évoquaient aucun souvenir, elle ignorait d'où elles provenaient. Le pendentif de Belinda Rose était là aussi, renfermant la petite mèche de cheveux d'Andrew.

— Il faudra donner ça à Andrew Bowen, dit-elle.

— Bien sûr.

Elle attrapa une longue écharpe violette enroulée autour d'un objet mou. Un hoquet de stupeur lui échappa quand elle découvrit ce qui s'y cachait.

— Mon Dieu...

Elle tenait entre ses mains Wolfie, dont la tête était couverte de taches de sang séché.

Josie était installée à une table dans le fond du *Komorrah's Koffee*, ses cheveux noirs attachés en queue-de-cheval et cachés sous une casquette de baseball. Elle était parvenue à éviter la presse, même si elle se trouvait non loin du commissariat, où quelques journalistes faisaient le pied de grue dans l'espoir de croiser quelqu'un qui pourrait leur fournir des informations sur l'affaire Lila Jensen, qui défrayait la chronique. Il faudrait des mois avant que la ferveur retombe.

Le carillon à la porte tinta quand Gretchen entra. Josie lui fit signe et sa collègue se glissa sur la banquette en face d'elle.

— Vous l'avez trouvé ?

Gretchen sortit un dossier de sa veste et le posa sur la table.

— Oui, tout est là-dedans.

Josie passa les doigts le long de la tranche.

— Vous l'avez lu ?

— Oui.

Josie appela la serveuse, et Gretchen commanda un café allongé. Josie, qui s'était déjà approvisionnée en pâtisseries, poussa l'assiette devant sa collègue et la fit tourner de manière que le roulé aux noix de pécan se retrouve juste sous son nez.

— On va parler mères toxiques, lui rappela Josie, alors je pense que vous aurez besoin de ça.

Gretchen s'esclaffa, attrapa la pâtisserie et croqua dedans à pleine bouche. Un morceau de noix de pécan resta accroché à sa lèvre inférieure.

— Vous feriez mieux d'en prendre un aussi, parce qu'en matière de toxicité maternelle, la mère de Lila Jensen bat tous les records.

Josie opta pour un *Cheese Danish*[1] qu'elle avala en trois bouchées. Gretchen prit le temps de savourer son roulé, tout en évaluant l'état de Josie.

— Est-ce que vous avez pleuré ou pas encore ?

Josie secoua la tête, s'essuya les mains sur sa serviette et but une gorgée de son latte.

— Vous en aurez besoin, assura Gretchen, pragmatique. Vraiment, c'est important. Il faut relâcher un peu la pression.

Josie lui fit signe qu'elle comprenait.

— Vous avez rencontré les Payne ? demanda encore Gretchen.

— Si on veut. Ils sont venus à l'hôpital. Ma grand-mère a proposé qu'on dîne ensemble. Eux et ma famille. Elle pense que je serai plus à l'aise autour d'un repas.

Josie sortait tout juste du bloc opératoire quand Shannon et Christian Payne, accompagnés de leur fils Patrick, avaient fait irruption dans sa chambre. Shannon avait serré Josie dans ses bras, pleurant tout en lui parlant tout bas de choses dont elle n'avait aucun souvenir. Christian et Patrick étaient restés en retrait ; l'adolescent avait semblé mal à l'aise tandis que son père était resté figé, des larmes silencieuses dévalant ses joues. Deux jours plus tard, Trinity était arrivée avec un kit de test ADN à la main. Elle et Josie s'étaient assises en tailleur sur le lit d'hôpital et avaient craché dans les petits tubes en pouffant comme des adolescentes.

Josie posa une main sur le dossier.

— Vous voulez bien me dire ce qu'il y a là-dedans ?

— Bien sûr, répondit Gretchen avant de boire une gorgée de café. Vous aviez raison. L'indice que vous a donné Lila était un numéro d'écrou. La mère de Lila Jensen a été condamnée cinq fois à la prison à perpétuité et se trouve dans un quartier de haute sécurité.

Josie écarquilla les yeux.

— Cinq fois ?

— Elle est mentionnée sous le nom de Roe Hoyt, mais c'est seulement le nom qui lui a été donné après qu'elle a été découverte.

— De quoi parlez-vous ?

— Roe Hoyt vivait, seule et recluse, dans une cabane dans les bois du comté de Sullivan. Elle n'avait ni l'électricité ni l'eau courante. Techniquement, le terrain appartenait à l'État, et la cabane était sans doute un ancien relais dans lequel les gardes-chasses pouvaient passer la nuit s'ils devaient s'aventurer loin dans la forêt. Personne ne s'y était arrêté depuis des années.

— Qui l'a découverte ? demanda Josie.

— Des chasseurs. Ils ont été surpris, parce qu'elle ne s'exprimait qu'avec des bruits, dont « ro », d'où son nom. Elle avait l'air complètement sauvage, sale et négligée. Je pense qu'ils l'auraient laissée tranquille s'il n'y avait pas eu aussi une petite fille.

— Lila, comprit Josie, prise de nausée.

— D'après les chasseurs, elle avait environ cinq ans. Elle se promenait nue dans les bois, comme un animal. Ils ont tenté de l'emmener avec eux, mais elle les a attaqués. Roe aussi. Ils sont donc repartis vers la civilisation pour alerter les autorités. La police les a toutes les deux placées en détention. Quand ils ont fouillé la cabane, ils ont trouvé cinq cadavres de nourrissons.

— Pas possible... souffla Josie.

— Lila est partie en famille d'accueil. Sa première mère adoptive lui a donné ce prénom et son nom de famille : Jensen. Elle cumulait un retard mental et un paquet de troubles du comportement. Les Jensen ne s'en sortaient pas avec elle, alors elle est passée de famille d'accueil en famille d'accueil. Mais ça, ce n'est pas dans le dossier, c'est Alona Ortiz qui me l'a raconté. Elle avait lu le dossier de placement de Lila avant que Malcolm Bowen le détruise.

— Elle vous a raconté ça ?

— La procureure ne retiendra pas de charges contre Mme Ortiz. Elle s'est engagée à témoigner contre Lila et Sophia. C'est aussi elle qui a aidé Belinda lors de sa première fugue du foyer, quand elle a accouché. Bowen l'a payée pour qu'elle la mette à l'abri en attendant l'arrivée du bébé. Ensuite, il s'est arrangé pour qu'Andrew se retrouve dans le circuit pour être adopté légalement et, à grand renfort de pots-de-vin, il a pu le récupérer. Bref, pour en revenir à ce qui nous occupe, toutes les horreurs qu'on peut imaginer arriver dans une famille d'accueil sont arrivées à Lila Jensen.

Josie essaya d'imaginer Lila enfant. Sauvage, forcée de vivre dans un monde rempli de gens en qui elle ne pouvait pas avoir confiance. Avait-elle jamais eu la moindre chance ?

— Vous pouvez garder le dossier, reprit Gretchen. Un jour, vous vous sentirez prête à le lire.

Elles choisirent chacune une nouvelle viennoiserie, et la serveuse vint les resservir en café.

— Est-ce que la maire est venue vous parler ? demanda Gretchen pour changer de sujet.

— Oui, elle m'a réintégrée et m'a dit que je pourrais reprendre mon poste à la fin de mon arrêt maladie. Ce que j'ai refusé.

Gretchen s'étouffa avec le roulé dans lequel elle venait de croquer. Elle toussa et cracha dans sa serviette.

— Pardon ?

— Je ne veux pas être cheffe. Je ne l'ai jamais voulu. Tara Charleston veut que je reprenne mon poste seulement pour ne pas complètement perdre la face, étant donné qu'elle m'a virée juste après que j'ai découvert que toute ma vie était un mensonge. Je lui ai demandé de faire venir quelqu'un d'autre pour me remplacer et, moi, je vais continuer à faire ce que je faisais avant la mort du chef Harris.

— Qu'est-ce qu'elle a répondu ?

— Aucune idée. J'ai arrêté d'écouter après « vous avez un sacré culot ».

Gretchen éclata de rire.

UN MOIS PLUS TARD

L'odeur de sauce tomate et de pain à l'ail embaumait toute la maison de Josie. Depuis le canapé du salon, elle entendait l'agitation en cuisine. La mère de Ray et Misty discutaient en riant, sans qu'elle parvienne à déterminer la nature de leur conversation. Harris était profondément endormi contre Josie, la tête tournée vers Lisette, laquelle était assise juste à côté de son bras plâtré et caressait les fins cheveux blonds du petit garçon.

— Ça sent bon, commenta Lisette. Mme Quinn a dit que c'est Misty qui a fait les pâtes elle-même. Des pâtes maison ! Qui aurait cru que la strip-teaseuse savait cuisiner ?

— Mamie ! la gronda Josie.

Lisette éclata de rire et passa un doigt le long de la joue rose de Harris.

— Vous formez un drôle de duo, toutes les deux.

— J'essaie juste de l'aider, se justifia Josie. Ce n'est pas une mauvaise personne. Et comme ça, je peux passer du temps avec Harris.

Un courant d'air frais annonça l'arrivée de Noah. Il referma la porte derrière lui et sourit lorsque ses yeux se posèrent sur Josie. Il était chargé d'un gros sac.

— J'ai pris trois vins différents. Je ne savais pas vraiment lequel convenait le mieux pour un dîner en compagnie de sa fille disparue que l'on croyait morte depuis trente ans.

Josie rit et Noah se dirigea vers la cuisine. Lisette lança un coup de coude à sa petite-fille, les yeux brillants.

— Tu passes aussi beaucoup de temps en compagnie de ce beau jeune homme, je me trompe ?

— Doucement, mamie. On travaille ensemble, je te rappelle.

— Et alors ? Tu n'es plus sa supérieure hiérarchique. Et quand tu étais mariée avec Ray, vous travailliez tous les deux dans le même commissariat. La situation n'a rien d'impossible.

— Ce n'est pas le moment, soupira Josie sans pouvoir s'empêcher de sourire malgré tout.

Harris s'étira et Lisette le prit dans ses bras pour libérer Josie qui se leva et alla jeter un œil par la fenêtre.

— Détends-toi, fit Lisette.

Josie se détourna de la fenêtre. Se détendre ? C'était impossible. Il n'existait aucun guide, aucun tutoriel pour ce qu'elle s'apprêtait à vivre. Elle ne parvenait pas à déterminer si l'idée de côtoyer sa vraie famille la terrifiait ou l'excitait. Sans doute un peu des deux.

Josie vint se rasseoir près de sa grand-mère.

— Tu es certaine que ça ne te dérange pas, mamie ? Vraiment ? Je ne suis pas obligée d'aller jusqu'au bout.

Lisette haussa un sourcil.

— N'importe quoi. On n'abandonne pas sa famille comme ça.

— Mais tu...

Lisette serra le genou de Josie.

— Je serai toujours ta grand-mère. Tu seras toujours ma petite-fille. Mais à partir de maintenant, eux aussi seront ta famille, et je n'ai aucun problème avec ça. Pour être tout à fait honnête, je suis même très heureuse pour toi.

— Heureuse ?

— Je ne rajeunis pas, tu sais.

— Mamie...

— Un jour, je ne serai plus là. Et ce jour arrivera plus vite que tu ne le penses. Te savoir si bien entourée, ça m'aide à me sentir en paix.

Josie posa sa tête sur son épaule.

— Merci, mamie.

Un instant plus tard, la sonnette retentit. Josie bondit sur ses pieds et se dirigea vers le vestibule. Depuis la cuisine, Noah, Misty et la mère de Ray lui offrirent des sourires d'encouragement.

Josie prit une grande inspiration et ouvrit la porte.

UNE LETTRE DE LISA REGAN

Merci beaucoup d'avoir choisi de lire *La Tombe de sa mère*.

Si vous avez apprécié ce livre et que vous souhaitez être tenus au courant de mes dernières publications, vous pouvez vous inscrire en cliquant sur le lien suivant. Votre adresse mail ne sera jamais divulguée et vous êtes libre de vous désinscrire à tout moment.

france.bookouture.com/subscribe/

Un grand merci pour avoir de nouveau voyagé à Denton, ville fictive de Pennsylvanie, pour suivre une nouvelle aventure de Josie Quinn ! J'espère que vous continuerez de vous passionner pour notre héroïne maintenant qu'elle a quitté son poste de cheffe de police et s'apprête à élucider de nouvelles affaires passionnantes.

J'adore lire les avis de mes lecteurs. Vous pouvez me contacter via mes réseaux sociaux, listés ci-dessous, mais aussi sur mon site internet et sur ma page Goodreads. Je vous serais énormément reconnaissante de bien vouloir laisser un commentaire et peut-être recommander *La Tombe de sa mère* à d'autres lecteurs. Le bouche à oreille est très important pour aider les lecteurs à découvrir mes livres.

Encore une fois, merci pour votre soutien. Il est tout pour moi.

Il me tarde d'avoir de vos nouvelles, et je vous donne rendez-vous pour le prochain tome !

Merci,

Lisa Regan

www.lisaregan.com

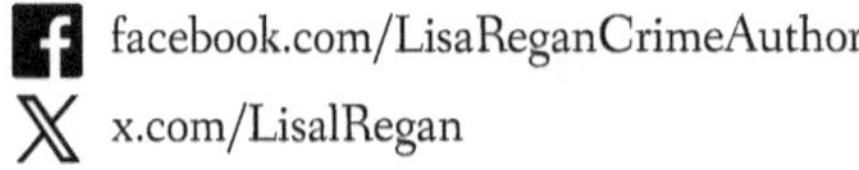

REMERCIEMENTS

Comme toujours, je me dois de commencer par remercier mes incroyables lecteurs et mes fidèles fans ! Merci pour votre enthousiasme et votre passion, vous qui m'accompagnez au long de ce voyage merveilleux. Merci à Fred, mon mari, et Morgan, ma fille, pour votre patience infinie et vos encouragements incessants. Merci à Nancy S. Thompson, Dana Mason et Katie Mettner, mes premières lectrices et certainement les meilleures amies écrivaines dont une auteure puisse rêver ! Merci à mes parents, William Regan, Donna House, Rusty House, Joyce Regan et Julie House pour leur soutien indéfectible. Merci à toutes les personnes suivantes, qui m'ont soutenue et encouragée, ont fait la promotion de mes livres et, de manière générale, m'ont aidée à poursuivre sur cette voie : Carrie Butler, Ava McKittrick, Melissia McKittrick, Torese Hummel, Christine & Kevin Brock, Laura Aiello, Helen Conlen, Jean & Dennis Regan, Marilyn House, Tracy Dauphin, Michael Infinito Jr., Jeff O'Handley, Susan Sole, la famille Funk, la famille Tralies, la famille Conlen, la famille Regan, la famille House, les McDowell et les Kay. Merci à Lilly Billarrial, aux personnes adorables de Table 25 de m'avoir accueillie parmi eux et de m'avoir fait profiter de leur savoir. Vous savez qui vous êtes. J'aimerais également remercier tous les blogueurs et critiques qui ont lu les deux premiers tomes de *Josie Quinn* et ont pris le temps d'en parler sur internet.

Mille mercis au sergent Jason Jay d'avoir répondu si rapidement et avec tant d'exhaustivité à toutes mes questions sur la police, ce qui me permet d'écrire une fiction aussi authentique que possible.

Enfin, comme toujours, je me dois de remercier Jessie Botterill pour son intelligence, sa patience, sa confiance en moi, ainsi que toute son équipe chez Bookouture. Vous réalisez des miracles, et j'ai une chance inouïe de travailler à vos côtés.

NOTES

Chapitre 81

1. *Cheese Danish* : viennoiserie danoise à base de pâte feuilletée et de fromage frais.

www.ingramcontent.com/pod-product-compliance
Lightning Source LLC
Chambersburg PA
CBHW032142190726
48290CB00005BB/1374